主编 凌翔

当代作家精品·散文卷

有情天地

林钊勤 著

线装书局

图书在版编目（CIP）数据

有情天地 / 林钊勤著． -- 北京 ：线装书局，
2023.9
（当代作家精品 / 凌翔主编．散文卷）
ISBN 978-7-5120-5717-3

Ⅰ．①有… Ⅱ．①林… Ⅲ．①散文集－中国－当代
Ⅳ．① I267

中国国家版本馆 CIP 数据核字（2023）第 174657 号

有情天地
YOUQING TIANDI

作　　者：林钊勤
责任编辑：崔　巍
出版发行：**线裝書局**
　　　　　地　址：北京市丰台区方庄日月天地大厦 B 座 17 层（100078）
　　　　　电　话：010-58077126（发行部）010-58076938（总编室）
　　　　　网　址：www.zgxzsj.com
经　　销：新华书店
印　　制：三河市中晟雅豪印务有限公司
开　　本：787mm×1092mm　1/16
印　　张：16
字　　数：244 千字
版　　次：2023 年 9 月第 1 版第 1 次印刷

线装书局官方微信

定　　价：88.00 元

《有情天地》序

万伯翱

　　小林梦寐以求的"出书"，就要实现了。年轻人有了"当作家"的梦，是件好事，但这也不是件轻而易举就能成功的事，作为从事了一辈子"爬格子"的老兵，我总觉得这是件挺苦的事，能够爬得及格、爬得令自己满意，甚至爬得让人喝彩，更是一件难事。我从当初弱冠少年在《北京晚报》上发表"豆腐块"式的处女作算起，到今天已近七十年了，也出版了薄厚不等的作品十七部，字数上恐怕已超百万，其中的酸甜苦辣自然只有在下自己晓得。所以作为过来人，看到小林即将要出版的《有情天地》散文集，我应该郑重其事地祝贺他，并深感欣慰。

　　从事写作的人，必须耐得住寂寞，必须有锲而不舍的毅力。这一点，小林应该能够感受得到，从习作练习到文章发表，我能觉察到他的努力成长。近些年，我从《作家文摘》《新民晚报》《海内与海外》《中国钓鱼》等刊物上连续看到他的文字变成了铅字，真是有些惊喜。在寂寞中，他的文字已经变得逐渐清新起来。比如，"来到山下，见一片杨梅林，碧绿的树叶间，一粒粒杨梅枝头站立，凝翠流丹，闪红烁紫，空气里弥漫着鲜甜……"老朽在读到他那篇发表在"夜光杯"副刊上的《乌酥杨梅好》时仿佛嘴里吃了一颗杨梅那么恬美。

　　《有情天地》散文集涵盖钓鱼散文、名人交往随笔、新书读后感、家乡美食与亲情描写等等。作为钓鱼人，我爱读他的钓鱼散文，比如《马背上钓

1

鱼》，写得是妙趣横生，其立意新颖；《儒将萧克钓鱼》更是丰富了钓鱼散文的内容；《开春第一钓》中流露着作者的一种心性，对钓鱼产生了热爱，他写道："太阳快落山了，我还是竹篮子打水——一场空。我收拾好工具回家了。虽然没钓到鱼，但还是很开心。这让我明白了一个道理：钓鱼并不是一定要钓到鱼，钓鱼的过程能够增强耐心和毅力。"毫不夸张地说，他已从钓鱼中追求到文学思考，使其文章有了升华，这一点真要表扬！

文集记录了他的成长与成绩，在此不一一赘述。唯美中不足的就是把我写了好几次，其实我哪有这么多好写的？！倒不如，去多写写儿时亲眼所见的家乡父老、美丽如画的景色、永远难忘的一草一木，免得被扣上"扯虎皮拉大旗"呢！

最后，送上鲁迅先生的一句话共勉："写完后至少看两遍，竭力将可有可无的字、句、段删去，毫不可惜"。

以上，为读后感，奉雅令青灯下写下来，是亦为序。

2023 年 5 月于京城苹花书屋

目 录

第一辑 钓鱼趣事

第二辑　读后感

第三辑　读书札记

第四辑　亲情往事

第五辑　书画家、学者、名人

第一辑

钓鱼趣事

"儒将"萧克爱钓鱼

2021年恰逢建党100周年之际，忆往昔峥嵘岁月，百年史浸满了中国多少屈辱的泪，数十年的抗争又洒下了中华儿女多少沸腾的血。

我们不会忘记嘉兴南湖上那条小游船，因为就是在那碧波荡漾的南湖上，就是在那条小游船上，就是那十几个来自天南地北的年轻人，他们穿过无边的黑暗，躲过追逐的枪炮，艰难而又执着地播撒了拯救中国命运的火种，为中国指明了一条光明而又充满希望的道路。

从此，奋勇的中华儿女万众一心、披荆斩棘……当我们的天空不再有枪声回荡，当我们的家园不再经受炮火的洗礼，我们应该铭记那些把牢底坐穿的先驱者、那些带着铁镣蹒跚步行在长街的革命者、那些倒在血泊中的共产党员以及那些为着坚定的共产主义信念而牺牲的人、那些为建立和保卫中华人民共和国奋斗终身的前辈！

1955年被授予上将军衔的萧克就是这样的前辈。他出身书香门第，身经百战，是能文善武的将帅之才。但萧克将军还是一位淡泊名利的老前辈。虽然他成为了组建八路军时六位师长中唯一一位被授予上将军衔的师长，但他对于军衔看得并不重，而是始终找准自己的定位，继续追求进步。

萧克将军耄耋之年时，写字仍很讲究"四正"，即心正、身正、纸正、笔正——这是他的开蒙老师对他的严格要求。萧克将军祖上几代都是读书人，祖父是清朝的贡生，教了一辈子书，父亲和伯父也都是贡生，父亲五兄弟中有三位是读书人，其中三伯父最有学问，家里收藏了许多书。从小受到家庭熏陶，萧克将军最爱到三伯父家去翻书看。

萧克将军小时候就读于嘉禾甲等师范简习所，就以宋濂《送东阳马生叙》一文中的"贫非罪"观念鼓舞自己，努力把书读好。从那时起，萧克将军养成了手不释卷的习惯。青年时期善吟诗赋词，喜诗文创作。

在1955年授衔的开国将帅中，很多人都是在革命军队中才开始学习文化的。在这些将帅中，能诗善书的萧克将军可以算是一个名副其实的儒将，正像斯诺前夫人在《中国老一辈革命家（自传）》中所评价的那样："像周恩来、徐向前和毛泽东等一样，萧克将军是中国人所称的'军人学者'的再世。"

萧克将军不仅爱看书，对文学创作也情有独钟。即使在长征途中，萧克将军也不放过诗情勃发的时刻，硝烟尚未散尽，他就在简陋的指挥所挥毫赋诗了。一个久历戎马的人，从事文学创作，似乎不可思议，但萧克上将却说："我从来没有把这件事（指文学创作）看得那么神秘。"

1985年年底，萧克将军从解放军军事学院院长的职位上退下来。离休以后，萧克将军致力于军事学、党史、军史、战史的研究，笔耕不辍，除主编《南昌起义》《秋收起义》《萧克诗稿》、百卷巨著《中华文化通志》《中国大百科全书》（军事卷）等书籍外，还出版了《萧克回忆录》《朱毛红军侧记》等作品，并被复旦大学人文学院聘为兼职教授。能诗善书的萧克将军不仅被开国将帅们赞为"儒将"，他还是其中唯一写过长篇小说并获得茅盾文学奖的开国老将军。

提到文学创作上的赫赫"战功"，最值得称道的便是那本被称为"中国当代军事文学史中一部奇书"的《浴血罗霄》。1988年建军节前夕，诞生于抗日战争烽火硝烟之中的《浴血罗霄》，终于跨越半个世纪出版了。1991年3月，《浴血罗霄》荣获1984—1988年度茅盾文学奖荣誉奖。之后，萧克将军成为中国作家协会会员。

萧克将军从解放军军事学院院长的职位上退下来时，曾作诗自叹："既感事太多，尤叹时间少，虽老不知疲，愈老愈难了。"这"难了"之事，指的便是将军一生所喜爱的文学创作。

萧克将军在战争年代还有很多不可思议的事。比如：指挥石家庄保卫战中"智摆空城计"、感化法国传教士阿尔佛雷德·勃沙特、活捉国民党军旅长侯鹏飞等很多传奇。他是一位战将，参加过北伐战争和南昌起义，参与了创建井冈山根据地和保卫中央苏区的斗争。他是我军历史上最年轻的高级指挥员之一：25岁当军长；27岁率领红六军团先遣西征，拉开了万里长征的序幕；30岁率八路军包围北平，建立了敌后根据地；40岁参与了指挥第四野战军进军中南、直追穷寇，埋葬蒋家王朝战争，是中国工农红军中智勇双全的骁将。

萧克、贺龙还有迎娶姐妹花的传奇故事：姐姐蹇先任嫁贺龙，妹妹蹇先佛嫁萧克。长征中，红二方面军副总指挥萧克的夫人要分娩了，贺龙不声不响用麻绳和针做了一副钓具，就这么往水草里一扔，居然在环境极差的条件下钓上了鱼。据贺龙堂弟贺文玳回忆说："也许是被红军精神感动了吧，鱼也来贡献。"贺龙吩咐炊事员熬了鱼汤就给送去了。

红二方面军进入荒无人烟的草地后，部队相继断粮，战士们饥肠辘辘。时任总指挥的贺龙用钓鱼战胜了饥饿，胜利地走完了长征路。受他搭档贺龙的影响，萧克将军也与钓竿结缘，深深地爱上了钓鱼，几十年来从不间断。老将军认为，在血与火的战争年代，钓鱼是为了生存，有利于行军打仗和消灭敌人；现今钓鱼是为了休闲健身，延年益寿。

钓鱼作为一种古老的人类获取食物的手段，伴随着中华历史延续下来，历数千年而不衰，日益为广大民众所喜爱。如今，钓鱼是一种亲近大自然，陶冶个人情操的户外运动。古往今来，有无数钓鱼爱好者陶醉于这项活动之中，历史上有不少国家领导人也是此中高手。万伯翱大哥所写《元戎百姓共垂竿》一书，写到刘少奇主席垂纶中南海，两帅擒巨鲵，贺元帅钓鱼送总理等；近来还写过长征中耿飚参谋长用步枪也钓上了大鱼。其中写得最多是萧克将军的连襟贺龙元帅，两人在长期的革命战争时期又是搭档。这样在长征中萧克将军也受其影响，偶尔也钓钓鱼来给提供部队补给。我通过读万大哥的文章和他手把手地指导，不仅喜欢上了钓鱼，更喜爱读钓鱼文章。万大哥的钓鱼文章把古今中外一些钓鱼名人通过历史资料取证如实写出来，特别把开国元勋金戈铁马、横扫千军、感天地而泣鬼神；人民领袖经天纬地，治国安邦，风云沧桑中彪炳青史，这一切都把政治家、历史文学家、文艺家们共冶中国钓鱼休闲运动于一炉。万大哥的钓鱼散文超凡脱俗、蕴含丰富，扎实的文学功底不乏感人至深的佳作，真是让我受益匪浅，斩获颇丰。

万大哥近来又交代我来写萧克将军钓鱼，又让我来练练笔，文章名字都替我取好。万大哥把这么好的差事交给我写，我心怀感激呢。据万大哥讲，萧克将军还是中国钓鱼协会的名誉主席。我通过《萧克回忆录》《浴血罗霄》等书籍来先了解了一下。因为萧克将军的夫人和儿子身体状况不是很好，没法深入了解，所以具体细节得请协助萧克将军出版《浴血罗霄》始末的军史专家董保存老师来进一步走近萧克将军。

据董老师回忆，他初次见到萧将军，将军是圆脑高额，身材瘦长，剑眉上扬，双目清澈，和蔼可亲。后来他还陪萧克将军到北京郊区去钓过鱼。陪萧将军去垂钓，主要是劳逸结合，缓解一下他写作时的疲劳，放松心情，有益于健康，陶冶性情。

那一天，天气晴朗，阳光明媚。萧克将军穿一身军装，头戴军帽，脚穿军鞋，轻装上阵，容光焕发。萧将军一声令下："我们出发去郊区休闲钓鱼吧。"

据董老师讲，到目的地后，他们就被眼前的风景迷住了，各种奇松林立其中，鸟儿叽叽喳喳叫着，蝉也在鸣叫。不远处有一座山岗，郁郁葱葱的果林和湛蓝的天空组合成一幅美妙图景，堪比风景名胜。蓝与绿的和谐搭配，让你的眼睛饱览心神的宁静。来到鱼塘边，这里的水清澈见底，好多好多鱼儿在水里快活地游来游去，这可真是垂钓的好地方。找个地方坐下来后，萧克将军取下长柄鱼竿，系好渔线，装上鱼饵，甩竿时动作极为潇洒。他两腿叉开，双手举竿，轻轻甩出，这时，浮漂落在目标处，水面就会荡起一圈圈涟漪。老将军说："这是放长线钓大鱼呀！"然后就等着鱼儿上钩。

不一会儿，水面上出现了小浪花。将军默不作声，紧盯浮漂，等了10秒左右，浮漂突然下沉，将军苍劲有力的大手赶紧拉动鱼竿，一条很大的鱼跃出了水面，窜来窜去，不时在塘中发出啪啪的响声，还溅起不少水花，鱼拼命挣扎着。将军和鱼"战斗"了10几分钟，终于把鱼制服并捞到岸上来。将军的钓技轻车熟路，动作也非常连贯。接着，他又把鱼竿轻轻甩出，静静地等待鱼儿再次咬钩。一会儿工夫，老将军提起鱼竿，你猜怎么样？竟然一下子钓上了两条鱼。两个鱼钩上的鱼儿活蹦乱跳，还在挣扎。我们随行一群人在旁边欢呼赞叹，场面热闹极了。忽地，他又钓起一条鱼，用左手迅速取下，放入他脚下专门装鱼的鱼篓中，只见鱼篓中的鱼儿像欢迎老朋友一般，一齐雀跃，发出"啪啪啪啪"的声响。那声音犹如一支动人的乐曲，多么欢畅，多么悦耳。在很短的时间里，捷报频传，只见鱼篓里都是鱼。

我们边钓边聊，时间慢慢地流逝，夕阳西下，我们已是收获满满，这是老将军又一次得胜归来呢。

萧克老将军是原中国钓鱼协会最后一任名誉主席。可以说，如今中国的钓鱼运动发展得这么好，萧克老将军自然是功不可没。

北京深秋的收竿鱼

垂钓是男女老少皆喜欢的一种体育运动。垂钓，不在乎能否钓到多大多少的鱼，而在于享受钓鱼过程中的乐趣。

几天前，北京疫情在政府严格管控下，疫情清零。顺义好友刘庄主让我约伯翱兄、齐部长以及马胜利老师等好友去他庄园垂钓。于是，我给伯翱兄打电话，看他是否方便，他看了看天气预报说："这三天气温低不适合垂钓，只有星期六气温回升了可以去试一下。"

周六那天，天公作美，阳光明媚，我们按约好的时间来到庄园，秋天的庄园，植物五彩缤纷，色彩斑斓，松树、冬青树，依然身披绿装，它们昂着头，挺着胸，像是在站岗执勤的士兵。枫树已被秋霜染红了叶子，一片片枫叶像似孩童的小手掌，在风的簇拥下，摇晃着身姿，欢迎客人的到来。

被风吹落的叶子或红或黄。落叶像成千上万只蝴蝶，在空中飘舞，划出一道道优美的弧线，飘落的树叶给大地穿上了一层柔软迷幻的外衣。柿子树上的柿子，还有山楂树的红果，像一盏盏喜庆的小灯笼，把秋天装扮的五彩缤纷。

荷塘已没有"小荷才露尖尖角，早有蜻蜓立上头。"的景象，也失去了"接天莲叶无穷碧，映日荷花别样红。"的辉煌，留下的只是"荷尽已无擎雨盖"的沧桑。秋天的早晨，荷塘是静谧的，荷叶有些已经失去了往日的生机，几个莲蓬，耷拉着枯黄的脑袋，像空旷的舞台上，那只孤零零的麦克风。

庄园里，秋阳杲杲。我和伯翱兄坐在鱼塘边的树下，准备垂钓，他是老钓手，知道树荫下出鱼率远比日光照射的水面要高得多。然而，任何事物都有其两面性，树荫虽好，但是最大的麻烦莫过于挥竿过重或是突然跑鱼时，一不小心钩子被甩到树枝上，这也很是考验垂钓者的技艺。

伯翱兄一边钓鱼，一边教我如何写好钓鱼类文章。正聊到兴头上，有鱼咬钩，伯翱兄提竿时忘记头上的树，钩子和线被牢牢地缠在了树枝上。这时，我急忙去拽线，被他制止。

伯翱兄说："每每遇到这种情况，我发现各位渔友除了告诫要注意抬竿轻些之外，基本没有其他解决办法。就是帮忙拽线，最多也就是各位拽的力度和角度有所区别，而且这样拽对竿子的损伤会很大，很多名贵的漂也是在这个时候被损坏的。"幸亏这次被缠在不高的树枝上，他教我用力往下拽着树枝，他慢慢找到被缠住的钩和线，小心翼翼地从树枝上取下。

伯翱兄再次把鱼钩甩出，悠闲自得地握着鱼竿。不一会，水面就有了动静，冒出了泡泡。他说，有鱼要上钩了。果然，渔线往下一沉，然后他住上一拉，拉出了一条鲫鱼。他又从盒里拿拿出了诱饵——红虫，把红虫挂在了鱼钩上，然后用力一挥，将鱼钩抛进了水里。这一系列的动作，干净利索又娴熟，我心里不由得暗暗佩服他。就在这时，又有一条鲫鱼上钩了，我高兴地喊道："又是一条！又是一条！"不一会工夫，就钓上来十八条鱼。他说今天不管怎么样也得钓上二十条鱼，为明天召开党的"二十大"助助威吧！最后他斩获了 22 条鱼，深秋季节，水温变低，鱼的活力就会变差，他钓了这么多鱼实属不易呀！

伯翱兄还说："历史上许许多多文人墨客都写过钓鱼诗句和文章。"其中记载着北宋美食家、大文学家苏轼所写的《鱼》，也表明其本人是钓鱼爱好者。他在诗中写道："湖上移鱼子，初生人不畏。自从识钓饵，欲见更无烟。"可见他对钓鱼是多么悠然自得呢。

伯翱兄经常钓鱼，对于抛鱼饵、收竿等等动作一气呵成。因为他最喜欢钓鱼，并从中悟出很多人世间的道理。他撰写了国内外独一无二的钓鱼散文集——《元戎百姓共垂竿》。此书，在全国各地的 1600 多部投稿中，经过中国文学专家学者和散文界评审委员会资深专家层层筛选，最终脱颖而出，还获得了"冰心散文集"大奖。伯翱兄好友、茅盾文学奖获得者梁晓声老师听说伯翱兄得奖后即兴泼墨写下"独钓思国事，睹水悟人生"以表祝贺。

马胜利老师也是一位垂钓痴迷者。最近，他为其十一月份在京展出的画展做准备。今天，好不容易挤出来一点闲暇时光来户外钓鱼，享受秋日里温暖的阳光和新鲜空气。马老师拿出了鱼竿，做好浮标，然后在鱼钩上放上鱼饵，鱼线顺着鱼竿的力，划出一条完美的弧线后，精准落在钓点上。马老师坐在塘边静静地等着鱼儿上钩。忽然，浮标开始剧烈晃动起来了，他把鱼竿用力一往上提，钓上来的是一条甲鱼，他高兴地说，钓了几十年的鱼还真没钓过甲鱼。最后他决定把甲鱼放回去，我对他的举动表示赞许。

在摘取鱼钩时，有一个钓钩钩着甲鱼的脚呢，因钓钩扎的太深，甲鱼不配合，时不时伸出头来攻击人。见到此状，一旁有人开玩笑地说道："瓮中之鳖，你要听话，把钩从脚上取出，放你回大自然。"最后还是我戴着布手套拿着钳子拔，才取出钩来，这才把甲鱼放回到鱼塘里，看到甲鱼欢快的样子，我们会心一笑。

生活中我们会遇到很多不理解的人和事，做到自己问心无愧就好。凡事，不强求。你经历过了，就会成为你人生道路上的靓丽风景，这就是人生。

看到他们垂钓的热情，我也来了兴致。我拿出鱼竿向塘里抛下，双手紧紧地握着鱼竿，眼睛一动不动地盯着水面。水面有动静了，我用力一甩，但鱼儿却一下子掉回了水里。没钓到鱼，鱼粮又被吃了。真是"偷鸡不成蚀把米"呀！一连几次，我和一旁的庆哥、宋主任都没钓到一条鱼，我们泄气了，看着鱼儿在伯翱兄手里一条条上钩，我们开玩笑地问伯翱兄："伯翱兄，鱼只认钓协主席吗？"伯翱兄回答说："钓鱼跟跑马拉松一样，要有恒心、耐心，至于动作，时间长了，自然而然就会熟练了……看来做任何事情都有技巧，不能半途而废，要有恒心和耐心。"我们听了伯翱兄的教诲后，静下心，铆足了劲。功夫不负有心人，不一会儿，我们每个人都小有收获。

钓鱼是一种娱乐活动，也是一种修行和心情，同时还能陶冶情操，钓鱼的这种事情真好！

夕阳西下，看着这个多彩的秋，不妨，将这梦幻般的秋色锁在心里。带着秋色和我们的战利品，回家吧！

初秋垂钓

　　初秋午后，天空蔚蓝如洗，洁白的云朵朵飘荡在空中，此时树木还是绿意盎然，小草也还生机勃勃，各种花儿色彩斑斓，真可谓是"万类霜天竞自由"。没有被清凉秋风所影响，午后的阳光不仅没有炎热，还让人觉得很舒服。我和伯翱大哥、仲翔二哥、翟春处长、国庆哥被好友邓宇邀请到大地艺术中心，这里是纯正中式园林与现代简约相结合的艺术建筑，拥有浪漫缤纷的花园、清新自然的树林，使整个园区空间布局和景观设计兼顾浪漫与神圣、传统与现代、开放与私密，都很协调呢！垂柳倒影在湖边，鸟儿在树林间鸣叫不停，清丽的色彩与动听的音乐交织得优雅精致。这里的假山，结构新奇巧妙，石头浑然天成，玲珑剔透，巧夺天工，非常奇特。具有浓郁艺术气息的观光体验，宾客在参观之余还可以感受中西方艺术佳作所带给人们视觉与心灵的震撼。在享受清新自然空气的同时，还能欣赏如画的美景。见此美景让我想起，"紫禁围红墙，未若园居良"，乾隆大帝曾在诗中如此感叹，倘若时光机成真，也请垂钓老手乾隆大帝来大地艺术中心钓鱼，恐怕这位坐拥四海的皇帝也要乐不思蜀了。热情好客的艺术中心主人，在宛如人间仙境，给人一种身处世外桃源的幻觉，就好像它总在喜迎什么贵客的到来呢。

　　我记得小时候想去钓鱼，跑到竹林砍下一根两米有余的竹竿仔细修理一下，竿稍系上同竿长的尼龙丝线，把大别针压弯成鱼钩头部，稍微磨尖，简易的渔具便自制成了。家乡前面有条小河，在小河里钓，"河竿"也用不上，也买不起鱼竿，用简易的钓竿钓鱼才有原味。如果能钓到鱼，还可以给晚餐加菜，我不知道现在的鱼的饮食有无变化。

　　翟处见此美景马上打了鱼窝开始钓鱼，刚开始只有他一人经常钓上鱼来，一会，仲翔二哥也时不时钓上来，在旁察看塘形的中国钓鱼协会原副主席伯翱嘴里还哼着当年家喻户晓的《沙家浜·智斗》京剧，从容而又执着，镇定而又睿智。正因为这样，诸葛孔明才敢凭借空城，从容面对司马懿15万大军，伯翱大哥有诸葛孔明运筹帷幄、决胜千里的沉稳智慧，他这样美好的心态才可称为垂钓高人。悠闲地抽出了一根鱼竿，他和助理庆哥忙着系钩和线，然后又从包里拿出了一盒蠕动的蚯蚓当作诱饵，这是昨晚伯翱大哥让"杨管家"到地里翻土寻找的几条蚯蚓。两只手捏着鱼饵挂在鱼钩上，然后两腿大步跨着好像老黄忠射击一样的姿势，双手紧握鱼竿，然后用力一甩，又往前一抽，"嗖"的一声，鱼竿在湛蓝的天空中划出了一道美丽的弧线，精准落入了湖中，激起一圈圈涟漪，如同年轮一样向周围扩散开去。不一会，浮标急促往下沉，"上钩了，上钩了"，一条鲫鱼被钓上了岸。然后伯翱大哥接着又上好食，就这样来回十几次起钩，又好几次还是一箭双雕的呢，不到一支烟的工夫已经钓上二十好几条鱼。我和庆哥都换了好几个地方钓了，都没钓着鱼。伯翱大哥看见此时此刻还是保持零纪录的我们，和蔼可亲地笑着说："国庆、小林你们也可以来试一试用蚯蚓当诱饵钓这鲫鱼呀！"我接着伯翱大哥的话说："庆哥先来"。不到一会工夫也钓上两三条，过完瘾的庆哥说："该你钓了小林。"

我开始准备好鱼竿，调好浮漂，挂上鱼饵，万事俱备后用力一甩竿就坐下等鱼咬钩，刚开始还津津有味的，一直全神贯注地看着浮标，只要一动，我马上拉上来，可是来回拉了好几次，还是没有鱼，空空如也。我开始有点不耐烦，以为"没戏了"心情特别失落，看了看伯翱大哥还是稳坐钓鱼台一条接着一条的钓鱼上岸，让我羡慕不已。我开始纳闷："姜太公钓鱼，没钩都能钓到鱼，我有钩子都钓不上来，可能是我技术太差吧！"此时我想真正的钓鱼，应该钓的是快乐，应该钓的是良辰美景呀！千万不要把钓的结果看得太重，要调整好自己的心态，要用心地去享受快乐垂钓的整个过程，这样我的生活才会变的美好快乐。大约空竿十几回之后，浮标开始终于有反应了，一下晃动，只见浮标往下沉，我有些着急马上拉竿，一股巨大的力量通过竿柄传到我手掌上，只听见"啪"的一声，鱼竿折了鱼也跑了，钓鱼还真的很难呀！心急如焚马上换竿上饵再抛出之后，大约过了十几分钟，又见浮标晃动，突然下沉，正好伯翱大哥见此情形，急忙指导我说："赶快提竿，并迅速压低重心，同时双手握紧竿柄。"此时大鱼蹿出水面划出一道弧线后又猛蹿回水里，大鱼开始左右窜动逃命，我有些惊慌失措，拼命握紧鱼竿，一股强大的力量险些把我拽到河里，这鱼的力量可真大呀！这时我突然想起伯翱大哥所传授的经验，化解了大鱼一次又一次的冲击，此时鱼竿被拉得像个圆弧，我的心"咚咚咚"地跳着，我担心鱼竿再次被拉断了，大鱼还在不断拼命挣扎着，这情景让我想起了海明威的名著《老人与海》，经过十几分钟地"战斗"，鱼已经精疲力竭翻了白肚皮了，钓友们纷纷赶来助威，在他们的帮助下，那条"宁死不屈"的鱼终于就范了！哇！还是条8斤多重的大鲤鱼，鳞是金黄色，翅是玫瑰色，尾巴如金红色的薄纱一般，通体银光闪闪。这鱼一上来，顿时吸引了所有人的眼球，开心地跳了起来，让我激动不已，从来没钓过这么大的鲤鱼噢！多亏万大哥悉心指导，不然又得折竿，可见钓鱼的任何一个细节都马虎不得，又给我上了钓场中动的一课。

此刻，感觉到钓鱼可以给我带来许多乐趣，它丰富了我的业余生活，更重要的是，使我懂得了一个深刻的道理："功夫不负有心人。"我想继续再钓会，这会儿亢奋劲立马激起儿时记忆，用全身的力气往河里甩竿，终于甩出去十几米远的目标点（这抛竿技术还是伯翱大哥亲传的）。心中默念，鱼儿赶紧吃饵，我耐心等待着，聚精会神地盯住浮标，一心一意地看着鱼漂移动。约几分钟，鱼漂竟然又动了一下，通过伯翱大哥在旁又指导换了鱼饵。鱼漂被鱼拖着小范围移动，向左即往右，我知道鱼在慢慢地尝试着咬饵，不过还没有大口吃，我静悄悄地等待着，双手紧握住钓鱼竿，双眼牢牢盯着鱼漂，只见鱼漂使劲往深水里沉，丝线被绷着很直，我开始笑了，这下应该钩上了。使劲一提鱼竿，竿似弯月，最后终于把鱼儿钓了上岸。万事开头难，有了第一次的成功，我更是信心十足。水面常常泛起涟漪，一条、两条……我的心里甭提有多高兴了，幸亏伯翱大哥带来的小蚯蚓今天真的派上了大用场。一下午，我越钓越来精神，感觉在跟鱼斗智斗勇。斗智，是看鱼吃饵是否上钩，没有正确的判断，只能是丢了饵钩不上鱼；斗勇，也就是该提杆时及时地提起来，而且要快，提的不及时或提的慢，鱼也容易跑掉。时间就像离弦的箭，夕阳已经西下，满湖霞光万道，伯翱大哥提醒该收竿回家了，仲翔二哥接着说，"我得来条收竿鱼吧"，说着说着，鱼开始咬钩，二哥猛一提竿，上来一条金色小鲤鱼，这样圆满收竿鱼，大家嘻嘻哈哈高兴地笑着，今天收获甚丰，我们挎着银光闪闪的鱼篮，披着暮霭微光的夜幕，人人带着喜悦的心情往家赶。

在此，伯翱大哥对所有喜欢和热爱钓鱼的人说："江河湖海是属于我们所有钓鱼人的，她带给了我们所有钓鱼人快乐和幸福，保护好她的水和两岸绿色是我们每一位钓鱼人的责任与义务，只有保护好周围的大自然环境，她才能给我们带来清新空气和垂钓的快乐！愿我们所有喜欢钓鱼的人，备好环保袋子，把自己遗留的垃圾顺便带走。让我们大家一起行动起来，保护好我们祖国美好的家园吧！"

钓得锂鳞显灵性

盛夏午后，晴空万里无云，天气格外好，我从北京驱车一个小时来到河北香河国华影视基地，看望我国著名大写意花鸟大家康宁老师并陪他钓鱼。国华影视基地西眺北运河，南望潮白河，冬日溜冰赏雪，夏季戏水鹰鱼，南风北景，美不胜收。汇集"北京东、西琉璃厂一条街、松竹斋、荣宝斋、四大牌楼、永定门、明清街、民国街道、王爷府"等有中国特色的古建筑群。为充分挖掘和弘扬香河深厚的荷花历史文化，香河县大力开展荷花之乡创建，全面打造"水润荷香、北国江南"生态品牌。按照"香河幽香、河中有荷"思路，构建"多点开花、景色相连"布局，综合打造系列荷花景观。扩大香河第一城现有荷花种植规模，形成百亩珍奇荷花景观园，丰富第一城荷花节文化内涵；在原有3000亩藕荷种植基础上，重点扩大庆功台村藕荷种植规模，打造万亩藕荷基地，大力推介"荷花之乡"品牌，打造5A级旅游景区；开发潮白河秀水街大桥生态公园和大香线潮白河大桥东侧荷花园，构建潮白河生态公园，已栽植观赏性花莲60余万芽；在国华影视基地上下游2000多米范围内，打造园林景观和文化创意园区相结合的示范点，已栽植荷花百余亩，将成为京津冀地区著名的消夏赏荷盛地之一。

我们来到百余亩荷花盛开的水域旁，微风拂面，看见湖水很清澈，拥有着碧绿的颜色，就像一块光滑的玉石，岸边的柳树生机勃勃，拂着绿色长发，小鸟在树上叽叽喳喳地欢叫着，树下的花花草草五颜六色，草地上还有着许多各种各样的石头。老子说，人法地，地法天，天法道，道法自然。宇宙万物皆离不开一个"道"字。何为"道"？洪荒无涯，涉及宇宙万物，过于繁杂，我们每个人只不过是天地一沙鸥，沧海一粟。"宇宙大道"貌似太过飘忽，暂且不去谈论。不妨回到现实生活，回到钓鱼人的世界，以钓鱼人的思维读生活，我们是否能读出一份不一样的感受。在山河湖藻的转角处，或许也能钓出来些许人生路的启示和智慧。

老钓手康宁老师从河边的北岸开始察看整个鱼塘的塘形，了解鱼塘的一些状况后，坐下来先喝一口沏好的大红袍茶，再抽一根软中华牌的香烟，然后不慌不忙拿出了一根鱼竿，鱼竿上还缠着线和钩，然后又从包里拿出了一盒蠕动的虫子当作诱饵，两只手捏着鱼饵挂在鱼竿上，然后两腿大步跨着，双手紧握鱼竿，然后猛一甩，又往前一抽，"咻"的一声，鱼竿在空中划出了一道美丽的弧线，准确落入了水中，激起一圈圈涟漪，如同年轮一样向周围扩散开去。突然，浮标下沉，"上钩了，上钩了"，一条鲫鱼钓上岸了。然后康宁老师又下钩，不到半小时的时间，来来回回十几次，又好几次还是双钩鱼，已经钓上二十几条鱼，钓得真是过瘾呀！

听友人说旁边荷花塘里有大鱼，康宁老师于是转到这鱼塘岸边来，因为要钓大鱼重新换好渔竿、调好浮标、挂上新鱼饵，万事俱备后只见老渔翁又用力一甩竿就坐下等鱼咬钩，大约甩过七八竿之后，浮标开始有反应了，一下晃动，只见浮标往下顿，突然往下沉，见此情形我看见康老师不慌不忙甩腕提竿，并迅速压低重心，同时双手握紧竿柄，死死顶在腹部。此时大鱼蹿出水面划出一道弧线后又蹿回水里，大鱼开始左右摆动、时隐时现拼命窜动、前后挣扎逃生，他握紧鱼竿，他老练的经验利用弹性化解了大鱼的一次又一次的冲击，就这样把大鱼"遛"三十几分钟"遛"到它已没劲了，最后钓友拿来大钢抄子都抄不进去，只能把它遛到浅水地方，大鱼已经筋疲力尽平躺着不动了，才把鱼续到抄子里面去，终于把它捞上岸。一看果然是条大草鱼，终于有大收获，从脸上看出康老师的喜悦。这条草鱼大概 50 多厘米长，9000多克重，肥润光滑，鳞光闪闪，让人爱不释手呀！

这时看着远处鱼塘的荷花，荷叶丛中可以看见大大小小的莲蓬。碧绿的荷叶挨挨挤挤，大小不一，大的像一把撑开的小绿伞，亭亭玉立在水中；小的只有两三寸大。在这碧绿的荷叶中，无数艳丽多姿的荷花争奇斗艳，馨香四溢。那含苞欲放的花蕾更富有一番迷人情趣，活像一个熟透了的大仙桃，使人垂涎欲滴。这时一条鲤鱼跃出水面溅起无数水珠，洒落在荷叶上。那小水珠，在微风吹拂下像颗珍珠，调皮地在翠盘上来回滚动着。康老师见此情形，赶紧拿出笔记录下来并叫助理拍下此时此刻的美好佳景。

老当益壮的老钓家康老师首获大鱼后兴奋地立马站了起来，又上好了饵后用全身的力气往河里甩竿，终于甩出去十几米远。嘴里再念叨，鱼儿赶紧吃饵，再钓它一条更大的鱼吧，他铆足了老黄忠的劲头，像翠鸟一样双眼死盯水面，等着鱼漂移动。真幸运，没几分钟，鱼漂有了动静，换了地方前后很鲜明。鱼漂被鱼拖着小范围移动，向左即往右，他清楚鱼在慢慢地吃饵，不过应该还没有被钩钩上，他放慢呼吸频率。只见鱼漂使劲往深水里沉，丝线被拉得很直，他胜券在握地微笑了一下，这下应该钩上了。使劲一提鱼竿，只见鳞光闪闪，上岸一看只见鱼鳞一片，康老师和众友不禁哈哈大笑，当时真有得鱼望荃的感觉，视而珍宝，在这样喜悦的欢呼声中圆满落下帷幕，提着沉甸甸的鱼箱，披着夕阳的余晖哼着小曲回家去了。

第二天清晨，我们还是来到荷花鱼塘继续过足昨天的钓瘾，康老师开始钓鱼，把竿一拽就等鱼咬钩，刚开始还津津有味分享着昨天钓获的劳动成果，目不转睛地看着鱼竿上浮标，过了好些时候，还是没有动静。他开始聊起来："严子陵沽名钓誉，姜太公钓官钓爵。"就在这时，浮标有动静了，鱼开始咬钩，康老师一提竿，鱼还在挣扎，不一会儿把它钓上岸来，一看是条大鲤鱼，他用手掐着鱼鳃一看，鱼身上少一块鱼鳞，连忙叫助理拿来昨天的鳞片一比，确实是这条鱼身上的鱼鳞，无巧不成书，老天爷真是在抛砖引玉呀！

康宁老师去钓鱼，本身他利用空闲时间去钓鱼，同时也观察大自然的生态环境规律神秘变化，从中可以了解大自然的秘密才能画好它。开始已经创作他的巨幅荷花，这幅画继承了中国画的传统，吸取李苦禅、潘天寿、石涛、八大山人、扬州画派、吴昌硕、齐白石等人的技法，在花鸟大写意上很有特色。康氏风格是豪放，气势磅礴。是从写实中进行凝练后的创造。"随意中蕴含着朴拙之气，自然含蓄中蕴含阳刚之气。作品达到了笔简意繁的艺术境界。"这幅丈二匹的大写意荷花，近处用浓墨，远处用的是淡墨泼墨，中间刚刚露头的荷花红红的。充满诗情画意，一如他气势磅礴的大气画风。康老师画鱼栩栩如生，灵动活泼，神韵充盈，概括简化也是独一无二的技艺。康老师不仅是和他的师爷齐白石一样是画鱼高手，而且还是钓鱼专家。

　　这已经不是他第一次创作这么精品的画了，以前在钓鱼过程中观察到很多大自然奇特的自然景观，立马把它画下来。比如在钓鱼过程中，有一次意外观察到电线杆站立的两排小鸟，灵感一来马上回画室把它画了下来，后来这幅画还编入人民美术出版社为他出版的大红袍画册，这种事情很多，有很多精品画作都是通过观察大自然的规律变化，从中了解大自然的变化和秘密才能画好它。

　　康宁老师是我国近现代著名大写意花鸟大家，康宁老师其兄为康殷（中国当代古文字学专家、古玺印专家、篆刻家、书法家、画家），少时学写意花鸟，出手不凡，就读于北京工艺美校。他注重写生，功底深厚，细致工润。24岁，拜国画大师李苦禅先生为师，学习大写意花鸟画，从此厕身先生门墙二十余年，后得苦禅大师无私亲灸十多年，勤而习之，得苦老真传。与著名画家范曾为同门师兄。他的大写意画，赋形简洁精练，用笔沉郁痛快，酣畅淋漓，大气磅礴，墨色深厚多变。除向苦禅大师学习外，他还上溯文人画之源的陈白阳、徐青藤、八大山人等明清大师作品，兼取众家之长，合一炉二冶之。近年来，他继承苦禅大师画风，但"师其意而不师其迹"，有题材、笔墨及表现手法上，笔性显示他的特点画风，不断探索开拓，逐渐形成自家的形神兼备的风格面貌。他的题画草书流畅俊美，自成一格，融入画中，突出了文人画的特点。他笔下的白鹅丰腴肥硕十分可爱。雄鸡则昂扬挺俊，有强烈活力。荷花厚重而笔法灵活多变，画鱼用笔简古、形态生动，堪称一绝。偶然设色做牡丹，秀雅高古，冷艳雍容，似乎画出花朵的水分生命和神韵来。这是古今画家所难，而他竟举重若轻，于无意中得之，为名画传神，令观者倾倒。康老师追求传统艺术和人文精神，有着深厚的文化底蕴造就他辉煌的艺术人生。

钓鱼的兴趣比绘画大

——记著名花鸟大写意大家马胜利

生活是什么样的？我想每个人都有自己的答案，就像孟浩然的故人庄、陶渊明的桃花源、北岛的红帆船、海子的诗与远方。

从古至今，我们生活在同一个世界，但人们的理想生活各不相同。在这个多姿多彩的世界里，我们要做一个热爱生活的人。

首先，热爱生活要从"眼"进入，善于发现生活中的美好，找到自己的兴趣，让自己活得赏心悦目。都说"兴趣是最好的老师"，不仅可以增长我们的见闻和能力，还能为我们紧张的生活带来快乐。就拿马胜利老师来说，他一辈子喜欢绘画，但是钓鱼的兴趣比绘画还大。马老师还经常引用一句套话说："人生小钓场，钓场大人生。"

马老师真是一位钓鱼狂热者，前两天，刚从外地钓鱼满载而归，据他说从一早开始钓到晚上，钓了大几十斤鱼呢。我一说请他去钓鱼，他马上答应。

听马胜利老师讲过，有一次凌晨四点多，马老师和钓友开始在他老家的鱼塘钓了差不多一天，不过瘾。就驱车前往水库准备夜钓，瘾头来时，挡都挡不住，钓了将近两天，就是没合眼。他的钓鱼兴趣真是大于一切呀。马老师说："钓鱼给我带来了许多乐趣，它丰富了我的业余生活，更重要的是，钓鱼使我懂得了一个深刻的道理：'功夫不负有心人'。钓鱼还是一项很有意义的项目，可以让人静下心，欣赏美丽风景！"

还有一次，马胜利老师去水库钓鱼，忽然，下着很大的雨，钓友们都去避雨了。唯独他这"拼命三郎"还继续在垂钓。他夫人骑着自行车在泥泞中去给马老师送饭，陕北是黄土地，骑一会就得下来扒掉土，有时还得用木条捅掉黄土，不然轮胎就会被土卡死了。又是雨天，又是上山的路，他夫人骑到马老师那，也已经筋疲力尽了，真是令人感动。心疼夫人的马老师，也只能和她一起回家，回到家洗好澡后才觉得发冷。于是，拿床被子把自己裹起来，这才觉得暖暖的，感觉幸福来得太突然啦。

他还讲述在各种环境下曾钓过鱼，其中包括夜钓、雨钓、野钓。马胜利老师提醒"钓友"应避免夜晚钓鱼。晚上光线不足，影响人的判断能力，在甩竿、收线时容易伤到自己和他人。而且晚上钓鱼更容易发生危险，尤其是在危险水域。为了安全，最好在白天钓鱼。

还有一次，马老师和我去朋友庄园的鱼塘钓鱼，发现远处有鱼泡星。他对着我，大凡是一大串大小泡慢慢向前移动，大泡越大则是鱼越大。在其正前方2~3米处，用打食器分别将诱饵送入钓点。由于鱼的警觉性相当高，鱼星一般要停止几分钟后才会再有，观其游动方向，将鱼钩包在钓饵内，轻轻送入其游动的窝中。切勿随意拖动，静候鱼咬钩。追泡钓，基本上一追一个准。

钓鱼上瘾的人，在不钓鱼时也在想钓鱼，而且不分时间、不分场合，比如在晚上睡觉时，大脑里会出现浮漂下沉的信号，或者自己在湖边垂钓的样子。

当初在宝鸡画院上班时，每年都得有一大半年时间在外面钓鱼，一到河边，就兴奋不已。那时，每年夏天身上都得被太阳晒得脱两、三次皮，光着膀子坐在皮沙发上，都能把皮粘在沙发上。马老师不管刮风，还是下雨，只要说去钓鱼，准去，真是位钓鱼痴迷者。马老师每次去钓鱼一定要开他自己的车，因为他车上的钓鱼工具应有尽有！亲耳听他说，一旦体验过钓鱼的乐趣后，人就容易沉迷其中，从开始的一根鱼竿，发展成钓厢、多种线组、鱼护、多类鱼钩、多组鱼漂、炮台等，一应俱全，甚至汽车后备箱也常年放着钓鱼装备，随时可以"说走就走的钓鱼"。

钓鱼就好像现实生活中的一场游戏，这个游戏具有策略性、随机性和挑战性，让人无法抗拒。

钓鱼讲究策略，不同大小、种类、重量的鱼，需要用到不同的鱼钩。线组的选择也有策略，根据季节、气温、时间的不同，主线和子线的搭配会影响钓鱼的成功率。

因为存在太多不确定因素，钓鱼还有很大的随机性和挑战性，"钓友"会追求更高的技术水平，这一过程中多巴胺大量分泌，产生精神上的愉悦感。

马胜利老师还是当代大写意花鸟大家。他每次去钓鱼时候总是很细心地观察着大自然的千变万化，有时回来后便把它画下来。马老师是以大自然为灵感源泉，将观察到的大自然每个耀眼的细节呈现在画作中，让在纷扰城市中生活的我们，感受身处自然的平和与温暖，这便是绘画的魅力。马胜利老师善花鸟画，其花鸟画作品的笔墨关系浑然天成，给人一种典型的文人气息。他经常讲要画大写意者，一定要有大气魄、大胸怀，才能画好大写意。

画如其人，"儒雅随和""气势如虹"，这一点只有见过马胜利老师的人和画后才能感受得到，并会一致认同这一点。马老师重视中国画传统的承脉，对中华民族的文化精神有着出色的理解与感悟，经过几十年如一日的对这种民族传统精神苦苦的追求、探索，他找到了民族精神与时代精神的契合点，正在形成属于他自己的艺术语言。其画笔墨奔放奇纵，韵致高雅洒脱，意趣生动清纯。在他的花鸟画中我们感受到徐渭的恣肆狂放、信手天成，八大山人的凝练静穆、简约清脱，吴昌硕的老辣雄奇、古茂朴厚，齐白石的天真烂漫，妙造自然，画面易于理解而又耐人寻味。他尽力保存了传统绘画体系的严整性，而又在以一腔现代人的精神和激情努力从传统脉系中延伸，在题材、意蕴、笔墨、章法上都有着创造性的突破，其作品别开生面，呈现出浓烈的时代气息，在中国花鸟画创作相关的文化素养、艺术修养等方面均已达到了相当高的境界。

生活的美好原本是简单的，可这真相却被人类原始的贪婪所遮盖，我们向往功成名就、金榜题名，以为这样的生活才是美好的，可无数人为此操劳一生，到头来发现自己的金钱不过就是一个数字，功名不过就是一道云烟罢了，没有意义，却让自己断送了美好年华。向往的生活是简单、朴实的，可以是学习一天后能躺在温暖的被窝中美美地睡一觉，也可以是坐在田埂上感受自然之美，也可以去鱼塘边听着鸟叫蛙鸣，享受刺激的钓鱼乐趣，还可以是翻着书，喝着下午茶，度过一段惬意时光。打破世俗的桎梏，不妨活得洒脱点，从心所欲。谁都无法预知是明天还是意外先来临，所以请多做有意义之事，对自己好一点，珍惜当下，绝不留遗憾。

马胜利老师准备多年的疏影横斜——马胜利花鸟画展及研讨会将于2022年12月11日下午15时在北京宋庄一耕美术馆举行，恳请同行们拔冗出席指导！

开春第一钓

初夏时节温度升高，浓艳的桃花热情而大方，细细的桃枝上开出密密匝匝的花朵，颇有与百花争奇斗艳的意思。此时柳条依然翠绿，桃花绯红如霞，桃红柳绿的美景正当时，眼下的北京城到处鸟语花香，风景美不胜收。

万伯翱大哥、马胜利老师、庆哥及我约好，周六下午来一场开春后的钓鱼并赏花观景。

按照约定时间，我们各自开车到几十公里外的郊外鱼塘。这里早晨刚下了初夏的第一场雨，下午晴空万里，鸟雀依然在成群地飞翔。叹这相同的天空下，曾经流转着多少不同的故事。一旁的白蜡树有的枝干已经绿油油了一大片，有的枝干上才探出了一个个"小绿脑袋"，小巧玲珑，挺可爱的。微风拂过，左右摇摆，显得婀娜多姿。一行白鹭从山中飞出，形态各异。有的独个儿悠闲地飞翔着，边飞边欣赏着四周的美景；有的结伴而行，"交头接耳"地谈话；还有的飞了一会儿，大概累了，停在一棵树上休息了……真是妙趣横生啊！

桃花张开了笑脸，尽情享受着早晨雨的洗礼。那片片花瓣上闪动着一颗颗晶莹剔透的雨珠。有几片花瓣随风飘入了水中，鱼儿看见了，连忙游过去和花瓣玩耍。它们嬉笑着，追逐着，随着花瓣游向远方。隐隐约约还看见它们吐起了一串又一串的小泡泡呢。

忽然，一位身穿蓑衣，头戴箬笠的老渔翁打破了这寂静的画面。只见他坐在小船上，手执鱼竿，欣赏着四周的美景，乐在其中。看那青山绿水，"桃花流水鳜鱼肥"，哦，对了，还有那白鹭，老渔翁的脸上漾起了笑容，可他全然不知，他自己也成为其中一景了，也成为"画中人"了。小船驶过的水面上泛起了一圈圈涟漪，渔翁的心中也不禁泛起了阵阵涟漪……

说起钓鱼，那可是我的业余爱好了。且不必说鱼浮触动时的那种心情，也不必说鱼儿上来时的那种高兴劲儿，单说那清澈的河水、随波荡漾的水草、清新的空气就足以让人陶醉了。

我和马胜利老师先到，于是我们先开钓了。老钓手马老师一条接着一条，我在旁边干着急呀！马老师看到如此美丽的风景，拍一些好素材，回去后把它画下来，为下一个画展做准备。

过了一会，万大哥来到鱼塘，他先观察了一下地形和水情，很快就确定了位置。万大哥先把鱼竿拉长，系上鱼饵，我在岸边把鱼笼插紧，一切工作准备好了。他上好鱼饵，把竿子轻轻往前一抖，鱼钩便钻入水中，准确地落在目标处，并在鱼钩旁边撒下一点鱼饵打窝，希望把鱼给引过来，然后手握住鱼竿，静静地等待鱼儿上钩。过了不一会，万大哥钓到了一条小鲤鱼，因鱼儿小就放生了。

老钓手万大哥不慌不忙，鱼儿一条一条地来上钩了。数着一条又一条的鱼，他仍然坚守阵地。

快收竿了，他又钓到一条鱼，这条钓的挺有趣的，他是钓到别人断了线的鱼。万大哥说："能钩住别人断了线才能钓到的鱼，这机率是万分之一。"这么小的机率也能钓鱼，不愧是钓鱼协会主席呀。他不管走到那里，以他的技术都是能钓到鱼的呢。

"钓鱼的乐趣，在于寄情山水，也在于和鱼儿相遇那一刹那的惊喜。我一向比较赞同海明威所说的那句话：鱼是我们的朋友，也是我们的敌人。"万大哥说，"知道吗？海明威除了写作，钓鱼几乎是他生命中最重要部分。在他的名著《老人与海》中，充分写出了钓鱼的惊险与刺激。他笔下的那种海钓境界，正是我一直所向往的。"

说万大哥开创垂钓散文先河，并不为过。我认为理由有三：第一，他最早提出"垂钓散文"概念，开掘了中国散文创作的新领域，丰富了散文思考生活的多样性，更有对钓鱼运动的哲学思考和文学贡献；第二，他从"钓"的独特角度着墨，向外界展示伟人的情感及精神，从而使读者感受到领袖、名家及渔人的风范，又以"鱼"为媒，让读者领略到中国渔文化的深刻内涵，继而体味人与自然的和谐交融，人道鱼性，浑然一体，可谓独树一帜；第三，他创作的垂钓散文作品有三十多万字，人民体育出版社曾专门出版发行《元戎百姓共垂竿》，且重印再版多次，此书成为他垂钓散文的标新之作、成名之作。此后并有垂钓散文被拍摄成电视片，成为我国第一部以元帅钓鱼为题材的电视艺术片，引领了中国垂钓文学集群式与衍生式的发展。准确地说，万大哥开创的是"垂钓文学"，不单单是"垂钓散文"。

万大哥所著《元戎百姓共垂竿》这本国内外独一无二的钓鱼散文集，两年前，在全国各地的1600多部投稿中，经过中国文学专家学者和散文界评审委员会资深专家层层筛选，最终脱颖而出，还获得了"冰心散文集"大奖呢。

最后，万大哥对着我说："我还有一个梦想，借着钓鱼散文来筹备垂钓文学基金，我自己先掏钱来启动，每两年举办一次，向全国征稿，初定名字叫'翱翔万里杯'。"

今天下午，我开始钓鱼后，就这样等了老半天，至今还没有鱼上钩。我依然坚持不懈地努力，争取钓到鱼。一旁的万大哥说："鱼儿一定要给小林面子，不然今天又是零蛋。幸好你下午帮我摘了不少鱼，也有你一份功劳呢！"他接着还对我说："要是钩住鱼饵的鱼钩开始动了，说明有鱼过来吃了，你一定要仔细观察。"

这时，鱼钩上的浮球动了一下，周围的湖面上泛起了一圈圈水波纹，好像有鱼上钩了。我猛地把鱼竿往上一拉，可惜鱼儿挣脱逃走了。鱼可以逃走，不过我并不泄气，我还是"稳坐钓鱼台"。

太阳快落山了，我还是竹篮子打水一场空。我收拾好工具回家了。

我虽然没钓到鱼，但还是很开心。通过钓鱼我明白一个道理：钓鱼并不是一定要钓到鱼，钓鱼的过程更重要的是在磨炼一个人的意志。

历史上有姜太公钓鱼，愿者上钩。

所以，钓鱼一定要有耐心，不能性急，有时"空军"也是正常不过。我有几次都是坚持到最后要走了才钓到鱼的呢。坚守是每个钓鱼人成长过程中闪光的品质！

两位垂钓高手大哥教我钓鱼

今天，晴空万里，阳光明媚，小鸟在枝头蹦来跳去，叽叽喳喳唱着，玩得不亦乐乎，就连小树也对我点头致意。我和万大哥，负部长等朋友驱车三十公里来到农业部养殖基地钓鱼，到了鱼塘边坐下来拿出鱼竿准备钓鱼，学着万大哥的样子，抓了一团鱼饵，套在鱼钩上。我还怕鱼钩被鱼饵包住了，钩不到鱼，特意把鱼钩露了点出来。我自以为万事俱备了，于是一甩杆，谁知甩得太用力，渔线缠住了我头顶上的树枝，我使劲扯了几下，可它缠得更紧了，没办法，我费了九牛二虎之力，才把渔线拿下来。第二次甩鱼竿，我小心翼翼地一甩，总算没再次发生意外。我盯着浮标看了好一会儿，它丝毫不动，我开始急了，一提杆，发现鱼饵还在那，我觉得很奇怪，自言自语："莫非这鱼饵不好吃？这鱼也太挑食了吧。"万大哥听见了笑着说："垂钓者在于心静，古人说放长线钓大鱼，钓鱼一定要有足够耐心，不许有一点动静，否则就会把鱼吓跑。"我点了点头，又专心地钓鱼了。可是，过了很长时间，看见万大哥和负部长都钓上了鱼，而且还钓了不少，心里紧张起来，但我自己也安慰自己再等等……

大半天过去，还是没钓到鱼，握在手里的鱼竿如一根滚烫的棍子，害得我手掌心都是汗。我目不转睛地注视着浮标，生怕它下沉一点而我没看见，错过提竿机会。我知道了，这叫打窝呢。负部长见到我这种情形后开始指导我，还在我的鱼钩范围内又撒了一把鱼食。很快鱼开始咬钩，这时浮标快速沉下去，万大哥用余光一扫忙说："小林可以提竿了。"提竿后觉得很沉。万大哥见此情形又说："这条鱼不小，要多溜一会，可不要着急，否则会断线或折竿呢"。于是我开始屏气凝视和那鱼展开了较量，在负部长指导下时进时退，时放时收。经过二十多分钟和水中精灵的缠斗后，在两位领导大哥不断指导和抄拿下终于把那条顽固的大鱼制服，将其捉上岸来，那是一条大青鱼，有三十多厘米长，约八公斤重，肥润光滑，让人爱不释手，我心里美滋滋的，从来没钓过这么大的鱼呵！可见钓鱼的任何一个细节都是马虎不得的。

继续钓鱼吧，心里想还能钓条更大的吗？于是把鱼竿又一次甩出去，静默地凝视着水面，看着风在水面滑过去，心里暗暗地说："容易上钩的鱼，往往是贪吃的鱼。"钓鱼看似简单的一件事，其实藏着某种人生的深意，尤其在这个巧取豪夺、急功近利、相互算计的世界里，每个人都是垂钓者，每个人又可能成为别人钓钩上的大鱼。古传隋文帝坚持高调反腐的一生中，最令他引以为傲的就是破天荒地发明了"钓鱼执法"的反腐高招。今有陈毅元帅曾经说的"莫伸手，伸手必被捉"呢！

钓鱼悟人生

钓鱼，这件看似平常的事情，只要我们细心去感悟，就会发现，它其实是一门高深的技艺呢。我们只有体会了全过程，就能得到人生的启示，更能获得心灵上的洗涤。

去年盛夏，我约好万大哥、齐部长和马老师去顺义一位姓刘好友的庄园垂钓。

当我和马老师一进庄园，首先映入眼帘的就是这美丽的荷花湖。在烈日炎炎的夏天，只见满眼荷叶亭亭玉立，挨挤在一起，摇曳生姿，擎天如盖；单瓣、半重瓣、重台、千瓣荷花，花型应有尽有，形态各异；红色、粉红色、淡黄色、桃红色、白色、洒金荷花，花色一应俱全，色彩缤纷。在碧绿的荷叶映衬之下，真是顾盼生姿，千娇百媚！尽情怒放的，敞开怀抱，花瓣全部展现，连中间的莲子也都呈露出来，争奇斗艳；半开半收的，像刚走出闺门的少女，犹抱琵琶半遮面，仪态万千；含苞待放的，风情万种，留给人们无穷的想象空间。荷波之下叶茎修长，花茎苗条，水清见底，倒影清晰，游鱼往来穿梭，无拘无束，自由自在。我仿佛听见一条小鱼对另一条小鱼说："生活在这么美丽的环境中，我们真幸福啊！"

我们走着，欣赏、陶醉着。突然，几只蜻蜓从我们眼前掠过，飞到旁边的树荫下，又转身到了荷花上，像一个体操运动员，手紧紧地握着花瓣，身体时而平放，时而倒立，不禁让我想起南宋杨万里的诗句："泉眼无声惜细流，树荫照水爱晴柔。小荷才露尖尖角，早有蜻蜓立上头。"

湖面清风掠过，荷波轻轻荡漾，荷叶沙沙作响，荷花频频颔首，荷香淡淡袭来；湖上沙鸥翔集，白鹭成行，诗情画意，无与伦比。处在沁人心脾的清香异馥包围之中，心旷神怡，让人油然而生慨叹：此景只应天上有，人间哪得几回见？马胜利老师可是花鸟大写意的著名画家，看到如此美丽的风景，自然要拍照留存，等回去才好忆读作画。

心旷神怡的马老师，兴奋地拿出钓具开始钓鱼。我也拿出了一只鱼竿，表面擦得亮闪闪的，穿好线，上好鱼饵，我用手一挥，鱼线被甩了出去，准确落在钓点处。还未等我定下神来，只见鱼漂直往下沉，急忙起竿，结果空无一物。俗话说，"心急吃不了热豆腐"，看来是我刚才太着急了，起竿早了，鱼跑掉了。

这时想起万大哥原来的指导，钓鱼需要心静，必须把握好时机。鱼漂被鱼拖住，要等到它急速沉入水中，才能果断起钩。过了一会儿，就发现鱼漂又动了几下，突然往下一沉，我猛地一拉鱼竿，一条活蹦乱跳的小鱼就被钓了上来。心里美滋滋的。

就在我陶醉幸福之中时，看到马老师的渔竿已弯成一张弓。只见"哗啦"一声，水面跃出一条硕大的大草鱼。马老师又告诉我说："像这种情况，千万别硬拉，放长线，随它使性子，让它玩，玩到精疲力竭才可动手了！"我赶紧跑过去拿渔护来！等那鱼挣扎够了，我将渔护递到马老师手中。他左手握住渔竿，试着将鱼往岸边拖，而右手却将渔护往鱼的方向伸去，待鱼拖近了，猛地用渔护网住那鱼，向上一挑，哈，好沉鱼儿浮出水面，我傻了眼，好家伙，一条九斤左右的大草鱼！不一会的工夫，又接连钓上好几条鱼。

这时，刚刚赶到的万大哥拿出钓具开始钓鱼，两袋烟的工夫过去，他的两只眼珠子依然直勾勾地注视着水面，而又会时不时地环顾一下四周，耐心坚守着等待着。忽然听到万大哥惊呼："啊，有了！"

我忙不迭转身，只见万大哥不慌不忙地和鱼儿在斗智斗勇起来。他动作麻利，一个箭步就跨到了河边，半蹲着身子，万大哥的双手使劲地往身前挽着线，一丝不苟，动作越来越快，也越来越利索，完全不给我思考的机会。

很快，我也意识到了万大哥遇到了"强敌"。能让在渔场上驰骋几十年的万大哥如此激动的猎物，一定是尾大家伙，而万大哥这个精明老道的老钓手，只需要看着鱼竿的动静和水圈荡漾的弧度就能判断这条鱼的大小。我也来了精神，拿着渔护跑过去，等着帮忙抄鱼。我能感觉到万大哥正在和水里的那个大家伙做着一场激烈的搏斗，鱼竿摆动得厉害，鱼垂死挣扎到最后一刻，终于还是被万大哥给拉到岸上了。我帮他摘鱼钩，又忙着给他和大鱼拍照。

果真，这是一条有十多斤重的大草鱼，一排排整齐的鱼鳞在阳光下闪闪发亮，细看，这鱼儿的嘴巴还在不停地一张一合，别提多滑稽了！

接下来，万大哥顺心又顺手地又钓了几条鱼。在一旁学习的我，看着万大哥熟练的技巧让我心服口服，不愧是中华垂钓俱乐部的主席呀！天色渐渐变暗，万大哥高呼："可以鸣金收兵喽！"

吃饭时，万大哥和我讲了肖劲光大将拜师贺龙元帅，向他学钓鱼的轶事。

有一次，广州开会的时间长，手头的事情不多。肖劲光大将这天借了副手竿，和贺龙元帅一起钓鱼。贺龙元帅选的钓点是个河湾处，风浪很小，很适合垂钓。贺龙元帅是接二连三地上鱼，而肖劲光大将越着急，越是什么也钓不着，只见他来回不停地起竿又抛竿。贺龙元帅看在眼里，熄灭了这袋烟，耐心开导说："劲光啊，这钓鱼和打敌人一样，是以守为攻，守是主要的，你看我们钓鱼的人都稳稳当当在岸上坐着，这是守，稳坐钓鱼台啊。但这守里面可有大学问呢。如何选点，看风向，观气候。怎样捆好钩，又如何做食、下钩、看漂、扬竿都有技术和知识呢！都是以守为攻……钓它上岸时就由守攻占了它们呀，如果你搞不好，鱼把食咬去……敌人不就跑脱了呀……"

肖劲光大将到底是卓越的革命军事家，领悟很快，突然答出惊人之语："贺老总，我明白了，这钓鱼如同我们海军对付敌人潜水艇，目标隐蔽性很强，我们既要防它，更要诱它出水，发现它、消灭它。""对了，你只要加强锻炼，会很快把这些'潜水艇'搞上岸来的。"

无巧不成书，前些天，我画几条鱼去请万大哥题字，多才多艺的他曾想象"父女采钓图"，欣然在宣纸题写下来，好让马老师要结合诗意添上荷花以及父女人物的贴切景观呢！今天恰好看到如诗如画的荷塘景色！

这次，我们钓到的不仅仅是鱼，还有一份不可比拟的快乐，以及内心的那份洒脱、宁静。当我们到了一定的年纪，经历了人生很多事情之后，就会渐渐明白，人的能力终有极限，当我们对生活已然尽力之后，能做的就只是等待。所以我们要学会耐心地等待，在努力中充满希望，在希望中坚持等待。

人生如钓鱼，收获的喜悦只是一瞬间。我们大部分时间都在等待和耕耘，那么，何不把过程变成乐趣呢？

您见过骑在马背上钓鱼吗？

忆往昔峥嵘岁月，在党成立初期，特别是在长征途中，充满了血与泪。革命力量受到重创，犹如星星之火般微弱。很多人无法想象，一条小鱼也许能救一个人的性命。我们来分享几则发生在党成长阶段的钓鱼故事。

前几天中午，我和杨帆先生通电话，他表扬我最近写的"儒将"萧克爱钓鱼一文写得不错，刊登在《中国钓鱼》杂志上。还有一篇"竹笋宴"刊登在荆州日报，还被学习强国平台转载。还说我有写作这方面的天赋。我说天赋的确没有，要说今天敢动笔来写一写，一切要感谢伯翱兄，我收藏他很多亲笔底稿，底稿读了又读，劝我还要多读古诗词以及名人名著等，是他让我和文学有不解之缘。我们聊得很来劲，我问他画了作品有"水中套马""金戈铁马""马上封侯""套马图"等这么多马的优秀题材，有没有画过骑在马背上钓鱼的？杨先生说："我在西藏、新疆、青海等地写生将近二十年，在内蒙古还真见到过，真不愧是马上民族。"我接着又说："崇尚骑射蒙古族的挥杆套马比赛，比骑在马背上钓鱼的技能难多了。套马比赛中，手持一长约3米的竹竿（钓鱼也用竹竿，尺寸也差不多，比较相似）。竹竿顶扎一绳环，环的大小以能套住马头为宜。先让一匹烈马疾奔，套马手们纵马飞驰，紧追不舍，到适当距离时即迅速挥杆将马套住获胜，这技术相当高，不愧是马背上民族的绝技呢。骑在马背上钓鱼对他们来说算啥呀，您就画一张骑在马背上钓鱼吧！"听完他哈哈大笑说："兄弟想象力还是挺丰富的。"我接着还说："伯翱兄写过朱德大元帅，在长征中为解决口粮，甚至用缝衣钢针钓起过大大小小的鱼，这远胜过沸煮六七小时后难吃的皮带皮鞋了。朱元帅还用自己的蚊帐在湖泊、沼泽中捕获鱼虾解决口粮。去年，伯翱兄所著的《元戎百姓共垂竿》一书在全国各地的1600多部投稿中，经过中国文学专家学者和散文界评审委员会资深专家层层筛选，最终脱颖而出，获得第九届冰心散文集大奖。我仔细查找国内外关于一位作者把垂钓散文写成一本书籍的，还真的没有，此书的确是国内外唯一一本具有特色的垂钓散文集，这本书震惊海内外文学界，通过他几十年的垂钓和采访，真实生动地记述了共和国主席、开国将帅，国外元首、国际名人以及众钓友垂纶海中、江边和湖畔的逸事。"

还听过伯翱兄讲过，任弼时的女儿任远征去年在红二代聚会时动情地对他说："在长征路上是朱爹爹的鱼汤救活了我呀！"红二方面军的整治工作总结中提到：发动钓鱼作为补充食料，草地鱼易钓，很多人都可钓到，但无盐无油，其味很腥。不仅仅是红二方面军在钓鱼，同行的红四方面军也用钓鱼来补及食料呀。

记得我小时候还读过《金色的鱼钩》，讲的同样是在红军长征过程中，一位炊事班班长受到部队指导员的嘱托，照顾三个生病的小战士过草地，饥饿与疾病不断侵袭着四人的身体与健康。为了活下去，老班长用烧红的缝衣针弯成鱼钩，在水塘里钓上了几条瘦巴巴的小鱼。老班长将做好的鱼汤让给小同志，自己只能以鱼刺充饥。在这样艰苦的条件下，四人相互扶持，继续前进。然而在草地边缘时，老班长却倒下后再也没睁开眼睛。这金色的鱼钩，被其中一名小同志贴身保存，留存至今。小小的鱼钩，闪烁着金色的光芒，这是作为一名红军战士忠于革命、舍己为人的崇高品质，将会永远激励着我们前行。

我还写过红军长征途中，红二方面军副总指挥萧克的夫人要分娩了，然而当时物资极度匮乏，病员增加，很多人多日水米未进，如何为她们补充营养成了难题。贺龙元帅望着草地上小小的水坑，不声不响用竹竿、麻绳和针做了一幅简易钓鱼竿，就这么往水草里一扔，居然还真钓上了鱼。贺龙元帅吩咐炊事员熬了鱼汤送去。后来，萧克夫人顺利产下一男娃，因出生在红军土制的一座碉堡里，贺龙就给娃子取名为碉堡……

这些故事让我更加了解了这简陋的鱼竿，如何解当时的燃眉之急，保留了革命的火种，让更多的人心中充满了希望。这鱼竿凝聚了人们对革命必胜的信念，对战友骨肉般的深情厚谊。

挂了电话后，我得查找资料，让事实证明一切。不一会，欣喜看到比利时渔民在马背上钓鱼至今已有700多年历史，这一神奇钓法是从西洋传至东方的。比利时渔民一直训练马下海，帮助他们捕获当地渔产品。渔民将竹筐放在马身两侧，通常能够承受超过2000磅，这种传统的捕鱼方式帮助海边的渔民收获丰富。

网上还有一条报道，爱尔兰有位女子，是一位驯马师。喜欢户外运动。一天别出心裁。竟然骑着自己心爱的马儿跑到了河中央去钓鱼。奇怪的是马儿居然一点不害怕，配合得还十分的好。

我把这些消息告诉杨帆先生并说："您见多识广，请您创画一幅，我就把刚才所讲的都写出来，咱们以十天为限。"他欣然答应。还约定好以后有时间，必须亲自去内蒙古体验一下骑在马背上钓鱼的感受呢！

从古至今，文人墨客以钓鱼为清高雅好，垂纶之诗，投杆之文，坐钓叶舟之丹青，不绝如缕。其中比较出名有姜太公钓鱼，愿者上钩以及严子陵登钓鱼台等历史典故。钓鱼在中华文化中源远流长，我们笑谈古人钓鱼，也是给今人启示。

杨帆先生是当代著名艺术大家，其画如其人，为人质朴、率真豪放，他在中国传统文化与书画艺术修养中学识较深厚，其作品古朴苍劲，以书入画，上追徐渭、八大之逸风，又得吴昌硕、齐白石之墨趣。形成了雄健古拙，古意盎然的大写意精神，可谓独树一帜。他的作品大刀阔斧，充满张力，强调一种勃发的生命气息。信笔拈花将人间万象最优美的一瞬跃然纸上，令无数世人倾倒崇拜。他集"诗、书、画、印"为一身。他不仅在绘画、雕塑等艺术领域取得了极为丰硕的成果，而且在书法方面都有很高的造诣。他的作品被北京人民大会堂、中南海及美国、德国、法国等国家，中国台湾、香港地区及各地美术馆等机构收藏，作品还作为国礼送给很多国家元首。其写独特风格已形成自家风格，成为海内外收藏家的新宠。他长期坚持到内蒙古大草原、新疆、西藏等地体验生活，对马进行过深入研究。他骑马、品马、读马、揣摩观察马的各种动势和情感；了解马的机敏、活泼、爆裂和温顺；研究马的爱恋、自信、急躁、悠闲等情感变化和马的跳、跑、卧、滚、站等各种动态和规律。他崇尚"外师造化，中得心源"，在提高笔墨语言表达能力的同时，尽量沉浸于哲学、美学、文学中，以提高作品的趣味性和知识性。

清华访问学者姜峰先生看到杨帆先生作品后欣然赋诗一首："泼墨拔青山，挥云作卷帆。灌笔千钧力，绝唱三百年！"

我确信很多画马的人有的一辈子都没见过马、摸过马，何谈画马？我知道杨帆先生一年去几次西藏、新疆、内蒙古以及青海、穿行过大草原、与牧马人同住蒙古包、与边防官兵骑马夜巡国境边塞，体验过关山飞度的万丈雄心和苍凉艰辛！

白天以马为伴，夜卧高原仰望银河繁星的杨帆先生觉得他不应为画马而画马，应以马喻人，表现一种生命的顽强和俊美，表现一种天地间精灵的气息和气质。

"夜阑卧听风吹雨，铁马冰河入梦来"，我期待着"马背上钓鱼"的大作在杨帆先生笔下早日面世。

挑灯稻田钓黄鳝

儿时，正处在物质匮乏的年代，能有一顿饱饭就很幸福了，如果能再来一盘爆炒黄鳝那真叫人额手相庆，感激上苍了。

几乎每个夏日的晚饭前，我和表哥们都会拿上一小根钓竿和一个小桶出现在稻田里和灌溉水沟的地方，这是为钓黄鳝和田鸡做准备的。

每次我看见表哥开始准备家伙出发时，我就立马跑去换上雨鞋，然后屁颠屁颠地跟在他的身后。

钓黄鳝的功夫和钓田鸡（青蛙）相比那差别可大了。钓田鸡最简单了，到了夏天你只管在田埂上走，到处都是田鸡。你看准一只然后把饵放在它前面颤颤，它除非刚吃饱，要不准上钩。可是钓黄鳝不同，首先你得找黄鳝洞。这黄鳝洞可一点儿也不好找，需要从洞口的光滑与湿润程度来分辨黄鳝洞与蛇洞的区别，黄鳝洞相对更光滑湿润地多。首先你不仅得一路蹲过去看，还得用手掏掏看洞深不深，然后判断里面有没有可能有黄鳝。其次你得很小心翼翼，因为黄鳝既"刁"又很"滑"，一次上钩被它逃走的话，它就很难再次上钩，而且近期内都不会理你。另外你还得非常有耐心，因为越是大的黄鳝，它就越"狡猾"。大概是因为在它年轻的时候有被钓而侥幸逃脱的经验，因此，它面对上门的食物会特别小心。你得耐心地等上好一会儿，等到它放松了警惕或者实在抗拒不了食物诱惑的时候它才有可能上钩。当然，钓鳝人是有备而来的，再狡猾的狐狸也斗不过好猎手，以鳝鱼落篓为安。

虽然跟着表哥钓黄鳝很多次了，但原先我从来没有自己尝试过抓黄鳝。一来是我比较怕它，因为它长得有点像蛇；二来这活儿技术含量太高，我一点信心也没有。所以这么好几次了，我还是只跟在表哥身后看他钓，刚开始对我而言"跟着表哥钓黄鳝"的乐趣远比我自己钓大得多。后来，我通过观察表哥抓黄鳝积累了一些经验，我慢慢地也可以单打独斗了呢。

黄鳝对生长环境要求高，记得那时的水质好，黄鳝特别丰富。在一个没有一丝风的夜晚，天气十分闷热，月亮躲进了厚厚的云层里，四处一片漆黑。这时，我和表哥便相约去钓黄鳝，准备享受一番别的情趣。我们拿着手电筒，带上钓具来到水沟边。我们猫着腰，顺着手电的强光搜寻着，眼睛一眨不眨地盯着水面，嘴里则小声地念叨着"黄鳝、黄鳝快出来"。突然，表哥停下不走了——发现了目标！我的心跳都加快了。只见表哥将上好饵料的钓竿垂下，轻轻移动钓竿，让饵料接近黄鳝。好家伙！随着饵料的靠近，我看见了一条大手指粗的黄鳝，我既紧张又兴奋。对着强光，黄鳝的反应似乎挺迟钝，它呆头呆脑的，仍然优哉游哉地在那儿鼓着鳃吹泡泡。这时，表哥已钓上黄鳝了。不到一袋烟功夫，我也钓上一条。

接着，表哥走到田埂上，路面比较滑，一不小心就会滑倒，他马上跨在田里，蹲下身子，轻轻地拨开草丛，缓缓地把钓钩伸进洞穴，不时微微抖动几下，喉咙鼓噪出"呱、呱、呱呱"的蛙叫声。第一次见到这阵势，我弯着腰，伸长脖子，躲在表哥身后，好奇又紧张地瞅着洞口。只见洞内有积水，洞口光溜溜的，明显有动物溜爬过的痕迹。

突然，洞内积水往上涌动，很快又退了下去，又向上一涌，反复几次后，黄鳝终于机警地探出头来。我的心怦怦直跳，粗气不敢出，紧紧盯着这个精灵：黄青色，两只贼溜溜的小眼睛谨慎而贪婪，它一定是嗅到了猎物的气味。霎时，只听"啪"的一声，黄鳝闪电般地咬住蚯蚓，准备凯旋回洞时，哪里知道，已被金钩穿喉不得脱身。岂能让到嘴的肥肉跑掉！黄鳝一边疯狂地咬钩吞饵，一边拼命地向洞内蜷缩，还把钓钩拖进去了半截。只见表哥抑制住惊喜，屏住呼吸，把钓钩猛地往里一送，顺势一转手腕，用力慢拽。呵，好家伙！一条两尺多长、黄褐色的黄鳝就这样被乖乖地揪出了老巢。黄鳝暴跳如雷，剧烈扭动身子，负隅顽抗。表哥赶紧掐住，放进鱼篓："足有半斤！"

看着黄鳝成了篓中之物，我说："怪可怜的。"表哥说："黄鳝钻拱田埂，造成稻田水肥流失，是庄稼的害虫。"说着，便从稻田里抓了一把泥巴，将黄鳝洞紧紧地封堵上了。我不解地问为什么。表哥解释说，黄鳝是独居性的，一个洞钓出一条黄鳝后，就再也没有了，以免下次空洞下钩。见我听得颇有兴致，他接着说，钓黄鳝就要先找洞穴，从洞口大小可以知道黄鳝的大小，只要洞口新鲜，有腥味，十拿九稳能钓到。

在一次次惊喜和欢呼中，鱼篓越来越沉，我们浑身的泥浆也越来越多。午夜时分，两个泥人正抬着沉甸甸的"战利品"，哼着小曲，踏着松软的田埂，步履轻快地走在希望的田野上呢。

黄鳝在全国分布广泛，生活在水田泥洞里。肉嫩鲜美，黄鳝中含有丰富的维生素A，能够保护眼睛，提高视力；含有卵磷脂和DHA能够促进脑细胞的发育，起到健脑益智的功效；含有鳝鱼素，能够起到降低血糖和调节血糖的功效，非常适合糖尿病人食用；而且，黄鳝中还含有蛋白质及多种矿物质、维生素等，能够为人体补充多种营养，有补中益气的功效，能够促进人体的生长发育，提高人体免疫力，还可以起到利尿消水肿、降低血压的功效。

现如今真想回到家乡的稻田和水沟边，再钓一次黄鳝。只是和很多农村野味一样，如今乡下的稻田里，也已经没有黄鳝的踪迹了。

田野里消失的是黄鳝、泥鳅和青蛙，我们如恐龙一样成为地球的霸主，该高兴还是惶恐呢？

享受钓鱼的乐趣

垂钓不限制性别与年龄，大人小孩子都喜欢。垂钓，"不在乎能否钓到大鱼，钓多少鱼，而在于享受钓鱼的过程，他们钓到的是满目的风景，钓到的是无穷的乐趣"。

几天前，北京疫情在政府严格管理下，疫情基本清零。顺义朋友刘庄主让我约伯翱兄、齐部长以及马胜利老师等好友去他庄园垂钓。于是我给伯翱兄打电话。他看了看天气预报说："这三天气温低不适合垂钓，只有星期六气温回升了可以试一下。"到了周六那天，有的人健康宝弹窗，有的人当天正好有事来不了。

我们按约好的时间，一进庄园，秋天的树，五彩缤纷，色彩斑斓。松树和冬青树，叶子还是那么绿，他们是不怕秋天的，昂着头，挺着胸，像正在站岗的士兵。枫叶与众不同，叶子全都红了，像一个个红红的小巴掌，在树上摇晃着，好像在说："我不要离开大树妈妈，我要和大树妈妈在一起！"大多数的树叶都黄了，但是黄的色彩又各不相同，有的深黄，有的浅黄，有的鹅黄。阵风吹过，红的、黄的叶子飘落下来，纷纷扬扬，美丽极了。像有成千上万只蝴蝶，飞落下来，给大地穿上了一层柔软的外衣。而飘落在地上的叶子似乎能感觉到冷一样，都卷在了一起，上面细小的茎脉，也显得更加深了。还有嫁接不成功的小柿子树也像红果，山楂树上挂满了玛瑙似的红果，又像是喜庆的灯笼，真是缤纷多彩的季节呀！

不远处有一片荷塘，荷塘已不在拥有"小荷才露尖尖角，早有蜻蜓立上头。"的生机；也失去了"接天莲叶无穷碧，映日荷花别样红。"的辉煌；留下只是"荷尽已无擎雨盖。"的沧桑。

秋天的早晨，荷塘是静谧的。荷叶有些已经全部枯萎了，蜷缩起来，浮在水面上；有些还坚强地挺立着，可惜那些叶子像风吹雨打过的蜘蛛网，半青半黄，破败不堪。偶尔可以看到几个莲蓬，耷拉着枯黄的脑袋，像空旷的舞台上，那只孤零零的麦克风。蜻蜓早已不再光顾这里，小鸟也不敢停在这枯枝上，匆匆飞走了，秋风轻轻吹来，像在抚慰它受伤的心灵。

虽然是秋天，但是今天大太阳还是有点晒。伯翱兄坐在树荫下，我也在一旁坐下来。他是老钓手，知道荫凉处出鱼率也远比日光曝晒的水面要大得多。然而，任何事物都有其两面性，树荫虽好，但对于一些新手，甚至很多老手而言，最大的麻烦莫过于挥竿过重或是突然跑鱼时，一不小心钩子被甩到树枝上。

一瞬间，老钓手伯翱兄一边钓鱼，一边教我如何写好钓鱼文章时，聊到重点，有鱼咬钩，提竿时忘记头上有树，钩子和线被牢牢地缠在树枝上。这时我急忙去拽线，被他叫停了。伯翱兄说："每每遇到这种情况，我发现各位渔友除了告诫要注意抬竿轻些之外，基本没有其他解决办法，就是帮忙拽，最多也就是各位拽的力度和角度有所区别，而且我发现这样对竿子的损伤也很大，很多名贵的漂也是在这个时候被损坏的。"幸亏被缠在不高的树枝上，他教我用力拽着树枝，慢慢找到被缠住的钩和线，巧用力取出就好，也免得有时被线刮伤自己。

伯翱兄又一次完美把鱼钩甩出，悠闲自得地握着鱼竿。不一会，水面有了动静，冒出了泡泡，他知道肯定有鱼要上钩了。果然，渔线往下一沉，然后他住上一拉，拉出了一条鲫鱼。他又从盒子里拿出了诱饵——红虫，把红虫挂在了鱼钩上，然后用力一挥，将鱼钩抛进了水里。这一系列的动作，他做得是那么娴熟，那么细致，我在心里不禁暗暗佩服他。就在这时，又有一条鲫鱼上钩了，我高兴地叫道："又是一条！又是一条！"不一会工夫，就钓上来十七八条鱼。他说今天不管怎么样，也得钓上二十条鱼为明天召开党的"二十大"助助威吧。伯翱兄还说："历史上许许多多文人墨客都写过钓鱼诗句和文章。"其中记载着北宋美食家、大文学家苏轼所写的《鱼》，也表明其本人是钓鱼爱好者。他在诗中写道："湖上移鱼子，初生人不畏。自从识钓饵，欲见更无烟。"可见他对钓鱼是多么悠然自得呢。

伯翱兄经常钓鱼，对于抛鱼饵、收竿等等动作都十分熟练，钓鱼他可是得心应手，因为他最喜欢钓鱼，并从中悟出很多道理。不仅写出国内外独一无二的钓鱼散文集——《元戎百姓共垂竿》，又得了"冰心散文集"大奖。所以可以经常随心所欲，技术熟练的他就可以放心大胆的钓鱼。

　　最近马胜利老师为其十一月份画展做准备，工作繁忙，好不容易挤出来一点闲暇时光来户外钓钓鱼，享受温暖的阳光和新鲜的空气，垂钓不仅可以放松心情，还可以培养一个人的沉稳性格，同时在娱乐中也能忘记那些烦恼和忧伤的事情。

　　马老师也拿出了鱼竿，再做好了浮标，然后在鱼钩上放上鱼饵，把鱼竿上的渔线，渔线就在经过一条完美的弧线后，精准落在钓点上，在塘边静静地等着鱼儿上钩。忽然，浮标开始剧烈晃动起来了，他把鱼竿用力一提，钓上来了一条甲鱼，他高兴极了，钓了几十年的鱼还真没钓过甲鱼。他主张把甲鱼放生，我们拍手叫好。远处干活的民工说："这是野生的，炖着吃是大补呀。"我们从始至终坚定把它放生。可是另一个钓钩还钩着甲鱼的脚，钩着太深一直拔不出来。它也不配合，时不时伸出头来咬拔钩的人。见到此状有人开玩笑地说道："瓮中之鳖，你要听话，把钩从脚上取出，放你回大自然。"最后小弟戴着布手套拿头钳子，终于取出钩来，它也高兴地爬回到塘里。

　　其实在生活中，每个人都会面临诱惑和道理两个难题的困惑。生活中我们会遇到很多人和事，自己问心无愧就好，不要太强求。你的经历，会成为你回忆里的风景，留下来的才是你的人生。

　　没有谁能让你生气，除非你拿别人的事情来气自己，没有放不下的事情，只有你自己不愿意放下。凡事看开一点，生活是一种心情，要的是质量。

　　我也来了兴致，掏出鱼竿向塘里抛下，双手紧紧地握着鱼竿，眼睛一动不动地盯着水面。水面有动静了，我用力一甩，但鱼儿却一下子掉回了水里。没钓到鱼，鱼粮又被吃了，真是"偷鸡不成蚀把米"呀！一连几次，我和一旁的庆哥宋主任都没钓到一条鱼，我们泄气了，看着鱼儿在伯翱兄手里一条条上钩，我们开玩笑地问伯翱兄："伯翱兄，鱼只认钓协主席吗？"伯翱兄回答说："钓鱼跟跑马拉松一样，要有恒心、耐心，至于动作，时间长了，自然而然就会熟练了……做任何事情都不能半途而废，要有恒心和耐心。"我们铆足了劲，功夫不负有心人，我们终于也有收获了。

钓鱼是一种娱乐活动，也是一种心情，同时还可以陶冶情操，钓鱼的这种感觉真好！

夕阳西下，看着这个多彩的秋，不妨，将这秋色锁在心里。带着我们的战利品，高高兴兴回家了呢。

一次别有情趣的垂钓

今天下午骄阳似火，天热得像个大蒸笼。我和中华名人垂钓俱乐部主席万伯翱大哥、万仲翔二哥、马胜利老师、万大哥助理许国庆、电视台宋增轩主任以及我的堂弟，按约好的时间一起到昌平的一处休闲鱼塘里去钓鱼。

我们各自驱车一小时来到钓鱼休闲处，停好车，看到这里有七个鱼塘，分别有室内和室外的。走在鱼塘旁边的小道上，看着塘面上泛起的片片涟漪，心里颇感震惊，如果你看到这儿一定会感到很奇怪的。涟漪有什么好看的呢？不，你想错了。塘主说这里的每个鱼塘里有上万条鱼，在阳光的照耀下，鱼儿们泛起的涟漪是彩色的，令人感觉如梦似幻。这时已是下午，塘主为了让钓鱼者多钓点鱼，可以多卖些，没有喂鱼。鱼儿们已经很饿了，不停地有鱼儿跳上水面，鱼鳞映出了七色的光。我走近细细观看，发现几条鱼儿跳得很欢，好像要跳龙门似的，格外引人注目，我的心里更是期待满满。

天气太热，我们找了个阴凉的地方坐下来。坐好后，我马上在塘边先架好鱼竿，挂上鱼饵，将诱饵甩进清澈见底的塘水中，开始静静地等待。一分钟过去了，两分钟过去了，一刻钟过去了……我盯着水底与鱼漂，那些鱼儿们却好像总对我的鱼饵视而不见，自顾自地在水中嬉戏，更别说咬钩了。半小时过去了提了几次竿，鱼饵还是好好的。我开始有些不耐烦了，正抱怨这鱼塘上万条鱼，连饵都不吃，真是邪了门。但想到以前万大哥一直嘱咐我说："钓鱼本身就是一种修身养性的活儿，陶冶情操，你不多等一会，鱼怎么能会上钩呢？"想到这，我只好在塘边继续守株待兔，心中默念：鱼呀，鱼呀，快点上钩，没有大的，小的也可以将就，怎么着也得钓到一条开竿鱼呀！转眼间，又半个小时过去了，我坐得腰酸背痛，眼花缭乱，连鱼咬钩的影子都没有看见。我站了起来休息、活动了一下。活动了一会儿后，还是坚定信心坐下来继续钓鱼，这时我更加目不转睛地注视着水面，生怕错过任何一个机会。

这时，看到在我的斜对处万大哥那里已有鱼被勾住，大哥不慌不忙地和鱼在斗智斗勇，遛了鱼已有几分钟，鱼还在做最后的生死挣扎，大哥动作非常流畅，得心应手，十分熟练的钓鱼技能，看的让人过瘾！这时在塘边等待抄鱼的庆哥，立决把鱼给抄了上来，大哥先拔得头筹，旗开得胜。万大哥每次在钓鱼的时候，都会有优于常人的渔获，这样的熟练的钓技不愧是中华名人垂钓俱乐部主席呀。

当已经来回换了两三个鱼塘仍然没有钓到鱼的娱乐垂钓者万二哥，最后换到鱼塘把角处真有鱼吃饵，兴奋地叫我、庆哥和我的堂弟到他边上去钓鱼的，我和堂弟被他给吸引了过去。庆哥在对面回答二哥说："没钓到鱼，时间也不早了我就不想钓了。"宋主任没钓到鱼，也灰心地在收拾渔具。二哥的把角处虽有吃饵，都是小鱼在那轻啄，最终还是没钓到鱼，但二哥钓的是境界，是乐趣，是过把瘾。

资深钓鱼爱好者马胜利老师，他因为是初次到这鱼塘来钓鱼，加上因年初新冠疫情原因嫌出去买鱼饵比较烦琐，就带上了存放将近一年的老鱼饵，再加上对鱼塘不了解，还在摸索中，所以马老师一直坚定不移地坐在那钓鱼，观察鱼塘周围情况，也不多说话，连上卫生间都没时间，可是依然没有鱼上钩。但是马老师仍然不气馁，还是聚精会神地盯着他的浮标。过了许久，他的鱼钩终于有动静了，他立刻兴奋起来，猛地一下把鱼竿向上提起，结果，鱼跑了，还是条很大的鱼。马老师有些不甘心，很快重新挂上鱼饵，再次将鱼钩甩了出去。过了很长时间，浮标终于又有了动静，这次马老师注视着那上下浮动的浮标，浮标猛地下沉，马老师非常淡定地提竿了，这时看到鱼儿牢牢地被鱼钩勾住了，鱼还在左右窜动，前后拼命地挣扎着。看着了它浮出水面，才得知那是条大鳞鱼，身上的鱼鳞银光闪闪，在夕阳的映衬下变得红中泛金，十分诱人。可这时候，这个大家伙依然在做最后的挣扎，直到马老师把它溜到筋疲力尽，堂弟才把它给捞到岸上来，大概六七斤的大鱼呢！功夫不负有心人，终于有收获了。

马老师可是一位钓鱼爱好者，前几天，刚从青岛钓鱼满载而归，据他说从一早开始钓到晚上，钓了大几十斤鱼呢。还有，听他讲过，有一次，在他老家的水库垂钓时，都安营扎寨在水库旁，钓了两天，基本没睡觉。真是对钓鱼情有独钟呀。

他还讲述在各种环境下曾钓过鱼，其中包括夜钓、雨钓、野钓。当初在宝鸡画院上班时，每年都得有大半年时间在外面钓鱼，一到河边，就兴奋不已。那时，每年夏天身上都得被太阳晒得脱两次皮，不管刮风，还是下雨，只要说去钓鱼，准去，真是位钓鱼痴迷者。马老师每次去钓鱼一定要开他自己的车，因为他车上的钓鱼工具应有尽有！

马胜利老师还是位著名的大写意花鸟大家。他每次去钓鱼的时候总是很细心地观察着大自然的千变万化，有时回来后便把它画下来。马胜利老师善花鸟画，其花鸟画作品的笔墨关系浑然天成，其作品最典型的就是文人气息。他经常讲要画大写意者，一定要有大气魄，大胸怀，才能画好大写意。也正如其人"儒雅随和""气势如虹"之魅力。这一点只有见过马胜利老师的人和画后才能感受得到，并会肯定认同这一点。

最后收竿时，万大哥还叮嘱每一人收拾好渔具，带走自己产生的垃圾，我们是绿色钓鱼呢。但是我们五个人没钓到鱼，每个人都很沮丧。万大哥开玩笑地说："凡事都有失败的经历，钓鱼应在娱，下次好好努力吧！"我听了笑着说："是呀大哥，失败是成功之母嘛！"

这次别具一格的钓鱼，不仅方式不同，收获不同，更重要的是让我懂得了失败是成功之母，每当失败时，不能灰心丧气，告诫自己一定能行的，成功就不远处！

元戎百姓共垂竿　伯翱天下美名传

中华名人垂钓俱乐部主席、中国传记文学学会名誉会长、中国报告文学学会名誉会长万伯翱先生的精彩文章深深吸引着我，尤其是关于古今垂钓的好文章。

　　书中记载"鱼是我们的敌人，同时也是知心朋友"的名言使我感同身受。最近，我在《中国钓鱼》杂志上读到了长征中耿飚参谋长和官兵用步枪钓大鱼的动人故事。红军进入草地后，部队缺粮少食，只能自己想办法解决。当红军走到草地北边的边沿地带，发现水沟里有鱼。草地里的鱼也怪，见了人也不怕，照样在水里"优哉游哉"，于是他们便钓鱼充饥救命。用步枪通条磨尖，变个钩，随便抓只蛤蟆虫子当诱饵，便能把鱼钓上来。草地大多是无鳞鱼，他们钓到的鲶鱼，大头阔嘴，嘴巴上有两条须，大的有七八斤重。由于当时战士们身体虚弱，能把这么大的鱼拖上来感觉是像在牵头牛一样的困难。官兵们少油无盐捡拾野草枯枝，用钢盔洗脸盆煮了一盆盆散发着奇特香味能充饥救命的鱼餐。

　　通过耿飚参谋长的故事，不禁使我重温了万伯翱会长写的近三十多万字钓鱼故事，写尽了从帝王、元勋、名人下至普通钓手的各种喜怒。人民体育出版社出版发行的《元戎百姓共垂竿》至今天已发行近十万册，可谓畅销，成为伯翱大哥的经典代表著作。著名文学家苏叔阳、画家范曾两位大家先后写过："开了钓鱼散文之先河。"书中也写过朱德大元帅在长征中为解决口粮，甚至用缝衣钢针钓起过大小鱼，现在想来红军过草地的艰辛，那一碗碗鱼汤一定胜过沸煮六七个小时难以下咽的皮带、皮鞋和皮具。也写过在敌人的飞弹中"胡子伯伯"：贺龙元帅在被围困中稳操鱼竿"几次垂钓上鱼"再从容撤退的情形。还写过"乾隆大帝南巡垂钓西子湖"，为写乾隆钓鱼的这篇文章，万伯翱会长将近花一年时间，钻进清代史书查阅相关资料，又请二月河等清史专家帮忙把关，自己亲自三下江南到乾隆当时钓鱼处取证，察看地形地貌，捕捉创作灵感，力求创作的每一个细节都有根有据，创作态度可谓严谨。书中还写到，第二次世界大战时苏联被德军围困时，斯大林若无其事地在郊外别墅里垂钓，消息传到希特勒耳中，使他大为吃惊。两军尚未交火，斯大林便先赢了一场心理战。垂钓趣事屡见不鲜，其中南斯拉夫总统铁托，被世人称为"钓鱼总统"，曾有过单手持竿钓双鱼的美谈。这位总统还是钓竿收藏家，经他收藏的钓竿遍及全世界，数量不说，仅种类就达百种之多，更有趣的是，他去世后，人们在他的住处建成一座钓竿博物馆。古巴领导人卡斯特罗也是一位名副其实的钓鱼高手，曾创下四小时钓184公斤鱼的记录。而他的钓友，美国大作家、诺贝尔文学奖得主海明威更是技高一筹，不仅钓起458磅的蓝旗鱼，还钓出了一部世界名著《老人与海》。爱好文学的万会长反复地读了这部传世经典作品也触发灵感写了篇：鱼是我们的敌人，同时也是知心朋友——又读海明威《老人与海》的精彩文章，使他获得了中华文学选刊和华夏作家网主办的全国文学比赛的二等奖。

通过万会长的文章和他对我的亲自教导，使我不仅喜欢上钓鱼，更喜爱上了他描写钓鱼背后的文章。万会长笔下古今中外的垂钓者，都是他通过历史资料取证如实写出来的，使那些金戈铁马、横扫千军、经天纬地、治国安邦的开国元勋感天地泣鬼神的故事彪炳青史，还把政治家、历史文学家、文艺家们独钓天下的从容心境展现得淋漓尽致。万会长的散文超凡脱俗、蕴含丰富、扎实的文学功底感人至深的力量，感染着社会各界的读者，更令我受益匪浅、感慨良多。

垂钓在我国古代，是士大夫和文人墨客人品与志向的体现，豪情与雅兴的抒发。滚滚的历史长河中留下了多少关于垂钓的故事和精美的诗词和墨宝。首先不得不提到姜尚，姜子牙，吕是他的封姓，太公望是对他的尊称，所以后世人又叫他吕望，又称姜太公，72岁时垂钓渭水之滨磻溪（今宝鸡市陈仓区天王镇伐鱼河畔），才遇到求贤若渴的姬昌侯姬昌（即后来的周文王）。姬昌认为姜太公是个奇才，请他坐车同归，并拜他为师，从此开始了他兴周灭商的人生道路。相传姜子牙直钩无饵，离水三尺钓鱼，此即为"姜太公钓鱼，愿者上钩"，从此被传为千古佳话，姜太公其实是假钓鱼当饵，他一边高高举起钓竿，一边自言自语道，"不想活的鱼儿呀，你们愿意的话，就自己上钩吧""对你说实话吧！我不是为了钓到鱼，而是为了钓到王与侯！"目的是出仕为官治理天下；后者严光恰好和他相反，为了避官遁世而垂钓。据说东汉隐士严光，字子陵，会稽余姚人，少年时是刘秀的同学。刘秀复兴汉室称帝以后，召严光到京师任议谏大夫。严光不愿为官，不吞荣华富贵之钩，而隐居富春山，以耕田、钓鱼自食其力，留传至今而不衰，至今，浙江桐庐县城西17公里的富春山还有严子陵钓鱼台遗址。

唐代大诗人李白写的《独酌清溪江》一诗赞美说："我携一樽酒，独上江祖石。自从天地开，更长几千石。举杯向天笑，天回日西照。永望坐此台，长垂严陵钓。寄语山中人，可与尔同调。"

细细想来吕望是钓人不钓鱼，严光是钓鱼不钓人。我国历史人物中还有一位垂钓者比严子陵更甚的钓鱼迷，此人便是自称"烟波钓徒"的作者张志和，他的《渔歌子》家喻户晓。张志和，字子同，婺州金华人。唐肃宗时任侍诏翰林。后被贬逐不复出仕，隐居垂钓江湖。著有《玄真子》。他写过《渔歌子》五首，其中一首："西塞山前白鹭飞，桃花流水鳜鱼肥。青箬笠，绿蓑衣，斜风细雨不须归。"这一首是最为吟诵人口的。唐大历九年，颜真卿到湖州任职，与门客会饮，宾主在席上唱张志和的《渔歌子》。后来，颜鲁公送他一艘渔舟，张志和便放舟垂钓，水上为家了。张志和隐钓烟波不归家，使他的兄长张松龄（《词林记事》说是张鹤林，郑振铎《插图本中国文学史》作张松龄，按郑本说）见他浪游不归，心中思念，也尝和其韵以招之。可见张志和果然隐钓烟波，斜风细雨不须归了。后世不少画家，按张志和诗的意境，画成了画。明代刊本《诗余画谱》刊的一幅版画《渔父》就是用国画的形式，描绘了张志和烟波垂钓的意境。这些历历在目的名人佳作，真可谓我国高尚文明垂钓的精神化石，他们早已成为垂钓者的光辉典范，为人称道传承至今。

如今，万伯翱会长的散文佳作及垂钓精神意境可媲美古代钓鱼先贤们，诺贝尔文学奖得主莫言读万会长《元戎百姓共垂竿》后有感而发，即兴赋诗一首：读伯翱仁兄妙文《三钓白花鱼莲》严子陵沽名钓誉，姜太公钓官钓爵。万老大钓鱼找乐，用馊食钓出哲学。歪打正着寻常事，关心经营来必成。

郑院长趣钓

郑军里老师出生一个古老而美丽的南方城市——恭城。恭城于公元618年开始置县，至今将近1400年的历史。恭城县城地貌似天然的大八卦图，茶江（也叫恭城河）以"S"型绕越整个城区，其主要支流有马林源河、栗木河、苏陂河、龟山河、上蕉河、路口河、北洞源河、西岭河、势江河、莲花河等10条河。茶江是恭城人民的母亲河，更显瑶乡之神秘。恭城山清水秀，人杰地灵，古迹众多。恭城自古处于中原进入两广的交通要道，中原文化和岭南文化互相交融，造就了独特的瑶乡地域文化，全国四大孔庙之一的文庙和全国关帝庙十大理事之一的武庙相邻而建，互相辉映；周渭祠、湖南会馆、东寨瑶族古民居建筑精美，具有极高的艺术价值和考古价值。境内江水清澈，风景秀丽自然景观独特，森林覆盖率高达百分之八十左右，充分展现了"观自然景观，品瑶乡风情"的旅游文化内涵，是镶嵌在桂林大旅游圈中一颗璀璨的明珠。恭城也是"国家绿色能源示范县""全国休闲农业与乡村旅游示范县"，也是国内比较适合垂钓的好地方。

这次是钓鱼杂志苏雷主编看到我发在微信圈里的信息，十几年好友郑军里老师来参加第十三届全国人民代表大会第二次会议时，再一次荣幸当选主席团成员，坐在主席台并正好在习主席后面，位置比较显眼，我是从中央新闻看到并转发的。苏雷主编下命令让我采访一下全国人大常委会常务委员郑军里老师关于钓鱼和画鱼的事情并写成文章。郑老师是位传奇人物，他连续三届都是全国政协常委，十九大以后，改选为第十三届全国人民代表大会常务委员会委员。于是我给军里老师打电话，他欣然答应说："好的，正好十一号我们人大全体人员休会一天，上午人民美术出版社周书记请我去人美参观，下午您可以来聊聊，晚上咱们还能一起聚聚呀。"

郑老师小时候经常约上几个小友在家乡钓鱼，他们一起先跑到山脚下的竹林去挑一支比较笔直的竹子砍下来，削掉两边岔枝，拿回家后系上尼龙线，把大头针压弯磨尖成鱼钩后，在尼龙线大概二米处系上个小泡沫条来充当浮标，剪一小块牙膏皮当铅坠，这样就自制好了长长的一柄青竹鱼竿。然后跑到菜地用力掀开一块石头，找到好几条蚯蚓，来到江边，把蚯蚓捏成几小段，拿一小点挂在鱼钩处作为鱼饵。万事俱备，于是用力把鱼竿往河里一甩，就蹲在那里静候鱼儿的光临，有时还能看到大草鱼在戏玩水草呢！郑老师跟小伙伴心里实在发痒，可惜渔具不行，钓不上来它。才想起孔子有言："工欲善其事，必先利其器。"只能钓些纯野生的鲫鱼，有时也能钓到鲤鱼。那时生态好，江里的鱼还真不少，有一次钓了不到两小时，收竿时数一下，一共钓了十二条鲫鱼和两条鲤鱼。回去准备一半炸着吃，一半足以煮一小锅鲫鱼汤。长大之后，条件好了，郑老师买了一两副简单的渔具来钓鱼，他喜欢在芦苇丛边钓鱼，因为芦苇丛下面才是鱼儿的藏身处，从来不需要打窝什么的，随便下竿也能钓上鱼儿来呢。

那时候郑老师也经常忙于到外地去写生和办画展，有空闲时就去钓鱼。记得有一次去河南郑州郊区写生，青山绿水的周围环境非常迷人。一时兴起，他叫朋友也拿来渔具在河边钓鱼，一边钓着鱼，一边还给朋友们讲了个笑话说：他的一个同事，因为要到中央美术学院来进修，怕来到北京后，让北京人瞧不起，专门跟人学习一段时间的北京话呢。从南宁坐火车到北京站下车后，坐公交车来到王府井（那时央美在王府井校尉胡同5号），下车以后却不知道到央美怎么走，于是就问清洁街道的北京大爷，以所学来的地地道道的北京话说："大爷您好！请问中央美院怎么走。"大爷听了一口标准的北京腔后回答他，装什么逼？老北京人，还不知央美在哪。讲完这故事让在场的朋友哈哈大笑。这时有鱼咬钩，郑老师不慌不忙提起鱼竿，看到鱼儿已牢牢地挂在鱼钩上了。讲故事期间，时不时也有鱼上钩，真是"无心插柳柳成荫"呢！又是一次满载而归的大收获。

如果在垂钓时经常看到大自然优美的景观，郑老师会马上拿起画板及画笔把它给记录下来。近来郑军里老师创作了一批花鸟画，有《荷塘清趣》《梨花春晓图》《三余图》《松鹰图》《喜鹊图》等作品。这些作品都是钓鱼时的所见所闻，用笔洒脱豪放、大气磅礴，水墨淋漓、淡雅华滋、色泽莹润、墨彩交融，色不碍墨，墨不碍色，浑然一体。画中物象主次分明，虚实相生，构图精心灵活，又出其不意，题跋章法助气，书法灵动飘逸。作品处处皆成妙境，赏读之后令人耳目一新。

这批作品无论鸳鸯戏水，还是花鸟虫鱼，都栩栩如生。特别是鱼儿，更是出神入化，仿佛要从画中跃出来一样，都展现出他自己细心观察生活后，扎实笔墨的功夫形成的自己特有的风格。他直追宋、元境界，笔墨圆浑，清新蕴藉，用古法，画出现代图式，以更高的精神和理想，表现花、草、鸟、禽、鱼儿等，以及它们与大自然的相互影响、相互作用、和谐共处的关系和情感。

垂钓本身是一项高尚的娱乐活动，也是一项有益于身心健康的活动，更是一项陶冶情操的活动。随着社会经济的发展和人们思想观念的转变，如今，越来越多的人加入到垂钓这项活动当中，且向着年轻化和专业化的趋势发展。

郑军里相信每一位钓鱼人对待美丽自然的环境都有着属于自己的情感。他坚信垂钓的环境会越来越好，鱼儿能够快乐地生长、更多的人能够快乐垂钓。他还强调：我们从自己做起，爱护垂钓环境，做好保护地球母亲的守护者，为子孙后代留下美好的生活环境。

希望我们的祖国人民生活越来越好，日子过得更加绚丽多彩！

人物简介：

郑军里，男，瑶族，1957年4月生，广西恭城人，毕业于广西艺术学院美术系中国画专业，民盟成员。文学学士，教授。并荣获广西政府艺术最高奖——"铜鼓奖"及"有突出贡献的优秀专家"称号，享受国务院津贴。

现任广西艺术学院院长，民盟广西壮族自治区委员会副主任委员，广西文联副主席。

第十三届全国人民代表大会常务委员会委员。

第二辑

读后感　＿＿＿＿＿＿＿＿＿＿＿＿＿＿

"历史，还可以这样看"

——读《像蜀锦一样绚烂》有感

读朱小平先生的《像蜀锦一样绚烂》，不仅是因为这本书的厚重，其中，还有我和他的一些小渊源。

我是通过万伯翱先生介绍，认识的朱小平先生，他是一个很严肃的人，就像他的史学散文一样。万先生说："朱总编对文章要求比较严格，你多看一些文学杂志，熟读通略，选择对路的文章才好投稿。"所以，即使我写的文章自我感觉良好，也不敢向朱总编投稿。

过了几年后，我给万伯翱先生看我的作品，他说比原来的好一些了，可以向朱总编投一篇作品试试看，说不定还能有些长进。果然，作品发给朱主编审阅，朱总编做了大量修改，让我既觉得惭愧，又觉得欣喜。惭愧的是写作水平依旧达不到朱总编的眼界，欣喜的是，朱总编还没有放弃，还愿意指导我的文章，密密麻麻的修改，倒是我进步的良梯。

但是作为一名作者，对于朱小平先生，我略有胆怯，更具敬畏之心。之后朱总编又来约稿，让我写一篇潮汕扒龙船的作品。因为潮汕是全国著名的侨乡，我在这里生活多年写起来也会得心应手。但是写过去两个月也不见有回信，只好礼貌问候一下，顺便问一下关于潮汕扒龙船的作品如何？

朱小平先生回信息说，不要催问，既然约稿，是一定会刊发的，包括之前的作品，花了精力去修改，也是为了让作品成色更好，作者要尽可能自信一些；如果约稿不用，他也会及时答复的，杂志周期长一些，请耐心等待。

朱小平先生依旧严肃，就像他的作品《像蜀锦一样绚烂》，更是一份严肃的文学史料。我曾读过史学作品大家二月河先生的几部作品，如《康熙大帝》《乾隆皇帝》等巨作。他的作品很大程度上反映了历史本来面貌，并融入自己的创作习惯和客观认同感，在文学艺术的加工下，更深层次地呈现给读者；朱小平先生的《像蜀锦一样绚烂》也是如此。

起初，是为了一观朱小平先生的文学风采，购进了这本书，以为会像标题一样，讲述一段"蜀锦"的历史文化渊源，拿到书时，我依旧是这样想的，书面如锦绣一般，上下都印有花纹图案，有一种过年时新衣服的独特味道。打开书，看了一下目录，我竟以为是印错了作品，除了序与后记，共分了四个小辑，每个标题都是亢奋的，红色的，充满历史气息的。

封面上，"历史，还可以这样看"，似乎包含了历史中不为人知的一些块面，趣味从"可以这样看"中勾了出来。

看到序的标题"热血春秋笔，铿锵长短歌"，短短十个字，就把这本书的精髓透了出来。而"像蜀锦一样绚烂"这句话，竟然是日本方面的描写："使人感慨的是，有的中国兵知道不能幸免而自杀死去……登陆水兵几乎无一人逃脱。海岸上积尸累累，不可胜数。有的敌兵在海中遭到狙击，二十间平方的海水完全变成了红色，像蜀锦一样绚烂。"可见战斗之惨烈，所有的海战队员全部战死。日本画家有感于中国士兵的壮烈，还专门绘制了油画《威海卫炮台之战》……

而在这次战斗中，朱小平先生并没有提起哪个大人物，而是通过描写一场毫不起眼的战斗，把镜头聚焦到小士兵的身上，或者是当时为国殉职的水军战士们。他们英勇无畏的血性，视死如归的气概，令敌方刻骨铭心。他们虽全部战死，而气节永存，是一次典型的自杀式奔袭。

朱小平先生不仅写邓世昌、林泰曾、刘步蟾、杨用霖等将领壮烈殉国的细节，更是把笔触延伸到普通士兵身上，让没有名字的小人物也可以闪闪发光……

《像蜀锦一样绚烂》确实震撼到了我，书里的每一个章节都是有历史考究的，细节之处见真章，每一个数据都是有迹可循的，厚重而不乏味。我初读，觉得真实而厚重，继续读下去，便觉得热血沸腾，仿佛置身于卫国的战斗之中，与敌寇不死不休，极为生动。

在历史事件中，朱小平先生表述的也相当客观。在甲午海战，北洋水师战败后，朱小平先生也分析了相关因素，对于清王朝的腐败以及甲午海战的战败因素做了很好的讲解。我在想，如果我们枯燥的历史课本，能够引入朱小平先生的史料，或许孩子们更容易记住这些历史，抑或作为阅读延伸，给青年学生们补充历史文学养料。

毛佩琦先生在序中写道："读这些随笔，我感觉朱小平先生真的是很想读书的读书人……从他的每一个篇章中也可以看出，他的每篇作品都力图穷尽有关材料，一定做到每件事都有出处，每句话都有来历，绝不做无根之叹。"

《像蜀锦一样绚烂》笔调客观深厚，在轻松流畅的文字间，或让人热血沸汤，或让人豁然开朗，或让人解颐一笑，与你娓娓道来，给人以知识，给人以思考，给人以愉悦。它除了真实历史事件的呈现，还出现了"关公战秦琼"的考究画面，作为爱读野史、喜欢臆想人物故事的我，似乎又如读到鲁迅先生的《故事新编》一样如获至宝。

这本书我还需要再翻几遍，才能品到其中滋味。作为读书人，能够读到朱小平先生的作品是幸运的。在朱小平先生的笔下，我们会看到历史长河中不一样的世界，不一样的观点和思考，拥有更多的侧面，等待我们去挖掘。

大千世界一杯茶
——读万伯翱先生《从喝白开水到品龙井》有感

万伯翱先生的这一篇文章，初读时，我还没有发现其中的含义，就单纯的以为只是茶品种变了，从开始喝开水茶到最后品龙井茶和各种各样的名茶。茶被用来最常做的事情就是招待客人，不论是哪一种茶用来招待客人都代表主人家真心实意地欢迎，可后来第二遍读这篇文章的时候，我发现了蕴藏在其中的万伯翱先生一些真正想借茶喻人的事。

最开始的白水茶是因为普通人家买不起茶叶，但是中国人的好客之道，让家里每每来了客人，都必须要招待，于是一杯杯开水茶，也就当作是待客之道，而若是来了贵客会放入一些白糖或红糖，这也便称为糖茶，到后面很多地方的人渐渐开始用一些名贵的茶叶去招待客人。其中，我能看到我国人民的生活水平在不断提高，从一开始只有白水待客，到后面各种各样的好喝的茶类，这是在改革开放之后生活富裕的表现。随着生活水平的不断提高，人民的选择也越来越多了，作者通过茶具寓意着新中国在不断变好的征程，也通过茶代表了对祖国的热爱。

在细细品读万伯翱先生的茶文化的同时，不禁让我想起家乡的"工夫茶"。家乡人不可一日无茶，饭前饭后一泡茶，也是很多家乡人必不可少的，而家乡人平时待客，第一件事便是泡茶。即使是侨居外地或移民海外的家乡人，也仍然保存着品"工夫茶"这个风俗。文学家郑板桥也曾说："最爱晚凉佳客至，一壶新茗泡松萝。"可谓茶香飘飘，香飘四海，人情冷暖，情暖人心。喝一杯"工夫茶"，享受许多温暖的人情味，令人回味无穷呢。

另外，家乡人把茶叶叫"茶米"，一种解释就是，家乡人嗜茶若命，茶与米不可分，这茶犹如米，故曰"茶米"。这个说法虽然有点勉强，可是却描绘出"嗜茶若命"者的形象，也颇为有趣。由此可见家乡人对茶的情有独钟。

古人云，"酒壮英雄胆，茶引文人思"，茶在许多文学、艺术家眼里成了不可缺少的物品。"茶兴留诗客，瓜情想戍人"，唐代以后的著名文化人多是茶人，加快了茶与相关艺术融为一体的过程。"文人七件宝，琴棋书画诗酒茶"，白居易、杜牧、李白、杜甫、陆羽、苏东坡、陆游等从古至今历朝历代著名的文人墨客们，他们不仅酷爱饮茶，而且还在自己的佳作中歌颂和描写茶叶，创作了浩如烟海的茶文、茶学、茶画、茶歌、茶戏作品。

北宋苏轼不仅是一位伟大的文学家，也是一位熟谙茶道的高手，他一生与茶结下了不解之缘，能从茶中品出生活的真味、世间的真情、人生的真谛。

苏轼给海南的朋友赵梦得写茶帖，邀请一起喝茶，《致赵梦得一札》云："旧藏龙焙，请来共尝。盖饮非其人，茶有语；闭门独啜，心有愧。"有上好名茶，非请赵梦得会饮不可，可谓相知也。这是苏东坡的饮茶之道：只有配饮佳茗之人才可以分享，否则佳茗也会有意见的。他也不会独自享用，因为他觉得如此佳茗不与知己好友共饮，心中会惭愧不已。

苏辙有句："闽中茶品天下事，倾身事茶不知劳。"品茶不仅是品茶，还可以用茶的文化底蕴为自己添一抹神韵，用茶的清香之气冲淡生活的烦恼，松弛绷紧的神经，充实自己的情感。

其中有一桩关于中美两国元首的趣事。1972年2月21日，春寒料峭，美国总统尼克松踏上了"破冰之旅"。这是美国自独立以来二百多年间，第一位在任期间访华的总统，尤其当时无论是中美两国还是世界各地，都处于激烈动荡的变革之中，因此，尼克松访华立即吸引了全世界关注的目光，意义非同一般。

两国领导人见面时有一个细节是互送"国礼"。毛主席很"随意"地送给了尼克松一个小香囊，里面装着四两茶叶。尼克松接过这轻飘飘的礼物后，脸上流露出诧异的不解神情，可能他心里想，我精心送来那么高级的珍宝，您这只有一小包茶叶？对我也太不重视了吧？

在一旁的周总理观察到了尼克松的表情，就给他解释说："总统先生，这可不是普通的茶叶，这是中国顶级的名茶，武夷山大红袍，产自悬崖峭壁上的野生古茶树，全中国只有三棵树，一年只能收获八两茶叶，无比珍贵，也是毛主席最心爱的，他等于一下子把半壁江山都送给你了！"

尼克松一听，顿时笑逐颜开，还有些受宠若惊了呢。

万伯翱先生讲过，他在国家体委工作时，与中国奥委会副主席、宣传司吴司长一同到武夷山一睹三棵古树的"芳容"，在脚下，走到一位大嫂的茶摊前，我说这位司长的父亲是吴觉农，你们知道吗？大嫂听后忙站起来朝我们鞠了一躬，并让我们白白喝了一顿"工夫茶"呢。她不断说，吴觉农是闻名遐迩的当代"茶圣"。

万先生在这篇文章中讲了很多关于茶道的故事。不同地区喝茶的方式不同，作者对于每一种品类的茶有什么功效以及各种茶的味道都做了研究，包括作者本人也说他喝过的茶也算是"大千世界"了，这让我知道了作者对茶的喜爱之情，并且对茶文化还有很高深的研究。在如今快时代的生活中，品茶似乎成了一种慢生活的体现，年轻人谁不是人手一杯咖啡匆匆去往上班的地点，而这种快节奏的生活，在不断挤压年轻人的精神空间。通过作者对茶的了解，也让我看到了喜欢茶文化的人，生活节奏被主动放慢，在向外追求的时候，也常常关照自己的内心，对每一种茶有不同的感悟，也能使浮躁的心渐渐地沉了下来。

在这篇文章中作者也提到了其他关于茶与人的故事，比如作者的父亲在安徽工作时曾经给邓小平同志赠送了几斤自己觉得本地可口的茶叶，本意是将自己喜欢的茶品也推荐给自己的老首长，而被小平同志的夫人发觉之后忙着要付钱，可作者的父亲执意不要茶钱。从这一段我也看到了，那个时代喜欢喝茶的人，基本上都有着属于自己的品性。

这篇文章最后一段又提到了开水茶，这是在兰考县政府招待所，县级领导没有任何招待茶水，只有一瓶开水和干净的玻璃茶杯。作者与县委书记以及焦裕禄的女儿守仪大姐在座谈会上，只喝了白开水和吃了带皮的花生。如今，很少再见到用白开水招待客人的了，但是提到兰考县，焦裕禄书记当年的白开水精神给兰考县带来了巨大的影响。焦书记把勤俭节约刻在了骨子里，并践行了一生，其子女也得到了言传身教。在他的带领下，兰考县也继承了艰苦朴素的优良传统。在快节奏的时代，有这样一个县城继续践行着焦书记的茶文化，不仅是作者觉得一震并感到亲切无比，作为读者的我，通过中国茶文化同样深刻地感受到了中华民族骨子里勤俭节约的优良传统，原来人生就是一杯茶，既能观大千世界，也能照见自己。

读《灯下日知忆绍棠兄》有感

金秋十月，历史的时针指向又一个重要时刻——举世瞩目的中国共产党第二十次全国代表大会即将开幕，全党、全国人民欢欣鼓舞，翘首以盼，中华民族伟大复兴的征程即将揭开新的一页。

在这举国欢庆的日子里，看到《新民晚报》"夜光杯"栏目刊登万伯翱先生的《灯下日知忆绍棠兄》，闻吸着飘飘荡荡的油墨香，心中总是充溢着一股欢欣和愉悦。让我再次认识到了博古通今才子，作为文学爱好者，作为后生，在文学的道路上甚为勉励。这本《灯下日知忆绍棠兄》一书是2010年初冬，万伯翱先生亲笔赠予我的。

纵观刘绍棠先生的一生，终生都可以用"创作"两个字贯穿。在文章中，刘绍棠先生幼年时，便有"神童作家"之称。十一岁开始文学创作，十三岁就开始公开发表作品，20岁就被吸收为中国作协会员，成为当时十分年轻有为的中国作家之一。

年代是一面粗糙的镜子，刘绍棠先生在那个年代，也不免遭到一些不公，这不过世事无常，在刘绍棠先生看来，这也是创作的一部分，经历苦难，接受苦难，享受苦难，然后继续创作；在摘掉"右派帽子"后回村继续创作。在"文革"时期，在乡亲们的保护下，依旧偷偷地坚持创作。这是对文学创作刻进骨子里的热爱。

刘绍棠先生在文学创作上的韧劲是无可比拟的，他在生活中"清闲"也是真的清闲。

所谓"清"，一是刘绍棠先生的体貌，白白净净，极具儒雅风范；二是他清净的环境，文中曾是这样描述刘绍棠先生的住所的："一间小创作室。我清晰地记得，不过十多个平方米的巴掌地，一桌、一椅、一沙发、两书柜，到处堆满了各种书和纸稿，简直转不开身；如果有客来探望，院里的老枣树就是招待之所，喝小酒，聊大天。"这便是他的全部了。所谓"闲"，却也不是真的闲，而是刘绍棠先生在生活中，仿佛只有"创作"这一件事，再无其他。

即使是这"巴掌"大的小地方，刘绍棠先生在此先后完成了十几部长篇、十几部中篇小说及众多短篇小说及散文作品。这样的创作量远非职业作家可比，更别说其他文学创作者了，即使是当下较受欢迎的余华前辈，在创作量上也不可相比，也只有贾平凹先生以两年一部新作的创作速度能与之相论呢。

当然，除了创作上的量，刘绍棠先生在"质"的上面也是公认的大家。在乡土文学创作领域，也是独树一帜的。虽然经历过时代不公的对待，但是刘绍棠先生对祖国的爱，对家乡的热爱，对一草一木的欢喜，在他的作品里处处可见。他曾写道："我背靠着河柳写，写得累了又趴在草地上写，趴着写累了又打个滚儿坐起来，背靠着河柳继续写下去……"

对文学创作的孜孜不辍，也并没有让刘绍棠先生"恃才傲物"，而是更加的平易近人，这也是当下大多数文学创作者不具备的，这一点更是值得我们敬重。

在《灯下日知忆绍棠兄》一文中，万伯翱先生曾提到，他从读到刘绍棠先生的作品，到相识，从交往甚多，到互为知己，谈论自己喜欢的国内外作家，谈论所见所闻，特别是在作品中不同的见解，相互吐露，相互尊重，这样的文学知己，不得不让人羡慕呢；这样的温润近人，也更让人敬重。

奈何天不随人，病痛无情地降落在刘绍棠先生身上，即使左手已经瘫痪，依旧奋斗在创作路上，他乐呵地说道："老天爷保佑我啊！留下右手还能让我执笔呢！"病情好转后，他再次投身于文学创作中。

这份文学热忱，不仅令新一辈的文学创作者惭愧，同时，也是无比的敬重。在当下繁而不荣的文学体态下，我想以此文纪念先生，缅怀先生，勉励众多文学创作者——

在创作路上持之以恒，初心不变，耕耘好那一片天地，文学创作不会停止，刘绍棠先生的创作意志，我辈当坚守，永存。

万伯翱先生从小喜欢写作，1961年就曾在《北京晚报》文艺版上发表过"豆腐块"。下乡期间，他在每晚繁重的农业劳动后，依然坚持在油灯下记日记、写文章，还有幸被刊发在《中国青年报》《河南日报》，1965年上海教育出版社还专门出版了《劳动日记》以及1966年出版的《远方来信》二本书。在拜读过程中，其中《走革命的路，接革命的班》《用双手去为人民造福》等多篇日记和家书深深触动了我，文章中的场景叙述就像黑夜里的一道光照进了我的心里。我当时就迸发了一个念头，有机会，我一定要走进这位作家的精神世界，去了解这位红色散文作家的心路历程。直到十多年前，我终于有幸在北京见到我梦寐以求的偶像——万伯翱先生。

万伯翱先生退而不休，老而弥坚，年过古稀仍把精力集中在他挚爱的散文创作上，让人钦佩。祝他张弛有度，有更多佳作问世。

万伯翱先生的文章发表在《新民晚报》"夜光杯"文艺副刊将近180篇，这也让我明白，好的文艺副刊要靠精选文章来支撑。

在很多《新民晚报》"夜光杯"文艺副刊看到万伯翱先生的既生动有趣又质朴言语。他那优雅又含蓄的语言萦绕在我的眼前，像一丝丝春雨滋润我的心田，又像一滴阳光落在我的心头。诚然，万伯翱先生已成为我创作文学路上的良师益友。

岁月荏苒，屈指算来，订阅《新民晚报》主要是来收集万伯翱先生的文章，这也让我与《新民晚报》相伴已有六个年头。这六年来，我从他身上获取了许多知识，特别是读了"夜光杯"上的散文，使我"开窍"了不少。近两年，我偶有"豆干"文章上了《新民晚报》，从读者到被读者，心里好有成就感！也许，这一切要感念于几年前万伯翱先生让我试投"夜光杯"栏目往事吧。正因为有了万伯翱的指引，才让我邂逅了近百年历史的媒体品牌《新民晚报》，并与文学结下了不解之缘。

当下的文学创作环境是浮躁的，大多数文学创作者故步自封，或自吹自擂。总之，面目不清，在当下的环境里浑水摸鱼。曾因诺贝尔文学奖而名声大噪的作家残雪曾写文痛批"当今是作家们混的黄金时代"！

读《教泽碑前忆曹公》有感

万大哥看到新民晚报《夜光杯》栏目刊登陈建功先生写曹靖华先生的精彩文章，让我学习后写一篇读后感练练笔来提高一下文学创作能力。

提到"曹公"，大家的第一印象或许是有着"三曹"之称的曹操，而今天的曹公，却是我国近代杰出的革命文学家——曹靖华，承其父曹植甫之志，为中国革命和党的文化教育事业做出了卓越贡献。让我们看到近现代中国知识分子面临"千年未有之奇局"时共有的思想风貌。

在《教泽碑前忆曹公》一文中曾提到，曹靖华先生是在李大钊、瞿秋白和鲁迅的扶助激励下，走上译著之路的。或许，可以这样说：透过曹靖华先生，我们可以看到李大钊、瞿秋白、鲁迅等冲决思想牢笼的先驱者的身影。

在那样的年代，曹靖华做文化斗争，要付出多偌大的勇气和力量。其父曹植甫先生也是当时赫赫有名的秀才，芳华正茂时，毅然放弃功名，毕生投身于乡村教育事业中，鲁迅赞他"又不泥古，为学日新，作时世之前驱，与童冠而俱迈"，一语点中曹植甫先生孜孜于教，为了让山里的孩子走出大山，放眼世界，唤醒少年中国之精神！

在文学界享受极高荣誉的鲁迅先生，更是为曹靖华父亲曹植甫撰写的《教泽碑》，以手稿刻之，以为勉励。

正是有着父亲这样的精神支持，曹靖华先生在五四运动中积极投身到学生运动中，在《青年》半月刊上发表文章时，署名"靖华"，意在"保卫中华，振兴中华"，自此拉开波澜壮阔的革命历程。

在《青年》半月刊上写了一首诗《月下看孤雁》，其中一段是这样的：

> 雁！雁
> 你这深夜一声
> 唤起了许多青年
> 我梦已醒
> 我志已决
> 我愿整顿红旗作健男
> 我愿本我冲杀奋斗的精神
> 和那黑暗恶魔宣战
> 和那黑暗恶魔宣战

曹靖华先生在呼喊的同时，同样付诸行动，在填不饱肚子的情况下，还是从牙缝里挤出钱来，创办了《青年》刊物，一起在街上宣传叫卖，与反动派展开斗争。

曹靖华先生曾在他的作品里这样描述他所处的环境：他翻译绥拉菲摩维支的《铁流》时，寄居于波罗的海沿岸小镇，冰天雪地的环境下，在没有柴火加热的房屋里，戴着皮帽穿着皮衣，还得把翻译好的《铁流》复写成六份，以便躲过国民党文化封锁的"筛子眼"，寄到鲁迅先生手中……

在斗争文化上，曹靖华先生作为一名文学革命者，矢志不移地践行着自己的道路，在无硝烟的文化战争中，热爱着他所爱的一切。

抗战末年林伯渠就曾说过："延安有一个很大的印刷厂，把《铁流》一类的书，不知翻了多少版、印了多少份。参加长征的老干部，很少没有看过这类书的。他成了激励人民、打击敌人的武器了……"

急流勇退，在战争胜利后，或源于家庭的传承和早年的教育实践，曹靖华先生不愿涉足官场，只愿在教育上发挥最后的余热，他先后创办了北京大学俄语系，编选了众多国外知识教材，门下更是桃李芬芳、遍布天下……

曹靖华先生这样的觉悟，并非是当下文艺工作者能够达到的。当下的教育或文学，平淡而焦躁；只能在静水中静静流淌，在改革的道路上，任重而道远；同样作为文艺工作者的我，为生活所累，为钱财所累，为家庭所累，为"愤青之志"所累；能做的，只有为创作而创作，为读书而读书；丝毫没有曹靖华先生那样的"激情岁月"。

侠之大者，为国为民。曹靖华先生的一生都在为国家、为民众而战斗、而高喊、而奉献，矢志不渝，表现出中国文学革命先驱的高贵品质和铮铮铁骨；鲁迅先生早在 20 世纪 30 年代就称赞他"一声不响，不断地翻译着"的实地劳作精神。

这样的先贤，教泽碑系鲁迅先生抱病撰写，立于家乡中学的尊师亭内，对于文化学子来讲，无疑是一生的精神信仰与骄傲啊！

我们应该在卡塔尔世界杯中学到很多东西

——读万伯翱《我的多哈记忆》有感

前不久，看到有消息称"球王"贝利去世，沉痛地把我拉回万伯翱先生前不久刊登在《新民晚报》夜光杯栏目的一篇作品——《我的多哈回忆》，这篇小文章记录着他眼里的多哈。

我是多么想让万伯翱先生多写一些，让回忆更深入一些，提供着宝贵的记忆，正如万伯翱先生写下的："我们应该在卡塔尔世界杯中学到很多、很多东西！"

在金州观足球友谊赛时，中国队与卡塔尔队的比拼也让未参与卡塔尔世界杯的中国组足球队获得许多宽慰，我想，我们应当给予他们更多鼓励和期待。

事实上，国人对运动、对足球的热爱从朋友圈里就也可以看到。在卡塔尔世界杯期间，每一场球队对决，每一个进球，每一个球员的出色表现，都会在朋友圈展现，引得大家津津乐道，掩盖不住的狂热喜欢。这次足球运动盛世，也证明了足球确实是最能感染人的运动之一。

在万伯翱先生《我的多哈记忆》中曾说道：卡塔尔能够举办足球世界杯，跟现在的埃米尔（国家元首）塔米姆热爱体育有很大关系。热爱一件事，真的会带动更多人去热爱。

在万伯翱与塔米姆亲王交流的过程中，即使在很重要的场合，他们的话题依旧是很轻松，塔米姆亲王对中国很感兴趣，希望有机会到华进行更深层次的交流，看看我们的食、宿、交通以及训练条件，同时，也聊到了他个人喜欢的高尔夫、赛马、打猎等多项运动项目和兴趣爱好。

看到这里，我感觉到我们对于运动缺乏的太多了。网传"外面百米一个健身房，我们百米一个大药房"也是尴尬的现实。我曾记得，我与朋友在广州某地聚会，打算踢球寻乐，那里的足球场地除了费用，连使用时间都是有限的，据说是怕损坏草坪，尽可能禁止使用，成了"观赏性"的足球场地。事实上，那片足球场地上已经变成了秃头的"地中海"样式……

我们除了基础条件达不到，在足球运动上的精神也是一言难尽。在这届世界杯上，我就看到了我们在运动中极其缺乏的精神——拼搏。

这届世界杯确实说得上是三十二强队的虎狼之战。最让我惊叹的两支球队，一个是韩国，一个是日本。日本更是进入了死亡之组，要面对老牌强队西班牙和德国。从球队数据上分析，日本足球队如何比得过两只老牌球队，但是结果确实是让人兴奋的。日本队靠着顽强不屈的斗志，以及教练的合理战术，直接把难以撼动的德国足球队送回了老家。

面对强敌，他们勇于拼搏的精神，确实需要我们学习，他们解释了什么叫不到最后一刻决不放弃！同样延续拼搏精神的还有荷兰队，在最后的读秒里，他们拼到了一个任意球，又一次上演了卡塔尔世界杯的奇迹。

然而，回顾我们的足球赛场上，在拼斗中消极防守，甚至放弃防守的新闻已经屡见不鲜，除了自身体质的差异，在相关设备条件上和意志力、精神力上，真的需要一个很大的跨度……

法国总统马克龙曾鼓励他们的球员："你们是一支伟大的球队，你们有动力去完成了这场拼搏，就是为了这个，我要在这里感谢你们，你们让太多法国人有了梦想，我为你们自豪！"这句话也随着万伯翱先生的多哈回忆，飘荡在我们的脑海中。

除了足球运动上的记忆，万伯翱先生还谈到卡塔尔的一些风俗人情和对待客人的热情和精致表现，当然，印象最深的还是万伯翱从卡塔尔到沙漠时的感慨："荒无人烟的大沙漠，与旁边现代化的城市形成鲜明的对比。"似乎也在说明着什么……

《毕竟东流去》读后感

读一本好书，你会忘却了紧张与劳累，处事的烦恼与愁绪也会随之消失，没有寒暄与打扰，独自神游于字里行间。我刚刚读完朱小平先生写的《毕竟东流去》这本书，又是记录清史的书，在今年的1月份才出版，在此之前他也写了很多记录清朝的历史。对于朱小平先生，我一直觉得他是一个非常有魅力的人，他出版了很多作品，自己也写了很多诗词，觉得他有魅力，是因为他能一直坚守在写作的岗位，并且不市侩。写历史，一般很难变得出彩，因为历史是被大家所熟知的，很难在一段逝去的历史中写出让别人臣服的语句，让别人觉得书籍好看的理由，但是朱小平先生不一样，关于记录清史的书籍，他已经出版了很多，前些日子看的一本《清朝，被遗忘的那些事》也是出自朱小平先生之手，但是看到现在这一本和前一本又有不一样的感悟，与前面看的一本相比，最新出版的这本多了一些自然历史与建筑相结合，他将尽他的建筑与相关的人物合到一起描写，注入了人文精神，同时那些在我们眼中近在眼前的历史文物，也就被他写活了呢。

品读朱小平先生所写的清史，从心理上来说是复杂的，不仅仅是这段历史离我们最近切，光怪陆离，角度多现。更因为这段时光里承载了中华民族最沉重、最沉痛的历史回忆，回忆里少有欢欣，多为屈辱与愤慨。

与前一本相比，这本书更注重的是怎样将一段历史故事与历史建筑描写得更加贴切，而前者比较注重自己内心的感受，在书中还让我们知道了一些原本不太关注的问题，比如我们对林则徐印象最深的就是他虎门销烟的壮举，但其实林则徐所做的事情，还有很多，这篇文章中为我们揭露了当时林则徐的一种困境，我们销烟知识出来之后，不少言论报道出林则徐并非是好心，此则报道在我们现在看来纯属是一篇汉奸文，可是某些不知名学者却在用谎言掩盖事实，在此书中，朱小平先生是反对这种观念的，林则徐是一个禁烟英雄，但关于他的评传是到 1981 年才有的，根据这些评传，我们能了解到最真的事实，作者也将事实的真相告诉了我们，在这篇文章中，很多我们原本不太熟悉的一些人物，在此刻仿佛都变得鲜活了起来，他们的灵魂，他们的思想就如同一座丰碑立了起来，给后人的警醒不仅仅是他们所做的一件件壮举，更有他们在强敌面前不畏难、不怕牺牲的精神，在当时的环境下，所做的任何一个决策都不知道前途是好是坏，我们现在能知道什么样的决定是正确的，可是当时的先人，都是用自己的血和泪去拼出一条光明大道，作者也在作品中毫不避讳地赞扬了他对这些英雄的赞赏，一些诋毁他们的言论，作者也是狠狠地批评了。

这本书是类似一篇篇散文所集齐的，并没有一定要按照什么样的章节去叙述，若是要问为什么作者能写这么多篇关于清朝的书籍，我想大抵是因为热爱吧，历史时间久远，期间发生的事情也不是三言两语就能道出来的，或许是因为感悟足够多，所以才能如此热爱地写下一篇篇关于清朝的真相。这种热爱令我动容，而在观看朱小平先生的作品的时候，我也深深为其中的一些篇章所感动，历史书上的故事被他利用生动有趣的语言娓娓道来，不仅能让我们知道历史的走向，还能让我认识到朱小平先生究竟是一个怎样的人，而对于他的作品应当抱以什么样的态度。

看完这本书，只觉得心里充满感激，喜欢阅读朱小平先生的书籍，爱的是充实感，不论是人生态度，或是文笔水平，都无可挑剔，时代在不断更新，一些历史事件在朱小平先生的笔下却是历久弥新，新时代的偶像就应当是朱小平先生这样坚守本心的作者吧！

梁晓声笔下的《母亲》平凡而伟大

母亲，是我们无法绕过的炙热温柔，是我们心底里最柔软的两个字。当我读到梁晓声先生的新书《母亲》时，感动地流下了眼泪，不禁回想起自己的母亲，与书中的"母亲"一样，都是平凡而伟大的。在梁晓声《母亲》里，作者对母亲的描写可亲可感。为了不让孩子们挨饿，母亲每天早上舍不得坐公交汽车，徒步去很远的工厂，拖着单薄的身躯，用廉价的劳动力来换取一些食物。

在本书中，母亲那小小的身躯，竟承受了如此多的生活琐事，于我们的爱犹如大海里的一座堡垒，将我们紧紧环绕。在那个年代，翻砂这种过于繁重的活，即使是壮年男性，也不愿意整日劳作，而母亲就在这种重力苦工下劳作，甚至冒着生命危险——这些是天底下所有母亲的缩影。

梁晓声说："母亲对子女的爱是不嫌弃、不放弃，哪怕他是面目奇丑，类似非人，她也只顾奉献一切，无私无怨无悔。"母亲的伟大不言而喻，无论用多么华丽的语言也无法道出天底下母亲的圣洁和那份比天大、比海深的亲恩。

当我再一次读起这本书，我的眼睛不禁模糊起来。这不仅是作者的母亲，也是我的母亲，更是万万人的母亲啊！作为成年人的我，看到这本书，就更加想念自己的母亲，心生愧疚。我的母亲辛辛苦苦把子女养大成人之后，孩子们一个个远走高飞，定居他乡，她心里除了牵挂就是祝福，每次回去看她，或者打电话，母亲总是说什么也不需要，她很好，不要担心……在母亲眼里，孩子们就是她的一切，为了我们，再大的委屈、困苦也能吞下。所以世界上只有一种爱，是只管付出，不求回报的，那就是母爱。

"树欲静而风不止，子欲养而亲不待。"让我们珍惜那份曾经，铭记母爱的光辉，这份亲恩，一生都无法弥补。趁母亲安在，多回家看看，吃她一顿饭，帮她梳一次头发，去巷子里走走，那些留下母亲印记的地方，依旧温暖。

《乡土中国》里折射的"乡土"

每一捧泥土里，渗着深远文韵，流着久远气息，在上面生活着祖祖辈辈"供养"泥土的人类。曾有人说过："当我的脚不在挨着土地，我便会失了神，丢了魂。"发扬于长江、黄河两河流域的民族与游牧民族或者海洋文明的民族不同，我们的先辈，曾经在一片肥沃优良的土地上固守，稳稳扎根，将根系伸进泥土，汲取、创造每一份营养，茁壮发芽。也许，第一代人学会了播种，第二代人学会了灌溉，第三代人学会了驯畜……一代又一代，顺其自然地跟着骨子里、血液里、脑海里的经验教训，北方人吃着麦、南方人吃着米，一茬茬地长起来，像竹节节节拔高。

一缕炊烟，一道篱笆，一处小桥，三两间土房，乡土中国便这样跃然纸上。一千个人眼中有一千个哈姆雷特，一千个人眼中也会有一千个属于自己的乡土记忆，但总有一些记忆是可以沟通彼此的桥梁呢。

费孝通先生作为一名社会学家、人类学家，走过旧中国的战火纷飞，看过新中国的神奇蜕变，在剧烈动荡的社会结构变革里，一道目光聚焦在中国的乡土社会，一个似乎结构变化有些迟钝但又显著的地方。生活在田地里的人，总会"念旧守旧"，总会靠着依赖着一方土地；游牧居民逐水草而居，飘忽无定；工业居民立根于业，随业而居；而种地的人，所谓的"庄稼汉"却寸土离不得，种着庄稼却也将自己种在了泥土里，久而久之，便也长出了土气。就像书中所言：以农为生的人，世代定居是常态，迁移是变态。如果说，早起心智未开的我们算是纯粹的以生物意义存在着的"生物人"，那么，长期的在固定的地区生活的生物人，必将会逐渐被地理环境等因素影响，依着不同的生存环境发展出不同风格的人物气质与社会关系，变成社会学上划分的"社会人"。

中国大多数的农民都是聚村而居，形成一定的群居局面。聚居而成社会，在社会学里，我们常分出两种不同性质的社会：一种并没有具体目的，只是因为在一起生长而发生的社会；一种是为了要完成一件任务而结合的社会。以术语来讲，前者是礼俗社会，后者是法理社会；从生物角度来看，前者是"有机的团结"，后者是"机械的团结"。生活上被土地所围住的乡民，他们平素所接触的是生而与俱的人物，且从时间里、多方面、经常地接触中油然而生的亲密感觉，叫作"熟悉"。熟悉的社会，维系社会运转的是彼此的"熟悉感"，也就是一种变相的"习惯"。而现代社会，人与人之间的沟通交流大幅度减少，维系社会运转靠的是白纸黑字、签字画押，明显地可以体现出彼此信赖的下滑。人与人之间的联系和联结越发薄弱，我们从"乡土社会"步入"现代社会"，既是一种进步，也确实是另一种的"退步"。因此，"土气"成了骂人的词汇，"土鳖"成了"乡"的代言词。

城市人调侃农村人是刘姥姥进大观园，农村人笑骂城市人目不识葱，一种"乡土"孕育一种人，里里外外都会带着本土深层的"乡土气息"。没有任何的高贵，有的只不过是"存在即为合理"罢了。

读残雪《少年鼓手》有感

残雪，这个"名不见经传"的作家，在诺贝尔文学奖赔率榜中突然大放异彩，逐渐走进大众视野。实际上，了解残雪的人都知道，残雪是有名的"报社子弟"，她的父亲邓钧洪当时是《新湖南报》的社长兼总编辑，从小热爱阅读，读童话故事，读中西方古典文学作品。

残雪的作品语句短促简洁，语言时而潮热、时而阴冷，小说具有强烈的象征感，但有时繁密的隐喻也增加了阅读障碍。甚至有人说，全世界能读懂残雪的只有一个半人。其作品《少年鼓手》在2021年再次入围国际布克奖。该奖项一直被视为诺贝尔文学奖的风向标，可见其作品分量之重。

《少年鼓手》由残雪近期创作的14篇短篇小说汇集而成，依然是将司空见惯的生活细节，进行了夸张和变形的塑造，从而为读者营造出了一个超越现实存在的虚拟精神世界。

书中描写的都是些市井小人物，如退休无事的梨婶、保洁员老奶奶、编麻鞋的青年角、替人办丧事的芦伟长、在药店上班的小三等等。在这部作品中，残雪通过对日常生活细节的切肤描绘，以更具力量的语言，试图将人从虚妄、噩梦、荒诞中打捞出来。在自我分裂化身的指引下，故事主人公对陌生"自我"的探寻展现出超越性的精神力量——

"我想向你打听一个人。他姓芦，从前是这里有名的鼓手。"

"您说的是芦伟长啊！"小伙子吃惊地说，"他现在不是鼓手了，他组织了一个乐队，专门替人办丧事。我同他熟，您想找他吗？"

"现在办丧事请乐队的多吗？"我抑制着隐隐的激动问道。

"当然多啊。差不多家家死了人都要请乐队。要不死者多冷清，您想想看！"

为人办丧事的芦伟长能通过静默、下棋等方式帮人实现同死去的亲人的沟通。对于父母、亲人大多去世的人而言，孤单、想念、痛苦、遗憾的心境会时时浮现，与亲人阴阳相隔的对话、交流是很多人所渴望的。

看完这段对话后，我们仿佛跟着作者进入了生活与想象编织的怪异世界，在时而真实、时而梦幻的世界里担惊受怕，惊醒盗汗，不知所以。

较之以往以呈现精神创伤、死亡欲望、微观权力为重点，在《少年鼓手》中，残雪的写作呈现出新变化。

正如作品简介中所说，《少年鼓手》"将司空见惯的生活细节，进行夸张和变形，营造出一个超越存在的精神世界"，这是残雪新作的突出特点。

残雪的小说就是这样，如果你喜欢，你会觉得文字空灵回荡，在空气中可以跳跃着直达你内心最柔软的地方；如果你不喜欢，你就完全看不懂了，不理解这样的异变和夸张背后的隐喻。

读《少年鼓手》中的每一个短篇，都能感受到强烈的、压倒性的、不受任何拘束的自我意识，其所造成的理解上的钝感，恰好是残雪努力扩展中文语言内部空间的必经之路。在读者屈服于这种语义上的钝感，放弃对小说意义的寻找，而尝试以纯粹经验的、主观的态度来进入小说的时候，才是真正对残雪理解的开端。她极具个性的写作、对文学的乌托邦式理解，令人耳目一新。

残雪本人也坦言："我在艺术上一贯追求极致。我往往将生存的体验浓缩再浓缩，将它追逼到险峻的悬崖之上，那是同死亡接轨的地方。那里的风景惊世骇俗。"

母亲，我的母亲
——读梁晓声《母亲》有感

> 读到梁晓声先生的《母亲》，不仅流下眼泪，回想起母亲，是温柔，是想念，是成年人的自责。我的母亲，我们的母亲，平凡而伟大，小小的身躯，挑起生活与儿女，如此简单的一生，令人动容。
>
> ——题记

母亲，是我们无法绕过的炙热温柔。我多少次想提笔写下的两个字，我无论如何都无法轻易写出的两个字，我心底里最柔软的两个字。于我而言，它不仅仅是一个称呼，更是一个依靠，一种寄托。比起父亲的伟岸背影，母亲更让人心疼。

读过梁晓声先生的《母亲》，作为成年人的我，更加想念与愧疚。母亲那小小的身躯，竟承受了如此多的生活琐事，于我们的爱犹如大海里的一座堡垒，将我们紧紧环绕。

当我再一次读起这本书，眼睛不禁模糊。这不仅是作者的母亲，也是我的母亲，更是万万人的母亲啊！

在梁晓声《母亲》里，对母亲的描写是那么真实。为了不让孩子们挨饿，每天早上舍不得坐公交汽车，徒步去很远的工厂，拖着单薄的身躯，用廉价的劳动力来换取一些食物。在那个年代，翻砂这种过于繁重的活，即使是壮年男性，也不愿意整日劳作，而母亲就在这种重力苦工下劳作，甚至冒着生命危险。

我们的母亲又何尝不是如此呢？母亲是个超人吗？不！她只是我们的母亲。

我和作者梁晓声并不是同时代的人，但都是普通家庭的孩子，有着相似的生活经历，有着相似的苦难，有着相似的母亲。

我的外祖母家庭人多口阔，外祖父是乡里瓦片厂的负责人，生活还算不错，母亲是十个孩子中排行老三，人乖巧，颇受偏爱，一个哥哥，一个姐姐，四个弟弟，三个妹妹，都喜欢她，从小没有吃过什么苦。自从嫁给我父亲，一个地道的老师，生育了我和三个弟弟，母亲就和所有母亲一样，开始了勤劳生活。

自打我记事起，父亲除了从学校回来，几乎是见不到的。母亲，就是家里的全部。无论是田间劳作，还是零工碎活，都是勤勤恳恳地生活，从不抱怨。

我犹记得，计划生育那几年，母亲整日惊恐，家里的单车、缝纫机、电风扇等家具电器都被搬走，家里几乎被"洗劫"一空。为了躲避搜查，母亲不得不抱着我弟弟，冒着雨去往亲戚家暂避。等到风头过去，再抱着弟弟回来，看着惊慌失措的我，惊慌失措的母亲顿时哭了出来。

即使如此，母亲依旧是坚强的。为了生活，为了多做零工，母亲硬是把自己当成了男人，拼了命地干活。能吃苦就是村里人对母亲的评价。

农忙时，母亲一个人操持，耕地、除草、施肥，瘦小的身体扛下了太多重担。为了省点钱，母亲拉着老式的架子车，在地里来回数十趟，在田地里穿梭，被太阳晒得发烫，被玉米枝叶划的都是细小的口子。最让人心疼的是，撒化肥时，里面的尿酸或残留在母亲身上，蛰的浑身疼痛。这些事，母亲从不多说。

在夏天，为了多赚点钱，补贴家用，母亲一有空还要绣绣花，还要去绣花厂学习新款式的绣花技能，带着我和很年幼的弟弟，顶着高温的天气，弟弟小，喜欢哭闹，每次带他都要买雪糕，那是我最快乐和心疼的时候。心疼的是母亲为了安心工作，要给弟弟买雪糕，哄着他，有了弟弟的，也就有我的，母亲从不偏心，但是母亲从未吃过一口，每次我喂给她吃，母亲总说："我小时候就吃够了。"然后又说起，她在外祖父家的日子，讲过去好玩的事情。

梁晓声说："母亲对子女的爱是不嫌弃、不放弃，哪怕他是面目奇丑，类似非人，她也只顾奉献一切，无私无怨无悔。"

在母亲眼里，我和弟弟就是她的一切，为了我们，再大的委屈、困苦也能吞下。童年无忧无虑的母亲，婚后却有如此反差，母亲的意志也足够坚定。然而，现在长大的我，却为以前的不懂事，而深深愧疚。

由梁晓声的《母亲》，想到我的母亲，更是联想到平凡社会中的母亲们。如今，逐渐入秋，我又想到即将步入农田辛勤劳作的她们。

"树欲静而风不止，子欲养而亲不待。"

我们珍惜那份曾经，铭记母爱的光辉，这份情感，一生都无法弥补。趁母亲安在，多回家看看，吃她一顿饭，帮她梳一次头发，去巷子里走走，那些留下母亲印记的地方，依旧温暖。

奋斗得幸福

——读莫言先生《生死疲劳》有感

近期生活忙碌，为工作、生活而奔波，身心俱疲。周末刚好有时间，再次翻起莫言老师的大作《生死疲劳》，这本书已经不是我第一次阅读，也不会是最后一次，它给了我很多力量，在当下喧嚣的世界里，寻找一份清净之地，沉淀自己。

余华老师曾这样评价这部作品："《生死疲劳》读起来没有疲惫感，看得让人如痴如醉，这是一本伟大的小说。"

《生死疲劳》没有"疲惫"，这似乎也是件有趣的事。整本书都是荒诞的，是魔幻的，也是让人忍俊不禁的，一片小小的土地上，演绎出"人"的一生，酸甜苦辣，生离死别。

书中的主人公西门闹虽是个地主，勤勤恳恳，待人友善，村里的穷苦人都曾受过他的恩惠，即便是如此，却还是在那样的年代，因身份问题而被村民冤屈，最终落得个枪毙的下场。

他悲愤，他叫屈，他喊冤，他要讨还一个公道。他与命运相抗，历经六世轮回，从驴、牛、猪、狗、猴等不同牲畜，从不同的视角的转变、心态的变化而看尽人间疾苦，直到最后一世，他轮回成了一个大头婴儿……莫言先生正是借着不同视角将人性演绎得淋漓尽致，让人看的可悲可叹。

每一次轮回，他都能遇到生前的熟人，历经他们的恩怨纠葛，痛苦之后，再一次死去……看完整部小说就像做梦一样，看似虚无缥缈，醒来却是一身冷汗。在这本五十万字的磅礴巨作中，莫言先生真的揉进了人世间的万般心酸。

或许，正如《生死疲劳》的开篇所言——佛说，生死疲劳，从贪欲起。少欲无为，身心自在。我们生在人世间，生，我们决定不了，死，我们也改变不了；只有生与死之间的距离，是我们独享的，是我们可以支配的，但是也是错综复杂的，我们从生下来的一无所有到逐渐拥有，再到逐渐失去，最终化为一抔黄土，一切归零。

我们看书，就是在看自己，看自己的过去，看自己的未来。莫言先生以六世轮回让我们看清一个人物，在其中找寻自我。一辈子说长不长，说短不短，面对生活，当你感到痛苦，或百般求饶，生活也不会对你手下留情，别人也事不关己……陆小曼在《随着日子往前走》里所说：这个世界上没有不带伤的人，无论什么时候，你都要相信，真正治愈自己的，只有自己。

《生死疲劳》中有这么一句话，让我印象深刻："凡是百思不得其解的事，就索性遗忘了它。"相对于主人公西门闹的"执着"，书中的蓝脸就更加"轻松"。蓝脸一个朴实憨厚的庄稼汉，或是因为知识的匮乏，让他能够坚持真我，成为时代洪流中最幸运的一个。

如果把开篇佛经中的"生死疲劳，从贪欲起。"当作主人公西门闹；我觉得"少欲无为，身心自在。"说的就是蓝脸了。而我们不同于蓝脸的特立独行，我们每一个平凡的人活在这世上都带着些痛苦和不甘，因欲望而禁锢一生、遗憾一生。

再次读完《生气疲劳》，放下这本书，或生或死，似乎也不是那么重要了。年纪逐渐大了，也不敢对往事回头，因为一回头就发现过去的岁月，所有的选择都是错的。自己过好这一生，像蓝脸一样"平静"，不管是怎样的跌宕起伏，都要努力在岁月中淬炼出生活的甘甜。

用莫言先生的话说："人的一切不幸都是来自自己的欲望，但你要知道，一切来自土地的，最终都将回归土地，面对生活的真相，我的解答是用幽默去对抗，哪怕生死疲劳，我们依然会追求幸福，依然会坚持我们的信念，依然会奋斗不止。"

梦寐以求

——观《鲁迅文学奖》盛典直播有感

这次的文学盛宴是史无前例的。

在今年八月份，鲁迅文学奖揭晓。鲁迅文学奖作为中国最高荣誉的文学奖之一，无疑使文学爱好者极为瞩目，"鲁迅"这个名字，作为文学史上的一个符号，更显庄重和力量！而这次文学直播盛宴，再一次让"文学"二字深入人心。

在11月20日晚，"中国文学盛典·鲁迅文学奖之夜"在北京中央歌剧院举行，在各大媒体电台的直播下，将这场盛宴呈现给所有人。这也是"文学"在当下文化环境里的首次探索，英勇而沉静，不出所料，或因为"鲁迅文学奖"或因为"文学"，这次直播盛宴在国内掀起一阵文学热潮，仅在朋友圈内，都是铺天盖地的信息……

直播现场，老一辈作家王蒙、铁凝、莫言、刘震云、阿来、格非等文坛巨匠也来到现场，与第八届鲁迅文学奖的三十余位获奖者及众多名家、文学爱好者齐聚一堂，共同见证这一文学盛事。耕耘在文学之路上的我，看到文学如此盛况，不禁欣喜！

"我们希望通过直播的形式，用热忱和礼遇，表达对文学的敬畏、对作家的褒奖、对读者的尊重。"中国作家协会副主席李敬泽这样表示。

李敬泽前辈说的，也恰恰是当下文学所缺少的。文学，在当下是低沉的，在大众眼里是低迷的，尤其以"余秀华""贾浅浅"为热点的舆论事件，被不知情的议论，被嘲弄，被廉价的羞辱，将"文学"边缘化……说起某个诗人或作家，似乎是不易启齿的事。而这次鲁迅文学奖的盛况直播，更像是一次文学的大爆发，将沉淀已久的力量，一下子喷涌而出，向社会展现文学的魅力、价值与尊严，向读者共享优秀文学作品，和耕耘已久的道路彰显的点点光芒，在娱乐化的环境中，多了几分可以沉淀的美和厚重。

或许有人说，我们最深厚最高贵的文学，已经和流量直播"挂钩"了？顺应当下潮流，以直播的方式铸造文学的灯塔，将文学还给大众，才是我们要做的事情。

或许文学盛典直播是中国文学"破圈"的一次机会，保留传统文学中的经典元素，借助新媒体（直播）的形式呈现给大家，向更多读者发出邀请，分享不同层次的文学作品，让文学发生，或者还可以让阅读成为一项精神"运动"，慢慢植入我们的生活，增添一些乐趣。

一位诗友在朋友圈说，这次的鲁迅文学奖直播盛宴堪比春节联欢晚会，大咖云集，节目精彩纷呈，连广告都带着文艺的气息。让文学在大众面前彰显应有的魅力，作为一位文学爱好者，真的激动万分啊，在这个将冷未冷的阴沉之际，内心是暖暖的。

这次文学盛会，不仅仅是形式上的创新，在作者或者文学作品上，也把眼光放在了远方。我清楚地记得，获得鲁迅文学奖中篇小说奖的作者索南才让，一个土生土长的蒙古族牧民，在草原的牧场上，与牛羊为伴，凝望远处，阅读着世界，持笔写下脚下的故事，一点一滴，展现出时代的变化。

鲁迅文学奖获得者索南才让表示，他只想用自己的文字真诚地表述，记录辽阔的草原和草原上那些可亲可敬的人们。

我们笔下的"文学"又何尝不是？

简简单单记录着生活里的一切：欢喜、悲伤、惊奇。翻弄着土地，心怀远方，一切就这样慢慢发生。这次的鲁迅文学奖直播盛宴，就像是一座灯塔，让"文学"之光向波纹一样轻轻荡去，掀起阵阵波澜……

生活的趣味

——读刘心武《世间多好事》有感

在书房里，再次翻到刘心武的作品集《世间多好事》，就被它的封面吸引，颇为有趣，再看也是让人心里暖暖的。这本写给年轻人的"好事之书"，也陪伴我许久，随着时间的沉淀，让我融入了更多思考。

这本随笔集，适合烧着茶水读。词句之间，都是对纷繁人世间的感受与思考，与鸡汤文还大有不同，刘老先生的笔触是直到内心深处的，读他的书，犹如他多年的老友一般，听他娓娓道来，在他的文字之间发现更多生活的趣味，心情也是美好的。

"世界真大，人类真精，想法真多，学问真深，分歧真绝，判断真难。"这带着哲学意味的一句话，开篇便做了整本书的向导，也正因为如此，刘老先生这本作品集金句频出，每一个字词间都闪烁着温情的智慧，厚重的感悟，让我们善于从生活的细微之处一点一点爱上当下的事、当下的人、当下的生活。

同样因为如此，刘老先生的作品也频频出现在《人民日报》这种国家级报刊上，他的作品很容易让我们找到共鸣的契合点，并从中探索、知味、释然……

人民网曾这样评价："刘心武对生活感受敏锐，善于做理性的宏观把握，写出了不少具有社会思考特点的作品，作风严谨，意蕴深厚。"

我曾有位诗友，对诗歌极为热爱，据他说是为追求"诗和远方"，每每有新作，都会分享与我，但又自寻烦恼，分享之余连带着诉苦，苦读了很多诗，越来越读不懂，我写的还是不行，诸如此类的话语。

我每次都要说一些鼓励的话，但是时间久了，鼓励的话说尽了，便不知该说什么，只好匆匆应对。我也能感受到他的情绪变化，逐渐失落，失去信心，在诗和远方中无措……

刘心武先生的《世间多好事》也谈到这个问题，老先生给出的答案也很简单：接受与享受。我们首先要接受自己的作品，即使它并不完美，甚至很多问题，但这就是我们的作品啊，它属于我们；然后是享受，享受作品本身带给我们的"诗和远方"的追求，享受文字表达的乐趣，不考虑它本身的好与坏。是以真正做到"发现生活真趣，拥抱世间好事。"

在生活中，也是如此。"人生处处是生活"这句话，字义浅显而意蕴很深。在刘老先生看来，生活的乐趣是无处不在的，关键是我们有没有用心发掘。

我们生活，或劳作，或饮食，或读书，或载歌载舞，每一次体验都是生活的折射，学会接受，学会享受，在日出与日落之间，寻找属于自己的美好。

在人生的波折里，有一点缺陷、或遗憾，并不痛苦，刘老先生对这一点看的也是极为透彻，美是可以追求的，但是没有必要追求完美，倘若一切完美，就意味着凝固，僵硬而无趣，没有起伏的乐趣……

或许大家开始觉得鸡汤了，在一次采访中，就有人问刘老先生的一天是怎样度过的？刘老先生倒是洒脱，回复也是颇有趣味："很奇怪，我就不关心别人一天在干什么。那是他自己的事。我没有痛苦，太太平平，就很高兴。每天睡到中午醒，有活动就出来，没有的话看看书、听听音乐，想写的话写一点。我现在的本职工作就是颐养天年，别给家人添麻烦，最好像英国女王一样，一下就睡过去。挺好的。"

豁达与万物，随性而自然，或许这才是刘老师能写出如此巨作的原因吧。

虽然没有人能活成一座孤岛，但是我们的家人、爱人、友人，都是上天赐予的美好；或是街边的小贩，也是我们生命力的一部分，我们在他那里购买蔬菜、水果，短暂的交际，在偌大的生命里，也是有点波澜的。

生活就是这样，我们来到这个世界，就要好好地活，热气腾腾地活，多发现一些有趣的事物，让眼睛更加明亮！

消失在这个时代

——梁晓声《雪城》读后感

假日里，再次读起梁晓声先生的《雪城》，这本书是他亲笔签名并赠送与我的，倍加珍贵，也更有一番滋味。

《雪城》是作家梁晓声写于 1988 年的一部百余万字的长篇小说，主要讲述了几位北大荒知青重返城市后的生活，各种各样的人演绎了不同的人生。

书籍是冷蓝灰的，给人一种深沉之感："活着就是带着世界赋予我们的伤去生活。"读过这本书后，老实地讲，我的内心久久不能平静。

这本书给我最大的震撼是做一群身怀理想的现实主义者。大多数人被搁置在庸常现实生活中，理想，作为奢侈的代名词，他们或者我们，都将会以表面上看起来傲视生活的形式被生活所抛弃。

"知青"，一个熟悉又遥远的名称，曾是模糊的印象，也曾认为与一个时代相关。而读完梁晓声先生的《雪城》，再次认识了那个特定的历史时代。书中对返城知青的描写不无夸张之处。但是，书中所展现的返城知青在面对现实的冷酷时，所体会到的压抑、彷徨与焦虑是真实没有夸张成分的。

在曾经火热的理想主义广泛被嘲弄的时代，姚玉慧是一种悲剧的典型，她是全书第一个出场的人物，也是本市市长之长女，十八岁就投身边远的农村建设，做了十年知青，回到城市里，却被弟弟讽刺为"残兵败将"。

大好的青春年华，自愿申请到边远地区奋斗，然而努力十几年后，却发现回到自己的城市时，与周边的一切都格格不入，仿佛只剩下了自己。没有工作技能，无法适应环境，连家里的老母亲都心有怨言，辛辛苦苦几十年，归来孑然一身，在城市里与世隔绝。过了青春的年纪，也错过了这个年纪该有的轰轰烈烈的爱情，姚玉慧虽已回到城市，但灵魂还在北大荒上空飘荡，她的青春在这里，这里是她的根。

回到城市后的姚玉慧，事实上并没有开启新的生活，因为她的生活变化跟不上所在城市的发展变化，几乎对接不上，强大的信息差让她迷茫。依照她的家庭地位，依照她背后的人脉关系，找到一个好工作不是什么难事，但是，十年的"知青"经验，让她接受不了这样的生活，骨子里还是倔强的，不愿意让父母动用关系特权，只想靠自己的努力争取一片天地，她坚毅品格和百折不挠的人生信念就像这个时代一样，让人动容。

在《雪城》中，说起我最欣赏的角色，却是一个并不起眼的小人物——郭立伟，他乐观，坚强，有韧劲，从不抱怨。虽然他连接受挫，大多时候只能是哑巴吃黄连，有苦说不出，但是无论受到怎样的委屈、困苦，都能以微笑的态度积极面对，他自始至终都对人生充满期冀，对不可知的未来，满怀信心。在那样的灰色的时代里，他就像我们大多数人的一根标杆，犹如一根野草，在时代的催动下韧劲十足。

时代是一个模糊的记忆点，在进步，也在发展，但成长中的我们，心性也会随着生活的磨炼发生变化。往事如碎片般划过，有的闪光点令人感动，有的阴暗也让人愤慨。好在那个年代的他们有着天然的韧劲，总会在时代的洪流中发光发热。

回到现实，回到现在，大好时代的我们，那时候能拥有《雪城》中知青的那一股血气？已不再年轻的我们？从泥泞满布的小乡村，奋斗在高楼林立的大厦里，穿着体面的服装，吃着路边小摊，与大环境中谋取生活，在黑夜里，慢慢迷失自我……这样的生活往往比小说更有想象力，或许这就是生活，但我们都有着截然不同而彼此交错的命运。

读完梁晓声先生的《雪城》，沉寂，烟是一根一根地抽，不管是对于那段特殊历史的解读，还是对纯粹文字的喜好，还是仅仅是读一段故事，它都值得我们感叹。而我们，也逐渐消失在这个年代。

在时代中背离父亲的爱

——读邵丽《天台上的父亲》有感

捧起《天台上的父亲》这本书，那粗糙的质感，像极了小时候稚嫩的脸蛋，感受父亲粗大的手掌。邵丽女士的作品《天台上的父亲》塑造了一位立体、丰满的"中国式父亲"形象，每一个情节，我们都能从中看见自己的影子——淡漠与温柔、偏执与释怀、谨慎与大度。

邵丽在书中把家庭的矛盾、自我的纠结，深刻淋漓地体现了出来，映照出中国人的伦理生活和中国家庭的情感结构，也展示了个人和家庭在时代洪流、历史环境下不断变迁、令人唏嘘的命运。

赫伯特曾经说过："一位好母亲抵得上一百个教师。"中国也有这样的说法："一个好母亲，发达三代人。"一方面是父亲无处不在，另外一方面，父亲永远都是缺失的。

在中国传统文化里，父亲在家庭中是权力中心，这就暗示了多数父亲是"难以接近"的。成语"父爱如山"释义："父爱深沉稳重如山一般伟大。"这在一定程度上表明，父亲不似母亲水一般的柔情，中国传统的父亲是严厉的、深沉的。

小说里的父亲是家庭权力的象征，可父亲却总是缺失在家庭里。我和兄弟姐妹在幼年时被送往乡下，在外公外婆的抚养中长大，母亲骑自行车从几十里外赶来看望，而父亲"一次都没来过"。

这样缺失的童年，正是触及到了我们日常生活中的"痛点"——父亲的伤痛起源文中作了交代。父亲在抗美援朝战场上受了伤，退役后回到县里当了人民武装部部长，后来因"爱多说话、乱放炮"为由，被遣下乡，吃了不少苦头。从此父亲就学的"很乖"，学会了小心翼翼地过日子，生怕一不小心又遭受大灾大难。

父亲甚至把日常生活中的点点滴滴都要记录下来，前天做了哪些事，今天讲了哪些话，和谁，在什么地方，总之，父亲是被"爱多说话、乱放炮"吓怕了。以至于和周围的邻居打招呼，声音都是低调温柔、谦和讨好，生怕惹到什么人不快。

父亲内心的这种矛盾，像是对前路无望的恐惧和迷茫。父亲的这种精神上的疾病和伤痛，是我们做子女的不曾去关注和理解的。我们还埋怨父亲在我们幼小的时候不来关心我们，甚至在父亲有了自杀倾向时感到不可思议。

"刚刚过去的事情既像一个伤口，更像是到处游走的内伤，无从安抚。"用《天台上的父亲》中这句话概括阅读后的感受也比较确切。

邵丽面对《中华读书报》的提问时，说过这样一段话：

> "与其说父亲是权力的象征，不如说他是权力的奴役。他已经患上了斯德哥尔摩综合征。他被权力绑架，又十分依附权力。失去权力于他而言就是失去了生命的支撑，所以他的活与死只是形式上，而不是实质上的。从脱离开权力的那一天，他就成为一具活尸游魂，他上不上天台，死或者活着，已经没有了生活上的意义。
>
> 我写这样的父亲，是写别人的父亲，也是写我的父亲。他们在那个时代里载浮载沉，也在那个时代里与我们渐行渐远。"

表面上看，父亲退休后性情大变，常年累积的抑郁导致最后的悲剧。但真正的原因是他跟这个时代永远无法和解，所以他只能跟自己和解了。

无论小说，还是现实生活，我们都无法拯救被时代伤害的父亲，只能以悲悯的情怀诉说这个人间的悲剧故事。从某种意义上说，我们的父亲都在天台上，我们从来没有试图靠近过父亲。

我们背离了我们的父亲，背离了父亲的那个时代。

知足常乐

——读《人生哪能多如意，万事只求半称心》有感

是啊，人生哪能多如意，万事只求半称心。这句话虽朴实无华，却饱含着人生哲理，写尽了人生百般滋味。

曾忘记在哪里看到过这本书或者听到过这么一句话，碍于当时年轻，只是觉得鸡汤味太重，不适合年少的我，索性并没有太在意，如今已经年过半百，再回味过来，当真是颇多滋味。

《人生哪能多如意，万事只求半称心》这本哲学意味十足的书，作者也是我们很熟悉的，他正是中国近代文化史上的一个传奇——弘一法师。丰子恺先生曾这样评价弘一法师："少年时做公子，像个翩翩公子；中年时做名士，像个名士；做话剧，像个演员；学油画，像个美术家；学钢琴，像个音乐家；办报刊，像个编者；当教员，像个老师；做和尚，像个高僧。"

正是这样一位奇人，汇写了这样一本奇书。这本作品集汇集了弘一法师一生的经历与智慧，在这本书里，不同时期的作品就会折射出弘一法师不同的心境（状态），这本书与其说在看说，不如说在观人。

古人说：天下事不如人意者，十之八九。若你现在正处于囿于失意的人生边缘，不妨读一读这本《人生哪能多如意，万事只求半称心》，静下心来慢读半小时，定会有意想不到的收获。

事事岂能尽如人意。如果我们的人生万事皆如意，一眼就看到了美好的尽头，又有什么精彩可言呢？我们创作，哪怕是一篇2000字的小说，也要讲究起伏跌宕、抑扬顿挫，讲究"微、新、密、奇"，在极小的文字空间里，造化出巨大的能量，如果平淡如流水，又怎称得上"人生百味"呢？又怎么会精彩呢？

万事只求半称心，意味着要知足常乐、随遇而安。明末清初的硕学鸿儒李密庵有一首《半半歌》，可谓将"半字哲学"发挥到了极致。林语堂先生就十分欣赏《半半歌》里所描绘出的那种知足常乐、随遇而安、自然舒适的生活状态，他认为这是"中国人所发现的最健全的生活理想"。

半称心，在我看来更像是为人处世的态度，并非是消极和妥协，而是一种知足知止、少欲淡泊的智慧，不追求更甚，有所得，即为终止，即为乐。这样的大智慧在弘一法师的作品里，处处皆有体现。

不必执着于完美的结果，因为不圆满才是生活的常态，我们要接受常态。这句话我一直把它当作我的座右铭，默默激励自己。在生活里，万因必有果，如果这个果是不好的，是不圆满的，那就说明我们的修行还有待提高，事不完美，人能力不及也；如果一件事被完完美美地解决，那么这个结果也将让我乐意自满，下意识里对自己的约束就会有所放松，从而出现种种问题，这才是糟糕的事呢。

所以我在读弘一法师《人生哪能多如意，万事只求半称心》这本书事，格外上心。我记得梁实秋先生曾这样评说弘一法师的作品："一字千金，值得所有人慢慢阅读，慢慢体味，用一生的时间静静领悟。"

弘一法师所奉行的"自处超然，处人蔼然；无事澄然，有事斩然；得意淡然，失意泰然"的人生态度。也是超然物外的。甚至换句话说，读懂了弘一法师，你就读懂了人生。

所幸，没有圆满的人生，即使如弘一法师，纵观整个人生（生活轨迹），也做不到圆满，但是他能够做到"半称心"，懂得知足，懂得"事事岂能尽如人意"的谶语，懂得"人无千日好，花无百日红"的世事无常。在人生的长河里，波澜不惊，柔风细雨也罢，狂风暴雨也好，又或者阳光明媚，都是一种恩赐。我们所遇到的一切，尽皆美好。

《红船精神》读后感

生命的意义在于奉献而不在于享受，人活着正是为了给社会增添一点光彩，只有这样，我们的生命才会开花结果。

——著名文学家巴金

一

再次翻起《红船精神》这本书，已经不记得多少次了，依旧那么厚重；封面上的四个大字，曾是多少人的信仰；如今，再次翻开，那段历史依旧滚烫、火热。

在浙江嘉兴市区，有一片宁静祥和的湖水，画舫静静地停泊在湖面上，它享有一个永载中国革命史册的名字——红船。

红船不大，但前途远大。红船见证了中国历史上开天辟地的大事件，成为中国革命源头的象征。

"序言——写在前面的话"着重介绍了中共一大会议的历史意义和"红船精神"对中国历史发展走向的巨大影响力。小小的红船，承载了中国共产党的初心和使命，播下了中国革命的火种和奔向民族复兴的希望。

黄亚洲先生在他的《红船》一书中有过这样一段描写：

船首的舱板很光滑，何叔衡一个盘腿坐下来："我前几日算过一笔年龄账，十三个国内代表，外加两个国际代表，平均年龄，二十八岁。"

"二十八岁？嗬，正巧是鄙人年龄。"毛泽东也盘腿坐下来。

"对，你二十八了。你说，润之老弟，"何叔衡远眺湖面，"经过我们这番聚义奋斗，再过二十八年，中国将会是一个什么样子了呢？"

"再过二十八年，那就是公元 1949 年了。"

"是啊，1949 年。那个时候，恐怕工农阶级已经在中国坐了天下了。"

"那是一定的。"毛泽东眯细眼睛，"那个时候，凡中国之工人，都有工做！中国之农民，都有地种！中国四万万同胞，一个个皆是国家之主人，谁也不会在正午时分喊肚子饿！"

就这样，在当年长夜如磐，红烛此处破黑暗。在嘉兴南湖的一条小船上，13名有志之士怀揣着共产主义理想，汇聚在一起定方针、话使命，分任务、建组织，掀开了中国历史上开天辟地的伟大篇章。

二

古语所云："大道之行，天下为公，选贤与能，讲信修睦。"

研读了《红船精神》第二章里第四五小节，文中说，"社会主义的学说盛行一时并很受青年学子的欢迎"，但是，由于当时思想界流行的社会主义形形色色，种类繁多，对于究竟什么是真正的、科学的社会主义，人们并不清晰。即使是较早接触社会主义的孙中山也觉得很无奈，说："社会主义有五十七种，不知哪一种是真的。"

在社会主义流派纷争的氛围中，我国先进知识分子不仅选择、接受了马克思主义，而且还公开打出马克思主义的旗帜，明确了"社会主义"的重要性和必要性，强调"社会主义譬如一面旗子"，并将马克思主义同无政府主义区别开来。

烟雨楼台，革命萌生，风云世界，逢春蛰起，到处皆闻殷殷雷。眼前，是马克思主义带来的黎明和曙光；身后，是千疮百孔的中华民族和处在水深火热中的中国人民，在周遭满目的黑暗中，这条红船，是方向，是力量，承载着民族的希望，在烟雨飘摇的历史长河中荡漾开去。

从书中，我领略到了前辈们坚定的目标：那就是成立新中国！从此让中国人民不再被压迫、被欺辱。这样一个信念，在一群人心中扎根。经过多年奋斗，多年抗战，历经苦难，却从未改变，最终实现了这个共同的目标。

今日的我们，生活在前辈们创造的和平年代。当今的中国，如此壮大。今日的地位可影响历史，撼动世界！回看那些为了今日的美好生活付出汗水，甚至付出生命的前辈们，我感恩并珍惜今日的一切。今日虽然没有战争，然而我报效祖国的心情，与当年的前辈并无异样。

三

"船重千钧、掌舵一人"。100年来栉风沐雨，100年来艰辛跋涉，100年砥砺奋进，中国共产党和中国人民共同走过的光辉历程，深深镌刻在中华民族实现伟大复兴、人类社会发展进步的历史丰碑之上。

红船精神让我们"众人同心，其利断金"。面对新征程，我们更要继承发扬民主党派和中国共产党肝胆相照、荣辱与共的优良传统，始终高举习近平新时代中国特色社会主义思想伟大旗帜，继续与中国共产党风雨同舟、同心同行。

"踵事增华，踔厉奋发"。

我们要永远追随前辈的足迹，汲取奋斗的力量，在大是大非面前旗帜鲜明、在大风大浪面前保持定力，不忘合作初心，继续砥砺奋进。

如今，我们全国上下，戮力同心，抗击疫情，抗旱抗涝，彰显了伟大民族精神，彰显了"红船精神"的时代意义。学习"红船精神"，最重要的就是学以致用、用以致成，从自我做起，从小事做起，将精神力量汇聚成海。

秀水泱泱，红船依旧；时代变迁，精神永恒。

"红船精神"作为中国革命精神之源，承载了中国共产党人为中国人民谋幸福、为中华民族谋复兴的初心和使命，见证了党"开天辟地、敢为人先"的创业担当，开启了党"坚定理想、百折不挠"的奋斗征程，播撒了"立党为公、忠诚为民"的革命火种，为中国共产党在前进道路上战胜各类艰难险阻、夺取一个又一个伟大胜利提供了强大的精神动力。

充实自己

——读余华《阅读有益身心健康》

"世界上没有一条路是重复的，尤其是人生路；也没有一个人生是可以替代的。每一个人都在经历着只属于自己的生活，世界的丰富多彩和个人空间的狭窄使阅读浮现在了我们的眼前，阅读打开了我们个人的空间，让我们意识到天空的宽广和大地的辽阔，让我们的人生道路由单数变成了复数。文学的阅读更是如此，别人的故事可以丰富自己的生活。"

第一次阅读余华老师的《阅读有益身心健康》，很漫长，书名言简意赅，很直观地表达了主体内容，里面收录了余华老师的随笔文集 31 篇，内容也相当丰富。从余华先生的阅读到写作，都展开丰富的叙说，讲述文学无与伦比的魅力。

阅读的益处，余华先生在这本随笔集里说得相当透彻，也从多种维度得以解读剖析。读书不但可以使人增长知识，充实自我，而且还是一种治病方法。

作品开篇"我能否相信自己"这个标题就把我震撼了，我们的阅读到底是什么？能汲取哪些东西？是否是自己所需的"食粮"？越往下读，精神力量就越发强烈："那些轻易发表看法的人，很可能经常将别人的知识误解成是自己的，将过去的知识误解成未来的，然后，这个世界上就出现了层出不穷的笑话。"

余华先生在剖析自己读过的书籍中，汲取营养和经验，并从写作之中转化出来。整体的感觉很像在上高中的语文课，但是，又不同于以往生硬的阅读课程。我们阅读大多是囫囵吞枣，但是在这里，是高度集中的阅读体验——

和余华老师一同沉寂在名作、名家的滋养中，面对书中深刻的见解和淋漓的剖析，对于诸多我听也未听的作品油然而生起一股战栗的敬畏，不知该遗憾还是该庆幸，我在这敬畏中还保留了一些怀疑，或者因为我失去了全心全意信任一件事物的能力而应遗憾，或者因为真理无常我懂得了"思辨"而应庆幸，所以我不断想从书中为数不多的我知道的作品和人物的相关描写中寻找与我自己阅读时相同的感受，试图佐证这些作品和人物带给我和作者同样的所思所想。

阅读那些伟大作品，我就像是一个胆怯的孩子，小心翼翼地抓住它们的衣角，模仿着它们的步伐，在时间的长河里缓缓走去，那是温暖和百感交集的旅程。

阅读各不相同的故事，见识不断变化的体验。

余华先生认为那些与自己毫无关系的故事会不断地唤醒自己的记忆，让那些早已遗忘的往事和体验重新回到自己的身边，并且焕然一新。"阅读一部书可以不断勾起自己沉睡中的记忆和感受，我相信这样的阅读会有益自己的身心健康"。

贾平凹先生说过："写作是敏感的人干的事。"

我深刻理解这句话，我是一个感性的人，常常会被生活中的一些事所触动，别人是用相机记录，而我则是用笔下的文字记录，我的所想所悟比起照片，更加真实。

我写作二十余年，阅读的书籍埋过身体，但从未停止过，我深知自己的"饥饿"，知道自己认知的匮乏，文学写作，其实是写自己的人生，对艺术的追求其实也是对人生的追求，人生与艺术是密切联系的，而阅读，就是获取外界的最佳途径。

世界上没有一条道路是重复的，也没有一个人生是可以替代的。在阅读中，那些与自己毫无关系的故事会不断地唤醒自己的记忆，让那些早已遗忘的往事和体验重新回到自己的身边，并且焕然一新。

从诗歌中探索灵魂深处

——读《海子传》有感

　　内心有海的诗人

　　以梦为马的孩子

　　海子，作为一个诗歌时代的象征，他全力冲击着文学与生命的极限，在短暂的生命里，始终保持着一颗纯洁的心："我叫查海生，我的死与任何人无关！"

　　由苍耳编著的《海子传》是海子的弟弟查瞬君赠送与我的，倍加珍贵，一直放在书桌的右手边，在思绪沉寂之时，随时翻开，感受着"童年的黎明，童年的马"，感受着"太阳、爱情、融化、诗歌、流浪、燃烧、生存、王冠、永恒……"

　　感受着听风吹麦浪的声音，来自黄金的土地，以寂寞的镰刀收割静寂的灵魂：

　　　　"我要做远方忠臣的儿子

　　　　和物质短暂的情人……

　　在那个盛产传奇的小县城，海子出生了。他的出生固然给多灾多难的家庭注入了新的活力源泉，但是在当时的环境里，没有人能背离生活，唯一能做的就是面朝黄土背朝天，不停地劳作，在泥土里寻找生命。

　　海子望着无尽的田地，他知道，梦想已经被生活垄断了。但是母亲却依旧愿意让海子读书，尽可能走文化人的道路，过上和祖辈完全不一样的生活。

父母给了他温暖的力量，当海子乘风而去，麦田里的金黄，是最好的祝福。

海子是那样聪明，什么样的功课都难不倒他，不仅学的出色，还条理清晰，在不久后，他真的到了政法大学的讲台。冥冥之中自有天意，谁知道当初那枚种子不经意在土壤里苗壮成长，不管结果是欢喜还是悲伤，海子都在奔跑。

在恢复高考后，海子的梦似乎有了明确的方向，对于海子来说，文学就是一场甘霖，让他燥热的心灵，不断焕发着生机。他爱上了文学，艰难地爱上了诗。

他的生活犹如打开了一条缝隙的窗，他朝着众神黄昏般的诗坛走去，在寂寞的路上和先哲诚恳地交谈。海子的努力没有白白浪费，毕业前的那段时间，他的诗歌创作进入了一个小高潮，举笔成诗，文字里有了灵动的气息。

海子喜欢在睡前给弟弟们念一段自己创作的诗歌，他热情奔放，让诗文在黑夜里噼啪作响，爆出星星般的火花，为单调的生活增添了许些光彩：

> "早晨是一头花鹿
>
> 踩到我额上
>
> 世界多美好……"

海子掌握着梦想的船舵，或许前方一片迷茫，但是依旧奋不顾身。有人说："他的诗刺穿了乌托邦的虚伪，呈现了世界本来的面目。"

然而，在"中国诗坛 1986 年现代诗群体大展"上，意外缺席的海子，像是被放逐孤岛的鲁滨孙，他满腹才华，却被时代拒之门外，被门外汉指指点点，他的血液像是被人抽空了一样。但热爱诗歌的海子，把诗歌看得比生命更重要——但他毕竟血肉之躯，挣扎了这么久，或许真的有些累了，他在一生中扮演过友人、爱人、亲人等多重角色，如今回望，似乎每个角色都是那样的平庸，他靠着车窗默默流泪。

春天来的时候，孩子的诗歌创作也遇到了困难，他甚至失去了一部分创作的勇气，雪上加霜的是，有人在他的诗歌研讨会上把他的诗歌贬入尘埃，这让自视甚高的海子受到了很大打击。

太阳仿佛失去了能量，海子在幻想中将自己的生命归位。

　　"春天，十个海子
　　春天，十个海子全部复活……"

　　读到这里，我的内心波涛汹涌，滚烫的热泪狂涌而出，我想对着大地呼唤，请您用温暖的臂膀拥抱这位羸弱的身躯；我想对着天空呐喊，请您用金色的太阳温暖这鲜血般的身躯……

　　海子，一股追逐太阳的激流，一个摈弃世俗的天才诗人，一个常把"我的心是为爱准备的，我的湖泊是为爱我的人和我爱的东西准备的"挂在嘴边的孩子……在风华正茂之时，选择了奔向金色的太阳……

　　他在艰难的童年里结出智慧的花苞，在诗歌的路途中感知生命的真谛，研磨世人粗疏的灵魂；他只身一人奔赴天国，留下了春暖花开的梦……

　　从明天起，做一个幸福的人
　　喂马，劈柴，周游世界
　　从明天起，关心粮食和蔬菜
　　我有一所房子，面朝大海，春暖花开
　　从明天起，和每个亲人通信
　　告诉他们，我的幸福

人间清醒利人利己
——读梁晓声《人间清醒》有感

　　梁晓声先生的这本书似乎是为我们每个人私人定制的。他说："生活，一半烟火，一半清欢；人生，一半清醒，一半释然。"

在这本书里，梁晓声先生用散文的形式，记录了自己从小学到高中，到婚姻，再到亲子等种种关系，讲述了在这些关系网里的挣扎与清醒。有生活的无奈，有点滴的心酸，有孤独无力感，有深情的关怀，有彷徨，有迷茫，有愤怒，也有生命中不可或缺的闪光点，是真真正正写了一个有血有肉有情感的角色。

每当读起梁晓声先生的作品都如醍醐灌顶，字里行间皆是为人处世的清醒道理，简单而深邃，无论在哪个年龄段读起，都似暖阳清风，给人以舒适。

"如果说文学创作道路上有导师的话，我的第一位导师是母亲，我始终认为这是我的幸运。"梁晓声在《人间清醒》这样深情地感叹着。从书中的故事，我们也能看到梁晓声先生的成长环境和心理轨迹。

在梁晓声先生笔下，我们既见众生，也见自己。初读时，酸甜苦辣，再看时，犹如一部人生纪录片。在文中，梁晓声先生讲道，小时候家里太穷，日子过得很紧巴，但是依旧备受关怀，母亲虽然识字不多，但是给他讲了很多民间故事，每一个故事都在他的心里折射出一定的人生哲学，这给予了梁晓声先生在文学创作上更宽大的转化，随后，他便以自己的经历和心境，通过作品转述给我们。

对生活的残酷，他拨开迷雾，淡定从容地面对；面对伤害过自己的人，他毫不掩饰地愤怒；面对任何事都发自内心的真诚。他就是这样，一点一点散发着人性的光辉。就像这本书的简介所说，这是一本心灵独白：一个自在的灵魂，分享人生最好的状态——保持真实，保持清醒，保持愤怒。

在面对这繁华的世界和人间，始终坚持自我，不迷失，不彷徨，清晰自己的定位，明白自己力所能及之处，勤勤恳恳，不为外物所影响，能够观人观己，有自己的判断，在心灵上，软软而放松，已经是很高的境界了。人生并不需要很出彩，但是也对得起自己经历的一切，对得起身边的人和事，就足够完美了。

然而，读《人间清醒》，也能够唤醒人的更多小情绪。人生之事，十之八九难以如意，当困苦来临时，我们又该如何面对？年轻气盛时，遇事一往无前，遍体鳞伤，撞了南墙终究是撞了南墙，血气方刚；中年时，情感束缚加重，做事更加稳重，尽可能面面俱到，但是也打磨成了犹豫不决，优柔寡断的性格；到了如今，再读这本书，把自己经历过的一幕幕展现，自省自悟，总会有不同的答案和体会。

在遇到困难或挫折时，我们真的可以保持人间清醒吗？在种种抉择面前，我们依旧是"当局者迷"罢了。而梁晓声先生的《人间清醒》则像是一剂良药，在悔悟之际，能够轻轻抚慰心灵，抚平伤痛，走出自我制造的迷雾，认识当下的自己，安心于自己的生活。

读《人间清醒》，更多的是能带来一些关于人生的思考。梁晓声在《人间清醒》里，写自己的故事，也写别人的故事。而我们，在读《人间清醒》时，看他人的故事，回想自己的经历，逐渐对生活清晰。或许我们没有梁晓声先生那样有丰富的阅历，也做不到他那么清醒而释然，但在这本书里，给予我们更多的理性声音，留作回想、怅然。

这本书没有华丽的辞藻，只是用最质朴的语言记录身边的点点滴滴，编写一部关于"我"的生活史诗，给予在人间彷徨者一剂良药，人生苦短，故人生如梦。人生如梦，所以，当活出几分清醒。

我们还需要沉淀在某处

——读贾平凹《秦岭记》有感

贾平凹先生是我极为敬重的作家之一，这并非源于他的身份、名声或者地位，而是源于他对文学创作的坚守。已过七十古稀之年的他，至今仍埋头于书案之上，孜孜不倦，是真正的高产类文学大家。这是国内众多名家难以坚持的，也是我敬重他的原因之一。

今年，我再次等到贾平凹先生的近作长篇笔记小说《秦岭记》，越发感慨，在这本书里，前前后后，大大小小的五六十个故事，组成了这部作品，笔墨之大，细节之真，笔触之老道，让人惊叹。

当被问及将作品命名为《秦岭记》的原因，贾平凹谈道："秦岭最好的形容词就是秦岭。"在我看来，贾平凹最好的形容词就是贾平凹，他可以成为一个文学符号。他写自己的故乡，记录他的生活痕迹，以最真实的感触将秦岭呈现出来。

书面是历史的痕迹，黑金色的封面更给人以厚重感，我是遇事爱抽烟的人，抽烟是为了让自己躲避在淡淡的烟云里，与外物隔绝，读《秦岭记》我就是抽着烟读完的。

用"抽烟"的感受来表述这部《秦岭记》最是奇妙，绵长而悠远，贾平凹先生笔下的文字，似乎都是有生命的个体，山川万物，都在默默低语，在秦岭这片土地的褶皱里演绎着生动的人、物和事。

贾平凹先生曾自述，在创作期间，他就像是"冬虫夏草"一样，是冬季里长眠的虫子，在夏季等待着花开。写作入神时，闭门谢客，把自己真正地沉在作品里，沉浸在秦岭的沟壑里、小山村处、河流水底；让作品的每一个篇章都有着秦岭可以呼吸的氧，有着秦岭独特的风貌和气味。七十有余的他，每天还给自己安排一定的创作量，单凭这孜孜辛劳的创作精神，便值得我爱这部作品。

《秦岭记》给人的感受是虚幻的，但是内容底色还是可亲的人间烟火，精短的句子，读起来轻松愉快，又不失语言的老道，犹如一个魔幻又现实的万花筒，在贾平凹先生的变幻下，展现着秦岭下的人生百味。

从作品中可以看出，贾平凹先生虽是古稀之年，但是对当下社会是极其敏锐的，现实主义的回归是明显的特点，对现实生活的客观记录和将社会事件带入作品，也是他常用的手法。全书三部分，第一部分当然是主体"秦岭记"；第二部分和第三部分分别是编外一和编外二，是以往的旧作。

《秦岭记》中还带有贾平凹先生对过去故事的重复，比如第一则，爹临终前故意说了"把我埋在河滩"的话，一直叛逆的黑顺却后悔了，顺从爹的话，将爹埋在了河滩。这和《太白山记》中压轴的《父子》是异曲同工的妙用，这种技法延续在新旧作品中均有出现，作为贾平凹先生的老读者，还是那样熟悉他的作品。

书中曾有这么一句话："不论是人是兽，是花木，是庄稼，为人就把人做好，为兽就把兽做好，为花木就开枝散叶，把花开艳，为庄稼就把苗秆子长壮，尽量结出长穗，颗粒饱满。"在这一层面，贾平凹先生在书中真的费了大量心血，无论是写草树、写动物、写植物还是人物，故事是没有名字的，这样的思考空间是极大的，作者只管写，不给读者做框架，不拘束，靠着读者不同层次的认知，来展现"看山是山，看水是水"的奇特现象。

　　读完这本书，安静下来，我会有种似曾相识的感觉，忍不住去感叹生命，去舒缓灵魂，去抚平生活轨迹，正如封面上的那就话："生命就是某些日子里的阳光灿烂，某些日子里的风霜雨雪……"

第三辑

读书札记 _____

春日读书好

　　雪开始融化的时候，一串串爆竹便暗哑了喉咙。独坐在窗前，夕阳被零星几片叶绞碎，落在我手捧的一本书上，将短短的几句话一读再读。我想春天该是一步步向我走近了。

　　在春天，总该做些什么的。该去专注一棵草的破土，一片叶的发芽，一朵花的绽放了；该去撑一把透明的小伞，看贵如油的春雨碎在伞面上；该在一个明媚的早晨，用心去听一听春风婉转温和的歌。当然，最重要的，该去好好读几本书。

　　我想，春天真是个读书的好时节。夏天过于燥热，气血过剩，实在难以静下心；冬天在室外过冷，在室内又过暖，不如蒙在被子里大睡一觉；有人说，那秋天温和，秋天总行了吧。但于我而言，秋雨连绵、枯叶渐落的季节，难免过于多愁善感些，相较于读些什么，倒不如写下些什么，用储存下的秋雨发酵几首"为赋新词强说愁"的诗也是好的，也是畅快的。秋里读愉悦的文字和气候并不适宜，读伤心的文字又过于悲了。所以，就选在春天吧，在最温和的季节去读书，是件很美妙的事情。坐在院子里，坐在一棵树下，柔和的阳光斜照在书页上，再反射进黑色的眸中，多年前作者所写下的文字就开始发光了，书中流淌出的一股股生命力一点点注入体内，整个人就开始同万物一样的被唤醒。如果有条件的话，还可以在身旁支一张木桌，放上热茶，当春风与鸟鸣都躲进茶里时，就一口喝掉，像喝掉春天似的，然后将文字与春一同消化。

　　这个春天，该走进谁的世界，或者说我该将自己的灵魂交予谁保管呢？我在春光下想了又想，想到一株草急到破了土，突然觉得该读一读史铁生和余秀华了。几年前，还觉得自己年轻，对于这类文字是读不下的，太细腻太平淡，更喜欢去读一读莫言、余华和路遥，然后故作深沉，觉得自己已将世间丑恶与无奈悉数看遍。这几年，经历得愈发多起来，颇有些"而今识尽愁滋味，欲说还休。欲说还休。却道天凉好个秋"之感。

说起来史铁生和余秀华还是有很多相似处的。虽则二人一人性情偏温和，另一人则偏尖锐些；一人像是坐在轮椅上的神明，用平静的目光审视万物，一人则是深陷生活的蝼蚁，在泥泞中歪歪斜斜向前走。但看过文字后，总觉得他们的内核是相似的，或平淡或尖利的文字里，都隐藏着强大的生命力。或许上天是仁慈的，所以给他们残缺的身体时也赠予了他们更强大的心脏、更细腻的感官。这种强大与细腻的结合，同春天是绝配的。

史铁生写"在满园弥漫的沉静光芒中，一个人更容易看到时间，并看到自己的身影"，写"树干上留着一只蝉蜕，寂寞如一间空屋"，写"一群雨燕便出来高歌，把天地都叫喊得苍凉"；余秀华写"阳光好的时候就把自己放进去，像放一块陈皮"，写"月亮圆一百次也不能打动我。月亮引起的笛鸣被我捂着"，写"一棵草怔了很久在若无若有的风里扭动了一下"。

在春天，我并不想将这些语言一字一句地探究，只是笼统地、模糊地去感受他们笔下那个万物有灵、万物细腻的世界，然后将读到的文字再一点点誊抄在纸上，就像是在誊抄一个人的一生，又像是一个在春天播种的老农，勤勤恳恳，用被春雨打湿的心，将地犁了千百遍。

想着就这样过吧，在这个春天，只是坐着，就行了千万里路，走进更多人的一生，实在是不算辜负。只是，叶子慢慢在头顶变多的过程，我是不是错过了？好像突然就忘了，自己也是适合在春天反复翻阅的，一本独一无二的书啊。多年后，我这部书的内容该是什么，总不该只有这几个大字的，总不该只是这样的，"他这一生啊，读了很多别人的人生"。

冬日读书

捧一卷古籍，在枯树下静坐，接待一场寒酥，点饰冬天的悠长。书香里醒来的夜，带着毛栗子清脆的甜；晃走朦胧无知的沉迷，跟着莎翁一同走向

"凡是过去，皆为序章"的开幕。

　　都说"书籍是人类进步的阶梯"，可遨游在书海里，意识攀爬了数不清的台阶，个人却还在原始中流浪。我们阅读的每一本书籍都有着其自身的灵魂和思想，有的甘甜若霖，有的深沉似海，有的浩瀚如夜，仿佛世间里每读的一本书都是"再活一世"的轮回，身在冬日的读者也沉浮于书籍，在彼岸不断争渡。

　　冬日是短暂的，是一场雪还未壮大就被扼杀在云层，是一枝梅未曾出墙却被封闭在角落，是一页故事还没开始就已结束在落日，这短暂悠然、冷冽寒酷的冬日。古人言："书山有路勤为径，学海无涯苦作舟"，冬日读书没有勤勉的训诫，也没有考核的准备，因为，冬天是"随心所欲"和"随遇而安"的邂逅。时间很长需要我们去找寻，日子很短催促我们来珍重，冬日到底该如何来读书呢？

　　读书是痴醉的，拾起一本书，给冬日的流逝按下迟缓键，让短暂的日子里每一刻的流动都收获倍数的果实，果实生长在智慧之树的枝丫上，它们有着厚重的外壳，龟裂的褶皱，但如果等到了收获，外表下的真理则如陈年烈酒，一滴就会如痴如醉。

　　读书是枯燥的，一笔一画，字里行间，墨汁铸就的字体形形色色，看久了也会觉得索然无味，但其内容却是极为丰富活跃的。一段短小精悍的文字，把人生漫漫写得跃然纸上，生活也活灵活现，像一位故人，坐在跟前时不时抿一口茶，然后眼里洋溢着沧桑让话语随波而动。虽说冬日读书，故事会由盛转衰，但情节的波澜，不仅仅在于九曲回肠的曲折，也在于起起落落的协调统一。冬日的读书不是静止的，而是如云朵一般在流动，在变化。提到书，不免会联想到"诗三百，思无邪"的《诗经》，"笔落惊风雪，诗成泣鬼神"的李太白，浩若星辰的风流人物点缀其间，不同的事物和缤纷的色彩交汇在一起，铺展开来，"此曲只应天上有，人间能有几回闻"。

　　读书是求索的，越过山河一路无阻，日子会被挑战充实，沉甸甸的果实在风的摇曳里被掀起婀娜的舞姿，几片荆棘从道路两旁生长，不知拦在何方。求知的路人坚韧得日夜兼程，汗水在每一步的脚印里凝成朝阳花，开在求索路的阴影里，也在过往日落前的悠悠吹拂的春风里。合上书页，围着烤炉坐在一起，一边翻炒着向日葵籽，一边闲聊，彼此分享着在书里看到的另一个世界，不久后，瓜子壳睡了一地，欢笑声也荡漾出好远好远。冬日是积蓄力量的季节，也是"三省"过往的季节，这种"三省"是带有目的，却不急躁的。你瞧，在初霜下低头的青草弯着腰沉思着过去呢。

读书是高远的，要不然为什么李太白会说"我辈岂是蓬蒿人"呢？当我们捧起书卷，吮吸着智慧的乳汁，一股只可意会不可言传的风流便在我们的血液里流淌开来。书籍虽于冬日而言，略显唐突，但只要熬过去，来年的春天便又可以才高一斗。

不管是痴醉也好，还是枯燥也罢，都不可以否认冬日因为书籍而更加充实，让略显单调的季节，在字里行间多了些色彩。我想，如果可以借助书籍在短暂的冬日里多活"几世"，走更远的路，见更多的人，赏更多的风景，那也会是"知君何事泪纵横"的豁达与宽慰吧！

读书日的乐趣

一年一度的世界读书日即将到来！读书日的意义非凡。

书是我们人类的灵魂伴侣，人类生活离不开书。我认为节日只是表面热闹，没有实际意义的观点是不可取的。的确，节日只是一个节日，名称之类的称谓并不重要。但设立的最终目的是为了让人们重拾书本，静心阅读，节日只是一个契机，但不可或缺。

试问有些人，多久未曾捧着一本书籍，静坐于树荫下去品读别人的人生了。现在，高科技时代，当你还在玩手机，刷短视频沉迷于手机时，有人在安静地阅读，而你也仅以为，这一切都是理所当然。人与人之间的差异就是在日常的点滴累积。读书能让你变得有内涵，有素养，有气质，只是这需要一个漫长的积累过程。

我国作为千年文明古国，伟大传统之一就是以读书为尊为贵。我希望今后能够继续开展更多读书活动日，营造浓厚的读书氛围，培养良好的爱书、读学的品质。让一本本好书成为导航灯，指引我们向"知识渊博、性情通达、思维创新的人"的目标不懈地努力。

我觉得读书是一种享受。读一本好书能帮助我提高写作能力，能让我的知识变得更丰富。古代诗人杜甫说："读书破万卷，下笔如有神。"在读书的时候，当我看见一些好词佳句的时候要把它抄下来，然后牢牢记住。时间这个东西，抓不到，也留不住，它不紧不慢地流逝着，而我唯一能做到的，就是用文字去记录当下的时光，定格这一刻。只要不断积累，写作的时候才能写得又快又好。多读点书就会帮我多增加点知识。

这些年，我的文学爱好离不开读书，在一些名家名作的影响下，我一得空闲，就在浸透了他诸多心血和超凡智慧的文字丛林阅古赏今、感悟世间百态……凡此种种，是我这些年最美的精神享受。生活暇隙，我欣赏着很多知名作家的精彩文章，觉得很是惬意呢。

读书，让我"开窍"了不少。近几年，我偶有"豆干"文章发表在报纸、杂志等媒体上，从读者到被读者，心里有那么一点成就感！

其实，我知道自己的文笔不够优美，我的词汇量不够，我没有所谓的灵感，我写文章，从来都是觉得应该写一写了，我很羡慕有些文友经常有灵感涌来，很想写，文思泉涌，信手拈来，看着他们诗意的充满灵气的文字，我很自卑，我觉得自己真差劲。正所谓"书山有路勤为径，学海无涯苦作舟"。但我坚信，只要勤奋好学，刻苦努力，就一定能在文学广阔的天地里芝麻开花——节节高。

朋友们，让我们融入书的世界里吧！感受一下，体会一下，是人生中的一种乐趣。

好文章让人迷恋

作家很多，但耐读的作品很少，但万伯翱先生的作品，却犹如引蝶之花，一旦靠近，就深陷迷恋，再也不肯离去。

迷恋，不是源于瘾君子的贪杯，而是因为酒过于醇香，更因为酒能给人以滋养。

的确，伯翱兄的文字不是白开水，也不是糖精，而是精心酿造出的酒与蜜。

读伯翱兄的散文，已接近三十多个年头。他的文字，就我的阅读体验而言，叙述不粘糊，内容无玄虚，一字是一字，一句是一句，层次递进分明，逻辑环环相扣，每字每句皆仿佛木刻，坚硬而周正，有形而有魂，既笔挺，又灵动，既奇妙，又奇崛，有筋骨，有内蕴，如同裹了一曾绸缎的钢筋棍，柔和中藏匿着锋芒；又如同反复搓揉的面条，柔软中蓄纳着劲道，耐嚼，耐品，意味悠远而深长。

伯翱兄的散文无论取材还是书写方式，包罗万象，难以一言以蔽之，唯有进行深度地透析，才能将其予以梳理。他谈天说地，叙人论世，追古思今，显示出极为广阔的文化视野和精神气度。最为重要的是，他文字的含金量极其充沛，弥漫浓郁的思想的因子。哪怕是一件微小之事，他也能从中发现他人发现不了的微妙与奇趣，并写出"大"的气象和"高"的海拔来。思想，既是一种能力，也是一杆秤，能把散文家的大小与轻重，予以掂量和暴露。而伯翱兄，是经得起时间这杆秤的称量的。

从某种程度上说，伯翱兄的传记作品就有了一种史料价值。如果没有他的记录，王近山下放到河南几年的生活就会湮灭在历史烟尘中，贺龙、徐向前等元帅的垂钓剪影就不会如此完整而鲜活地留存。他用饱蘸浓情的笔墨，在浩如烟海的历史中，钩钓出一串串历史伟人独特的生活经历。用白描的手法还原出被大多数人遗忘的历史片段，如果说文学传记是为历史人物摄影的话，伯翱兄的作品则是生活瞬间的抓拍。唯其如此，尤显珍贵。

伯翱兄除了描写他身边首长高官的体育生活，还将创作的触角延伸到了古代乃至国外名人。其基点依然是熟悉的钓鱼运动。比如，他曾经写过的"鱼是他的敌人，同时也是他的知心朋友"——读海明威《老人与海》《老布什总统的垂钓情缘》《乾隆大帝南巡垂钓西子湖》等。尤其是写乾隆钓鱼那一篇，虽然仅有一万多字，但他查阅资料，考证史实，一丝不苟，力求尽力还原二百年前南巡皇帝的垂钓历史，甚至，为了考证乾隆垂钓时穿的什么衣服，他还特意请教了远在河南的著名作家、清史专家二月河先生。二月河先生也不负所托，几天后提供给了伯翱兄长长一串乾隆那一个月期间所穿的衣服的史料证据，希望能给他写作时提供一些史料证据。"尽管有关史料都已经搜索到了最细致，可还是无法确之乾隆皇帝垂钓那天到底穿的什么衣服。"伯翱兄说着，不甚唏嘘。由此可见，体育散文并非如常人所想，如此容易一蹴而就就可以完成。既要有历史，又要有文化，还要有体育，需文武结合，方能相得益彰。唯有此，写出的文章才有可看可忆可存的价值。也正由于此，《百姓元戎共垂钓》这本文集一印再印，加印了七次依然供不应求。伯翱兄自己也没有想到这本钓鱼散文专辑如此受到读者喜爱。著名大作家苏叔阳说："万伯翱开'钓鱼散文'之先河。"

伯翱兄的美文，让人读来确如品茗，清香、爽口、舒心，回味无穷。阅读这样的文字，本身就是一种满满的收获呢！

文字的乐趣

亘古的中华大地，演绎了周秦汉唐的罡罡雄风，也演绎了五胡乱华的历史悲剧。无论是分裂还是大一统，都延续着中华民族的文化精髓与文化血脉。汉字，你虽然不是尖端武器，不是武装到牙齿的凶悍武士，但是你却实实在在发挥着武力所不能替代的作用。

汉字，是我们生活中不可缺少的一部分，它是我们的朋友。在我的成长过程中，我与汉字发生了不少有趣的事情。

小时候，父亲教我认字，那时，我看汉字很神奇，加一点或去掉一点就变成了另外一个新字。比如说"大"和"太""主"和"王"……我那个时候经常搞混了。上学后，我才开始慢慢区分它们。我喜欢汉字，是因为它的变化、它的奇特，汉字就像一个个小精灵，在书上不停地跳跃着，它随时都能表达一种欢乐的心情。我作为一个中国人，很荣幸，也很自豪。因为我们国家有一绝：汉字。在刚进入一年级的时候，我经常会把"老太"写成"老大"，把"乌鸦"写成"鸟鸦"，老师每次批改的时候就会用红笔圈出来。那时，我们有书法课，是简单的"描红"，若有若无学了一年多，也就是刚刚会用毛笔写汉字笔画的水平。当时处在20世纪80年代中期至80年代末，又是农村学校，语数老师都缺，根本别提书法老师了。

俗话说：字如其人。练书法可以修身养性，终身受益。父亲是一名书法爱好者，他自幼在同学的影响下爱上书法。"字如其人，人如其字"。这是父亲经常拿来教导我的话。儿时父亲常跟我说："字是门面，写得一手好字别人不会轻看你。"在他看来，一手好字体现了一个人的学识修养。

写字，就是与汉字打交道，怎么会是苦差事呢？写字可以很简单，写字可以很有趣。汉字会说话！它可是袒露出华夏文明的活化石呢！

随着互联网的高速发展，信息碎片化正在深刻地影响每个人的生活。古老的汉字在信息化时代的大潮下，会不会面临危机呢？

如今，键盘逐渐取代了手写，学校汉字书写教育弱化，提笔忘字、用词不当、公共场所汉字书写不规范……"失写症"正在蔓延。

信息化的迅猛发展，使得人们对书写这种传统文化日渐冷淡并疏离，汉字书写与传承正面临着前所未有的挑战和冲击。

汉字是伟大的文字。在四千多年前，我们伟大的祖先仓颉创造了它。汉字，有的像一座座峰峦雄伟的山峰，有的像一条条波涛汹涌的大海，还有的联系着一段段牵肠挂肚的历史……可是，如果汉字使用不当，会闹出大笑话，甚至还会引起难以想象的损失。

据考古证实，在商朝早期，中国文明已发展到相当高的水平，其主要特征之一就是甲骨文的出现。

甲骨文是汉字的源头，汉字经甲骨文、金文、大篆、小篆、隶书、草书、行书、楷书、简化字一路变革绵延至今，从未间断。

作为中国新时代的我们，传承汉字文化应该取其精华，弃其糟粕。

有关人士说，汉字是中华文明的重要标志，也是传承中华文明的重要载体。在长期使用汉字的过程中，中华民族发明了造纸术、活字印刷术。这两项重大发明既使历史悠久、博大精深的中华文化得到广泛传承，又使其得到交流，并向世界传播。目前世界上有14亿人口以汉语为母语，也是世界上作为第一语言使用人数最多的语言。除汉族使用汉语外，回族、满族等也基本使用或转用汉语，其他民族都有自己的语言，许多民族都不同程度地转用或兼用汉语。联合国也将汉语列为主要工作语言之一。

读书的乐趣

朋友，你有多久未曾捧着一本书籍，静坐于树荫下去品读别人的人生了？在高科技快餐消费的时代，当你正打着哈哈，刷短视频沉迷于手机时，有人却在安静地阅读，认真地思考，人与人之间的差异便在这日常的点滴累积中越来越大。

书是我们人类的灵魂伴侣，人类生活离不开书。毋庸置疑，读书能让你变得有内涵，有素养，有气质，这是一个润物细无声的过程。

我国作为千年文明古国，伟大传统之一就是以读书为尊为贵。"万般皆下品，唯有读书高"，这是古代士大夫的集体意识。而今，通过读书之路"鲤鱼跳龙门"仍然是广大底层民众考取功名、出人头地相对公平的一条光明大道。

当然，读书绝不能仅仅只是为了考取功名。我觉得读书是一种享受。古代诗人杜甫说："读书破万卷，下笔如有神。"在读书的时候，当我看见一些好词佳句的时候要把它抄下来，然后牢牢记住。时间这个东西，抓不到，也留不住，它不紧不慢地流逝着，而我唯一能做到的，就是用文字去记录当下的时光，定格这一刻。只要不断积累，写作的时候才能写得又快又好。读书会帮我延伸知识，增长智慧，它不仅能提高我的写作能力，还能丰富我的人生体验。读一本好书就好比交一个知心的朋友，心灵的滋养与人生乐趣妙不可言，这种无用之用大概就是读书对于人生更大的益处了。

这些年，我的文学爱好离不开读书，在一些名家名作的影响下，我一得空闲，就在浸透了他们诸多心血和超凡智慧的文字丛林阅古赏今、感悟世间百态……凡此种种，是我这些年最美的精神享受。生活暇隙，我欣赏着很多知名作家的精彩文章，觉得很是惬意呢。

读书，让我"开窍"了不少。近几年，我偶有"豆干"文章发表在报纸、杂志等媒体上，从读者到被读者，这个爬坡转换的成长过程也让我心里有了那么一点小小的成就感！

其实，我知道自己的文笔不够优美，我的词汇量不够，我没有所谓的文豪之灵感，我写文章，从来都是觉得有了应该写一写的下笔冲动。我很羡慕有些文友经常有灵感涌来，文思泉涌，信手拈来，看着他们充满诗意与灵气的文字，我很自卑，我觉得自己真差劲。正所谓"书山有路勤为径，学海无涯苦作舟"，这些年，在不断阅读积累的过程中，在朋友的鼓励与指教中，我庆幸自己还有读书写作的激情与缘分。

"吟成豆蔻诗犹艳，睡足荼蘼梦亦香"，一年一度的世界读书日即将到来，让一本本好书成为我们人生的航灯指引我们拾级而上，让我们融入书的海洋去体会生命智慧的乐趣吧！

酷夏诗香自清凉

万物疯长的夏日，蝉的鸣叫声也拖得很长，从一棵树到另一棵树，从一片树林再到另一片树林，到处都是搔人心弦的声音，到处都是火热的空气在那些滚烫的日子里，那时我喊热的时候，父亲就递给我一本书，让我老实坐着读书去，用点心读，读沉了就不热了。我家仅有的几本书，也是做教师的父亲想方设法买来的呢。

现在，高科技时代，读书太方便了。希望大家多带着你的孩子，一起多读一些书吧！

也许这个社会太现实了。父母每天忙着带孩子去各种培训班，跳舞，钢琴，奥数……为什么要孩子艰苦地学习这么多的特长，也许大多数的家长答案都是一样——艺多不压身，高考要加分。

谁还会记得，那曾经丰富了我们孩童时期的内心的，还有这样一件美好的事物——诗歌。那些年，我们是 70 后 80 后，捧着徐志摩、海子、顾婷的诗集，读得懵懂，却觉得丰富了内心，不懂得这样几行的文字为什么就那么深入骨髓地打动着自己，女孩小心翼翼地摘录着美好的句子在小抄本上，男孩在写情书的时候不时地引用几句名句。

诗歌，是一种情况。体会到世界的真善美，是人生的一种能力。这种能力优于那些技艺，是美好的向往，是丰富的内心体验。会读诗的孩子，不会差的。带着你的孩子，一起读诗吧。

浮躁快餐式的社会，"文艺"这词听上去有那么一丝戏谑，至于诗歌嘛，也不过就是个附庸风雅的标签，所以当你想要告诉旁人你内心对诗歌的向往，你可能会顾虑他会不会回答你"先解决眼前的苟且吧"！这无疑很伤人，把你从那些梦一般美好的场景中拖出来，逼得你承认——诗确实在远方，脑海中的几步之遥，现实中的是触不可及。

读到我们伟大领袖毛主席重游橘子洲时，有感而发所作。正直晚秋，秋高气爽，看道这山红水碧，鹰飞鱼游的景象，他不禁写到看万山红遍，层林尽染；漫江碧透，百舸争流。鹰击长空，鱼翔浅底，万类霜天竞自由。再一联想到当时的政治局面并不明朗，又叹息道：怅寥廓，问苍茫大地，谁主沉浮！全词通过对长沙秋景的描绘和对青年时代革命斗争生活的回忆，抒写出革命青年对国家命运的感慨和以天下为己任，蔑视反动统治者，改造旧中国的豪情壮志。

自古英雄多豪放。在诗人中，李白苏轼辛弃疾，是豪放的代表，到了近现代，伟人毛主席，站在了豪放诗词的巅峰，他的很多诗词，其中的豪放气概，恐怕是李白苏轼辛弃疾都无法比肩的。

自古唐来，古代的一些诗人一直用诗来表达自己内心的心情，在不同的地方，不同的时间，不同的景象都可以被诗人赋予不同的思绪，因此，在很久远以前的朝代留下来的诗就被代代传承，让后人也能体会到穿越回某个朝代的感觉。

如果有一本读不完的诗词，那我一定会视若珍宝地天天捧着它。清晨伴着熹微日光，吟诵"一日之计在于晨"的情志；午后随着灿灿艳阳，感受"阳春布德泽，万物生光辉"的美好；夜晚陪着皎皎月光，体味"斜月沉沉藏海雾，碣石潇湘无限路"的意境。

文学感悟

　　"文学"像大海一样深沉，值得我们乘风破浪；像天空一样辽远，值得我们展翅高飞；像美酒一样爽口，值得我们如醉如痴……让我们荡起双桨，激起文学的惊澜。

历史的咏怀

　　风疏雨细，夜已沉睡，昏黄的灯光将雨丝染的微亮；檐端尺许歪树盘根错节，枝叶着雨正绿。一杯香茗，一卷沧桑，孤灯之下，听你悠悠诉说……

　　你处在"千山鸟飞绝，万径人踪灭"的遥远地方，因为那里"山光悦鸟性，潭影空人心"。虽然那里没有小城的"春色满园关不住，一枝红杏出墙来"供你欣赏，但你也可以"月落乌啼霜满天，江枫渔火对愁眠"。如果你实在过于寂寞，就"举杯邀明月，对影成三人"，像李白那样，做个有情趣的人——"我歌月徘徊，我舞影凌乱"。

　　你处在"秦时明月汉时关，万里长征人未还"的状态下，在那不久后，你便有了"独在异乡为异客，每逢佳节倍思亲"的烦恼，更是"感时花溅泪，恨别鸟惊心"。你的家人为你担心，因为"烽火连三月，家书抵万金"。直到你步入战场，才会有"醉卧沙场君莫笑，古来征战几人回"的追悔莫及，直到最后"金戈铁马裹尸还"。

　　银光悄悄地泄在我的面容上，手中的香茗已凉透，我的思绪因唐诗而翻涌。

历史的烟沙

　　历史在翻卷，时间在漫步，"落霞与孤鹜齐飞"。我倚着青槐，捧着书卷细览历史的烟沙，低语你的风骚……

　　都道是诗词铸就，却也曾被风雨浸透。穿越一千年的轮回，来到那金戈铁马的疆域。你高唱："靖康耻，犹未雪，臣子恨，何时灭？""壮志饥餐胡虏肉，笑谈渴饮匈奴血"的国恨与雄心。你让千年古藤又绽新枝，刀剑锋锐是你的形象，马革裹尸是你的气魄，龙吟虎啸是你的傲气，泱泱华夏有了你的繁华而耀眼荣光。

"红藕香残玉簟秋，轻解罗裳独上兰舟"是你的闺怨的相思，"知否知否，应是绿肥红瘦"是你怜香的悲悯，"柳眼梅腮已觉春心动，酒意诗情谁与共？"是你形单影只而无处倾诉的落寞。

薄雾冥冥，茶馆酒肆仍然喧闹如初，宋朝的繁荣依然骄奢浮华。你记录了那一段歌舞升平的盛世，你传唱了骚人墨客的失意情怀。"朱弦悄，知音少，天若有情天亦老。"朵朵落红，阵阵破碎的心扉，叹不尽人间沧桑与炎凉。"教坊犹奏别离歌，垂泪对宫娥"是你的无奈，"无言独上西楼，月如钩，寂寞梧桐深院锁清秋"是你的独白，"风又飘飘，雨又潇潇，流光容易把人抛，红了樱桃，绿了芭蕉"是你多愁的感悟，你的凄美若西楼淡月、鸿影素纱。

你就是宋词，令我魂牵梦萦，会意忘言。

历史的温度

细嗅你的每一寸肌肤，触摸你的每一缕发丝，感受那来自彼岸温度，知晓那日夜的故事，让我明白历史的温度……

《茶馆》中的你，在那天动地荡的岁月里苦行经营着自己的一片小天地；《骆驼祥子》中的你奋斗了一辈子也苦了一辈子，蜷缩在自己的一方世界里安然死去；《平凡的世界》是你的绝唱，更是一个时代的绝唱，你是平凡的人却渴望着不平凡，努力在这个世间发出自己的声音，证明你的到来。

你就是当代文学，令我神魂颠倒，回味无穷。

《白鹿原》中的你"一个脊梁挺得比枪杆直"彰显不屈的灵魂，只为无愧与生；《檀香刑》中的你受尽人间疾苦，体验过行为的艺术，成为刑罚艺术品；《尘埃落定》中的你"似傻如狂"，想要做一个傻子却摆脱不了命运弄人；《雷雨》中的你"在阵阵雷声中，逃也不是留也不是，只怪那造化弄人"。

风雨同途，百花争艳，如今的我们不仅有着深厚的文化底蕴，更是有着

"更上一层楼"的雄心壮志，让我们追随前人的步伐，用我们的身影书写属于我们的时代！

因享受读书而精彩

每年的 4 月 23 日是世界读书日，让我深有感触：读书，是一种享受，是一种幸福。著名作家高尔基有一句名言："书籍是人类进步的阶梯。"书是我的良师益友，是我的好伙伴。读书好比是在和一位高尚的人谈话，的确如此，读书的滋味其乐融融。读书带给了我欢乐，从书里，能学习不少的知识。

原来，我是学经济学的，害怕写作，但自从认识一位作家万大哥，不仅收藏了他的很多亲笔底稿，而且还品读了里面的内容。之后，他开导又鼓励我多写一写，我急切地找来各式各样的书籍以及报刊，用目光陶醉地欣赏着他们优美的文章。在他的影响下我也开始尝试写一写，有一篇《乌酥杨梅好》在他启发和指导下，我大胆地投稿给《新民晚报》也竟被选中并刊登在"夜光杯"专栏上。于是乎，他经常对我说："时间这个东西，抓不到，也留不住，它不紧不慢地流逝着，而我唯一能做到的，就是用文字去记录当下的时光，定格这一刻。"

这些年，我的文学爱好离不开他的指引，更离不开读书，在一些名家名作的影响下，我一得空闲，就在浸透了他诸多心血和超凡智慧的文字丛林阅古赏今、感悟世间百态……凡此种种，是我这些年最美的精神享受。而且在这期间，我总会想起和他相识的情景。生活暇隙，我欣赏着很多知名作家的精彩文章，觉得很是惬意呢。

读书，让我"开窍"了不少。近几年，我偶有"豆干"文章上了《中国钓鱼》《网球天地》《神州杂志》《西部散文选刊》《新民晚报》《山西日报》等多家媒体，从读者到被读者，心里好有成就感！

正所谓"书山有路勤为径，学害无涯苦作舟"。我坚信，只要勤奋好学，刻苦努力，就一定能在文学广阔的天地里芝麻开花——节节高。读书，自古以来便是一种高雅的生活方式。小时候，父亲经常引用古人切身经历告诉我，"书中自有颜如玉，书中自有黄金屋"来鼓励我一定要好好读书。可见读书的意义之高，是不可估量的。所以古时的文人，他们总是不分昼夜，一有机会便潜心于埋头苦读，正是因为这一天天的累积，才使他们充满智慧，成为不朽的人物，家喻户晓。

作为千年文明古国，我国的伟大传统之一就是以读书为尊为贵。"积财千万，无过读书。"读书可以明理得道，可以修身养性。"为学之道，莫先于穷理；穷理之要，必在于读书。"读书人在阅读之中，"手披目视，口咏其言，心惟其义""每有会意，便欣然忘食"。这种身心合一的阅读历程，赋予了读书极为厚重的神圣性和愉悦性。

近年来，习近平总书记在多个场合强调读书的重要性，倡导全社会要加强读书学习，"把学习作为一种追求、一种爱好、一种健康的生活方式，做到好学乐学"。

朋友们，读书的好处可多了，让我们一起来读书吧。

阅读让人暖心

对于喜欢书的人来说，无论什么季节都是合适的，而冬日，也确实是最宜人的。相传，古人读书的时候，常有雪花飘落，会让人觉得妙不可言呢。

茅盾先生在《冬天》中这样写冬："幸而冬天有雪，给诗人们添了诗料。""我不是诗人，对于一年四季无所偏憎。但寒暑数十易而后，我也渐渐辨出了四季的味道。我就觉得冬天的味儿好像特别耐咀嚼。"

在《大学》中有："欲治其国者，先齐其家；欲齐其家者，先修其身；欲修其身者，先正其心；欲正其心者，先诚其意；欲诚其意者，先致其知；致知在格物。"即君子修养必先在于读书。

如今的天气，虽然还没有到"万物萧瑟，天地苍茫，观雪赏梅"的程度，但早晚时辰的寒冷程度，也实在让人难以承受，我因疫情而困在房门里，读书，就成了最让人舒服的事情了。

我在北京生活二十几年，夏日炎热，偶尔钓鱼消遣；秋季时间极短，稍纵即过；冬季时间尤其的长，每到这个季节，得了空闲，我便去书店寻觅一个安静的角落，关掉手机，把琐事封闭在外，捧一本书，握着提前装的茶水，享受着窗外透进来的阳光，慢慢品味，一坐就是一下午，那种舒适，简直美不可言。临走，再买一两本新书，放在书桌前，作为下周的精神供给。对于我来说，读书不仅仅是一种休闲娱乐方式，也是一剂放松心情的妙方，能够获得长久的给养。

冬日读书于我而言，它最大的魅力就在于，它总会在某个不经意的瞬间触动心中的柔软，把那盏发着幽微之光的心灯，一次次地拨亮。有了这道光亮，原来模糊的逐渐清晰了，曾经犹豫的越发坚定了。在冬季里读书，会让人更加专注，神思清晰，更富有激情，心思尽情地驰骋。

清代文学家张潮在《幽梦影》中说，"读经宜冬，其神专也"，而现在社会大部分属于快餐式阅读，以"不求甚解"作为掩体，读书到底读了什么？没有这个概念，没有这层思考，是模糊的，翻过的书，也仅仅是翻了一遍。

真正的阅读不外是个人灵魂借助于文字符号的个人化的精神漫游。在冬季，万物化繁为简，大地悄然沉静，万物都歇息了，人的思维却变得活跃凝练起来，每读一篇文章，读一本书，脑海就会回忆起很多过往，生活、感情，所有与自己相关相似的经历，似乎都能在文字中找到那抹影子。理想与现实，往往都如此，而我们还在努力奔着自己想要的生活前进。

在冬天，我还喜欢阅读一些具有厚重历史感的书籍，循着逝去的光阴，回味沧桑的历史；感读一些对现实问题剖析的书，可以进行深度地理性思考；阅读童话之类让人温暖的书，会感到温馨与幸福，从而忘记现实中的寒冷，在纯洁梦幻的童话世界，找回自己被遗忘的淳朴童真。面对冬天的寒冷，阅读更让文字温暖心灵。

现在，每读一本书，我都会静默良久，让思绪沉下来，然后，用笔记录此时的所想所感，这一份读后感就是我阅读的成果，是可见的，可循的；每当记忆远去，再翻起这一份读后感，心里会有厚重的沉醉感。

读书，确实是一件美好的事情，在冬季里读书，心是沉静的，万物清冷，阳光照进来，则别有一番温暖。

阅读让人增能量

　　阅读是一种享受，也是一种食粮。每当捧起一本书，就像有一位知识渊博的老师，带领我们畅游理性世界，领略大自然风光，了解大自然奥秘，它能让我们懂得许多人生哲理。

　　有人说，阅读最大的乐趣，在于知晓自己未知的事情；有人说，阅读最大的乐趣，就是在匆忙里偷得几分余闲；也有人说，阅读最大的乐趣，就是让心灵从稚嫩走向坚毅。

　　每一本或有对社会现象的批判，或有美丽风景的描写，或有鲜为人知的秘密与故事，或有中外风土人情的讲述，或有对奥秘的探索，或有催人奋发向上，给人鼓励的感人事迹。足不出户，通过阅读让灵魂遍游于千山万水，徜徉于长江黄河之间，看"一道残阳铺水中，半江瑟瑟半江红"的春江胜景，感"忽如一夜春风来，千树万树梨花开"的雪景，更有那鱼水之乐"游鱼细石，直视无碍"。

　　培根曾深有感触地说："书籍是在时代的浪涛中航行的思想之船，它小心翼翼地把珍贵的货物送给一代又一代。"当我们阅读的时候，思想之船便立于汹涌的潮头，传承的秘密"薪火相传"。理想的书籍是智慧的钥匙，读书越多，精神就会越健壮而勇敢。书是生命，读书就是阅读生命，体验人生真谛，塑造感性自我。阅读，可以使一个人得到精神上的充实和愉悦，并孜孜不倦地去追求。

　　阅读可以感悟人生，这个人生是自己的人生，也是历史的沧桑。人生的悲欢离合跃然心上，历史的谁主沉浮了然于心。在长时间的阅读中，一个人的精神犹如星空，会越加深邃和广袤。关于阅读，有一个富含哲理的小故事：你有一本书，我有一本书，如果相互交换阅读，我们每个人就拥有了两本书。知识的拥有量会因为分享而不断地增长，在网络时代，线上读书活动更以便捷的方式和几何倍数的传播效果放大了阅读分享的效应。但是，阅读，应当是有选择性、针对性的。

持一本好书，如乘一叶扁舟弄潮于知识的浪巅，纵然惊险奇难，然而纵横于天地之间，集日月之精华，天地之灵气，思想便会犹如"七十二变"奇异无限。"路漫漫其修远兮，吾将上下而求索。"在漫漫的人生道路上，每一个人都在苦苦地寻找着自己精神的乐园。每一次的新发现，都会带来无限的感激与惊喜。一盏油灯，一杯香茗，一袭青衣，再捧起一卷古籍，人生之美也不过于此。

阅读一本好书，能给予我们启迪，在字里行间中还能获得难能可贵的理解和共鸣，"寻找共鸣"是阅读的归宿。书籍把我们引入最美好的社会，使我们认识各个时代的伟大智者。通过阅读，书可做清凉可口的泉水，清甜解渴；可做芳香浓郁的咖啡，温馨浪漫；可做动人心弦的歌曲，如痴如醉。

如果有一丝落寞，不妨捧起一本书，让阅读给予"直挂云帆济沧海"的勇气；如果有些许悲伤，不妨拿起一本书，阅读亦会"知君何事泪纵横"。

为充实自己而读书

几年前，良师益友的庞中华老师鼓励我跟万伯翱大哥在一起，不但要用多余时间来向他学习写文章，还要多读书。他还说："晚清名臣曾国藩曾对后代说，依靠财富和官位是很难保证家族兴盛的，唯有教育可以，因此他希望后代不求做大官，而要多读书。"有时，我拿着我写的文章去向他请教，他告诉我买一本《古文观止》、唐诗宋词以及一些精彩的古书籍，多看一些好文章来提高自己写作能力。他还说："好记性不如烂笔头，身上要永远带着笔和笔记本，还要坚持天天写日记的好习惯。"

书到用时方恨少，随着年龄的增长，我愈发感觉自己的文学功底太过浅薄，学生时代专注于理科专业的应试教育，仅存的那点语文知识也随着时间的冲刷所剩无几，越来越难以应对所从事的文字工作。于是，我拿起刚刚买来《古文观止》开始品读，每天沉浸于艰涩却饶有趣味的古文化海洋，似乎回到了学生时代。

燥热的盛夏，泡上一杯龙井茶，捧读《古文观止》，茶香微动间，试看文坛众生，轻叩古人闲远之意境，自有那清凉一隅。一语观止，道尽了这本收录了上起先秦下至明末中国历代文言文散文典范之作的奇书，其见证中国古文学优秀作品之灿如星辰及其波澜壮阔的发展史。翻读着一篇篇美文，也翻出了一张张鲜活的面容，他们携着礼义仁智信忠孝勇和……信步向我们而来。

《古文观止》是清朝康熙年间选编的一部供学塾使用的文学读本，按照时间顺序分为：周文、秦文、汉文、六朝文、唐文、宋文以及明文。其中以散文为主，间有骈俪文辞赋。皆是历朝历代最负盛名的文章，从这一点看，《古文观止》也可以说是一本中国文学发展史。

一本《古文观止》，浮光掠影般向我们呈现了一幅中国历代社会斑斓多姿的画卷，摊开一个个形形色色的故事，灵活丰满的人物，似乎每个人总能从中找到那个与自己相似却又缥缈的影子。相似于我们的本真如此一致，缥缈在身处这个巨大的名利场，那被不断激起的漩涡深藏着永无止境的欲望，并将不断吞噬迷失着芸芸众生。或许我们可以，学古人焚香试茶，听雨浅读，剪一段清明时光，撷一缕云淡风轻，放下纷繁困扰，找一找最初的自己。无论漫步，无论独处，慢一些，再慢一些，生活本该如此。

前人有言"熟读古文两百篇，等闲过得文言关"。这两句话说的一点都不夸张。读好《古文观止》这本书，我自身体会到写作时，理解能力自然强很多，文章肯定是优雅精炼些。事实上，您只要熟读三五十篇，对于自身涵养和素质的提高就会有着极大帮助。

一本好书是一艘船，当我遨游在知识的海洋时，载着我驶向成功的彼岸；书是我的好朋友，伴随着我成长。如今，我的生活已离不开书，更离不开我最喜爱的一本书《古文观止》。当我翻开扉页，淡淡的油墨清香让人心旷神怡，隽永的文笔，精美的文字，让人如醉如痴。

书山有路勤为径，学海无涯苦作舟。现在的我越发觉得自己知识浅薄，我将携着人类进步的阶梯——书，让它伴随着我。多读精读，通过自己的努力让古话"书读百遍其义自见"不再成为空话。朋友们，不要让自己发出"书到用时方恨少"的感慨！

我与文学的不解之缘

世界上，有一种神秘的力量，当你觉得困顿、忧伤、无奈，甚至愤怒时，它能瞬间让人释放，令人振作，收获能量。

是的，这股力量便是文学。

我的文学爱好离不开万伯翱大哥。这些年因为读了他很多亲笔文章底稿，在他影响下，我慢慢开始钟情于文字。在万大哥的文章影响下，我一得空闲，就在浸透了他诸多心血和超凡智慧的文字丛林阅古赏今、感悟世间百态……凡此种种，是我这些年最美的精神享受。而且在这期间，我总会想起和他相识的情景。生活暇隙，我欣赏着很多知名作家的精彩文章，也经常会看到万大哥的精彩美文，觉得很是惬意。上天终于赐予我一个机会，我闯入了《新民晚报》"夜光杯"栏目。

任何人都抗拒不了美的诱惑。也许万大哥本就是个不平凡的人吧。"夜光杯"版面万大哥的文章，一般是二千字左右，短小精悍，内容丰富，妙趣横生。曾记得，夏日纳凉的人们，捧一张晚报读到暮色降临；冬日里的家人，边用热水泡脚边津津有味地阅读"夜光杯"……

从他的文字中得知，他从小就是个聪明伶俐、懂得感恩、严于律己、上进心极强的人。他对写作的痴迷起于高一。1961年，他突患眼疾去协和眼科看病却忘了带钱，一位姓过的女大夫伸出援手帮他解围，第二天万大哥专门去医院送还药费。因此事有感而发，伯翱兄写下一篇文章《在急诊中感到温暖》，想不到竟被只有四个版面的《北京晚报》刊登。从此便激发了他对写作的兴趣，也在他心中埋下了一粒当作家的美丽种子。

万大哥是个自律意识极强、时时处处严格要求自己的人。酷爱读书看报的他从不参与无用的社交。他总是如饥似渴地阅读历史名著，经常写他身边开国将帅和部长们的体育生活，他还将创作的触角延伸到了古代乃至国外名人。即便是他熟悉的钓鱼运动，他都要查资料、请教将帅以及他们的家属……纵然他肩负着诸多重担，依然笔耕不辍，甚至一连几天不下楼，几十年来如一日，坚持写日记、写随笔……可见，他为了自己的文学梦想，所花的代价，是常人望尘莫及的。思忖到这儿，对他如今取得这样骄人的成绩就不难理解了。

从万大哥的文字中，我详尽地了解到一些以前曾略有耳闻却不甚清楚、也无缘细究的共和国将帅在长征中钓鱼给部队当补给的感人事迹和他在体委工作时和体育冠军的点点滴滴……令我感动、感叹、景仰。那一篇篇文字犹如他从浩瀚的历史长河中淘来了的一颗颗璀璨夺目的珍珠，使数典忘祖的我，对我国将帅们也了解了冰山一角。

万大哥的散文在《人民日报》《光明日报》《文艺报》《新民晚报》等全国主流媒体不断刊登，仅发表在国内外较有影响力的《新民晚报》"夜光杯"文艺副刊的就将近150篇，这也让我明白好文艺副刊要靠精选文章来支撑。

岁月荏苒，屈指算来，订阅《新民晚报》主要是来收集万大哥的文章，这也让我与《新民晚报》相伴已有五个年头。这五年来，我从他身上获取了许多知识，特别是读了"夜光杯"上的散文，使我"开窍"了不少。近两年，我偶有"豆干"文章上了《新民晚报》，从读者到被读者，心里好有成就感！也许，这一切要感念于几年前万大哥让我试投"夜光杯"栏目往事吧。正因为有了万大哥的指引，才让我邂逅了《新民晚报》，并与文学结下了不解之缘。

一生一定要读好书

2021年4月23日，是第26个世界读书日。1972年，联合国教科文组织向全世界发出"走向阅读社会"的召唤，并于1995年宣布4月23日为"世界读书日"，并呼吁："希望散居在全球各地的人们，无论是年老还是年轻，无论是贫穷还是富有，无论是患病还是健康，都能享受阅读的乐趣，都能尊重和感谢为人类文明做出巨大贡献的文学、文化、科学思想大师们，都能保护知识产权。"

自那时以来，这个独树一帜、墨香洋溢的节日声誉日隆，受到全世界人们的关注和欢迎，其宗旨和意义也逐渐深入人心。世界读书日以节日的形式，让人们向健康、高尚、纯粹的生活方式回归，向那些为人类开拓了自由、丰富的精神世界的伟人致敬。

这是真情的呼唤，这是深沉的缅怀。不论肤色，无分国别，人们在这个节日里表达对人类文明发展的信心和希望。在这一世界潮流之中，我们的热情也日趋高涨——多读书、读好书，正成为今天我们全社会的共识与需求，一股股清新的读书之风扑面而来。

作为千年文明古国，我国的伟大传统之一就是以读书为尊为贵。"积财千万，无过读书。"读书可以明理得道，可以修身养性。"为学之道，莫先于穷理；穷理之要，必在于读书。"读书人在阅读之中，"手披目视，口咏其言，心惟其义""每有会意，便欣然忘食"。这种身心合一的阅读历程，赋予了读书极为厚重的神圣性和愉悦性。

读书使炎黄子孙能够思接千载，纵横万里，窥天地之妙，得万物之灵。文化的血脉、思想的精髓、国家的道统……都在读书中绵延不绝，久传于世。读书的传统早已沉淀在民族性格的深处。凿壁偷光，悬梁刺股，囊萤映雪……一个个动人故事形象地体现出中华民族对读书的酷爱。

近年来，习近平总书记在多个场合强调读书的重要性，倡导全社会要加强读书学习，"把学习作为一种追求、一种爱好、一种健康的生活方式，做到好学乐学"。

在这世界读书日这极为有意义的当天，专门去拜访了我的偶像——中国硬笔书法第一人庞中华老师，又一次，面对面聆听庞老师的教导。

时间回转到 10 多年前的夏季，经过万伯翱大哥介绍，我有幸认识了我的偶像庞中华老师。庞老师鼓励我跟万大哥在一起，不但要用多余时间来向他学习写文章，还要多读书。他还说："晚清名臣曾国藩曾对后代说，依靠财富和官位是很难保证家族兴盛的，唯有教育可以，因此他希望后代不求做大官，而要多读书。"有时，我拿着我写的文章去向他请教，他告诉我买一本《古文观止》、唐诗宋词以及一些精彩的古书籍，多看一些好文章来提高自己写作能力。他还说："好记性不如烂笔头，身上要永远带着笔和笔记本，还要坚持天天写日记的好习惯。"

当时，我是学经济学的，写作不是我学的专业。我带着一颗懵懂又憧憬的心开始尝试写作的生涯。然而，庞老师您出现了，就像一个天使，在我耳边一遍遍地灌输、教导着，把我拉到写作的轨道来。于是，我增添知识，练会了写作，心中铭记着您的教导，争取当一名作家。在每次聆听庞老师的教导，都有新的理念，回家后马上记录下来。感受到庞老师是"腹有诗书气自华"内在的学者。于是我更加努力学习，多写了一些文章，有的文章还得到庞老师和万大哥的鼓励和表扬，但我知道这点小成绩仍然不够，要多看和多读些更好的文章，还要坚持不懈地努力争取写出更精彩的好文章，他们真是我的良师益友呀！

春天……夏天……秋天……冬天……十年多年来就像弹指一挥间，飞逝而过。而庞老师一遍又一遍的教诲仍回响在耳畔。庞老师，十多年来，我在写作的道路上慢慢地成长，您轻柔或严厉的话语在激励着我。

最近，因要发行"逐梦北京相约北京"明信片。画作为华夏雪竹第一人——杨竹老师的主题创作。但是要找位知名的大家题写该作品的题目。经过大家一致推选20世纪八九十年代家喻户晓的传奇人物，他就是中国硬笔书法第一人——庞中华老师来题写。于是我和庞老师联系说明缘由，庞老师欣然答应。

第二天下午，来庞老师工作室请他题字时，他再次鼓励我在写文章的同时还要坚持练练字，先从描红开始，坚持练习，也想锻炼我成为庞体的一员。写好庞体字以后，您也可以回香港去宣扬咱们国家的传统文化还可以教他们写书法。他还不时地说："钊勤，我劝说过多少位朋友还包括我身边至亲的人，可以练练字或者写写文章，到如今，只有你一个听进去了，真是不简单，希望你继续写下去，将来成为第二个万大哥。"接着还说要送我几本最近他刚出的新字帖，先从描红开始，半年后，检验我练的怎么样？可不可以发毕业证书否？他又接着说："钊勤呀，写好文章的同时，也要把字写好，把自己创作的文章能用自己一手好字记录下来，真是一件多美好的事呀！"

庞老师又讲述，他出生在四川大巴山偏僻的一个小山村，读书条件非常差，在一座土地庙里怯生生地开始了他的"学堂"生活。后来幸亏他大伯接他到重庆来读书，改变了他的一生。17岁以前都是不做记录的，17岁以后，看到徐特立老先生讲"不动笔墨不读书"，这句话让他受益匪浅，影响了他的一生。

还举了个例子，在80年中期，浙江省有个庞家村，人很多，大概二万左右，各家基本都做生意的，发展相当好。村里领导专门到北京来邀请我去讲课，教他们写书法。后来，去的时候，宗亲们放鞭炮、敲锣打鼓来村口迎接我。到村里以后一看，道路破破烂烂，各家的房子建得非常漂亮。本来他们很想来办学搞教育，但是后来不了了之。

过了几年后，我到北京大学讲课，有个学生说："庞老师，我就是当时在庞家村听了您的课，才下决心刻苦学习的，如今考上北大，又一次聆听您的教导。"听到这话，庞老师也很欣慰啊！

接着，庞老师又举了个先例说："我认为不能光练字，还要多读书。古人像苏东坡、王羲之他们这一批书法家及作品能够流传至今，就是因为他们不但书法写得好，而且文采飞扬！王羲之《兰亭序》、颜真卿《祭侄文稿》等作品之所以流传至今，是他们用自己漂亮的字写下自己最动人的文章，不但感动了当时的人们，也感动了后来一代代的人。写出发自内心的感受，才具有个性、才具有时代性。所以我一贯提倡在练好字的同时，加强文学修养，我字写我心。不只抄写古人、名人诗篇，否则只能是抄写匠，成不了艺术大家，也不能流芳万代。"

后来，我经常还拿着我写的文章去庞老师那向他请教让他批评。每次见到庞老师，都有很大的收获。回来以后总有写不完他的讲话内容，综合一下又变一篇文章。每次都有新的内容，我都很激动，又让我学习到更多知识。后来，看到我已写了三十来篇文章，庞老师高兴地说："如果你能坚持写作，在你出书时，我来帮你写序。"有了庞老师的鼓励，我肯定努力去做好，都是庞老师鼓励我，我才有勇气尝试写一写。前些年，我有点虚荣心，做了点错事，我自己都很后悔，犯了个低级错误。庞老师知道后说："知错能改就好，希望你以后脚踏实地，做好每一件事。"我从心里感谢庞老师。希望庞老师您在百忙中一如既往地指导、鞭策以及激励我，让我的文章和"庞体"字更上一层，庞老师真是我的恩人呀！

近日，庞老师又来电，让我看鲁迅全集，让我先看鲁迅全集的华盖篇，在看华盖篇时一定把重点的记录下来，他自家抄写记录下来合订的就有几十本。他又举了徐特立先生的话说"不动笔墨不读书"。庞老师接着还说他也是看到鲁迅全集里，鲁迅先生讲硬笔书法的启发钢笔以后的启发。书写虽然在市美形式上无法与传统书法相比，但在实用性方面已大量替代了毛笔存在的空间，"适者生存"法则使硬笔书法逐渐成为审美的艺术。学者研究提出，硬笔书法至少始于汉代。根据对敦煌文献大量硬笔写本的考证，硬笔的使用历经汉、唐、宋、元诸朝，绵延一千二百多年，内容涉及文学、契卷、书信、佛经等等，使用书体包括楷、行、草等，显然是用竹、木、骨、角等材料削制的"硬笔"蘸墨写成。敦煌硬笔写本的发现和研究，无可置疑地证明了硬笔书写在古代的存在和流行，彻底否定了数十年来那种以为中国硬笔书法起源于鸦片战争的旧说。

最近，庞老师忙于整合 300 首典雅又比较出名的唐诗，用"庞体"硬笔书法写出来。他介绍其中唐·张打油《雪诗》，江上一笼统，井上黑窟窿。黄狗身上白，白狗身上肿。又说到有唐·骆宾王《咏鹅》，鹅，鹅，鹅，曲项向天歌。白毛浮绿水，红掌拨清波。庞老师说到这是骆宾王七岁时写的一首五言古诗，写出了鹅的动态美，听觉与视觉、静态与动态、音声与色彩完美结合，将鹅的形神活现而出。还聊到大诗人李白、杜甫、张继、郑板桥等名人留下来很多伴随我们一生的好诗词。他举例说："又一次，吃饭时，在座的十几位朋友，你们能说清楚清朝从头至尾到底有多少皇帝的名字。"基本回答不全。老百姓对清朝好多皇帝的名气还比不上七品县令郑板桥。说出版后要送我一本。

高山仰止，景行行止。睿智的长者始终是年轻人学习的榜样，细细听来，每一次见到庞老师都是令我心怀感激，他对我的谆谆教诲伴随着我的成长。我期冀与他一样以欣赏和探索的眼光去观察文字的变化。读万卷书，行万里路，在人生旅途中不断发现自然生物与人文之美，用手中的笔记录当下的体会与感悟。喜欢文学的人们以后研究文学的专家也能从此获得启迪启示：做研究千万不能闭门造车，要实物去考察、去发现、去研究体会。

这与庞老师深厚的文学素养和广博的知识积累是密不可分的。庞老师精通诗文、书法酣畅淋漓、对音乐有奇特爱好。几十年来，不断出版新书，创作新的作品，推广"快乐书法教学"的新课程，真是一位才华横溢的老师。他一生以书生自任，笔耕不辍，精益求精，自然留下了许多精彩诗句、文章和书法作品，真是让令我陶醉和钦佩呀！

庞老师最后讲："'世界读书日'每年只有一天，但它的意义在于使每一天都成为'读书日'。身在热爱读书的国度里，我们更应该在每一天享受读书带来的进步和乐趣。愿每一个人爱读书、多读书、读好书。"

面对一个家的脊梁

父爱同母爱一样的无私，他不求回报；父爱是一种默默无闻，寓于无形之中的一种感情，只有用心的人才能体会。

又是一年之中属于父亲的节日，可我不知道如何面对，这样一个家的脊梁。

在我的记忆之中，父亲的话并不多，总是习惯一个人在看书读报，总是喜欢讲故事给我听，并且一点点教我人生的道理。父亲一辈子助人为乐，他的正直善良一直都影响着我，他的谆谆教诲是我最大的财富。就是这样一个不善于表达自己情感的男人，却给了我一个温馨的童年，让我知道世界上所有的情感并不都是可以用语言来表达的。他把爱融入生活的无数的细节之中，是幼时学步背后的那双大手，是出差归来行李中藏的糖果，是放学之后为我削铅笔的每个夜晚，更是现在为我泡一壶工夫茶。父爱，从不需要过多的表达，我们穷极一生体会，与母爱相比，父爱是世间最默默无闻的一种深情。

父亲，一个家的脊梁，岁月压弯了他的脊背，却永远无法压垮他对于一个家庭的责任。他有些白发，是世间最靓丽的颜色，他布满老茧的双手，宽大厚重，撑起一个家的未来。他四处奔波，从不说出一句辛苦，可我知道，如今幸福生活的背后，是他用无数的汗水浇灌出来的果实。每一个家庭的背后，总有一个任劳任怨的脊梁为我们撑起一片天，在父亲面前，我无论走多远，都是说不出口的牵挂。我没有看见过父亲流泪，却不知他在我离家远去的夜晚默默哭泣。我或许不知道父亲背后的艰辛，可我看得见父亲脸上日渐清晰的皱纹，那是岁月在父亲身上留下的痕迹，是生活给予父亲的馈赠。

面对一个家的脊梁，我只能默默地看着父亲每天在那段时光里的休憩，不打扰父亲对于生活的思考。在生活里，父亲扮演着很多的角色，我童年时的朋友，我生活路上的导师，更是我成长的鞭策者，他督促着我不断变得更加优秀，朝着正确的方向前行。相比于母亲，他更加支持我的爱好，希望我的人生变得充实而有意义。虽然我和父亲有时也会理论一番，可每次"战争"过后，我们总会找到一个合适的契机相互倾诉。我知道父亲的苦和累，父亲也理解我的执着，我们总像朋友一样从过去聊到未来。我不断刷新着对于父亲的认知，即使他平时沉默寡言，但他对于生活的感悟，依旧存在着我无法了解的部分。父亲就像是一个蕴含着丰富宝藏的矿洞，越到深处，越能给我意想不到的惊喜。

如今，又一个父亲节的到来，我不知道如何去感念这份深沉的爱，是携一罐陈年老茶，与父亲彻夜长谈；是漫步与夕阳，同父亲回忆儿时的点滴；还是挑选一件珍贵的礼物，来博取父亲的不多的笑容。于是我写下这样一段文字，送给父亲——一个家里的脊梁。

第四辑

亲情往事

藏不住的笑意

每当朗诵起孟郊的《游子吟》时，就不禁想起我的母亲……

母亲一直以来都是一位坚强乐观的人，心灵聪慧，做事沉稳有度，热爱生活，勤劳肯干，如阳光一般温暖，从小到大，为我遮风挡雨。

对于母亲，记忆最深的是母亲为我缝制的毛衣。小时候，看邻家孩子穿新衣服，自己便哭着闹着要。母亲就给我织毛衣。母亲手艺好，那针脚，如同母亲的爱一样绵密。不知道母亲缝制了多久，也不知母亲是否被锋利的针尖扎伤，只记得，母亲将毛衣穿在我身上时，我发自内心的满足的欢笑。毛衣虽然不及市面上卖的那些精美，却异常温暖厚重。

那毛衣我至今保留着。离家外出后，无论是求学，还是打拼，走到哪里，都要随着行李一起带去，犹如母亲在我身边一样。说起此事，母亲总是笑我，那么大个人，却还带着小时候的毛衣……

我知道，母亲嘴上说我，眼角的笑意是藏不住的。

工作之余，我经常和母亲通视频聊天，母亲老了，眼角的皱纹又多了几分。我知道，母亲的衰老，来自她对孩子的牵挂。在视频里，我看得出，母亲很想念我，即使嘴上不说，但话里话外，都是我。自从工作后，母亲总是不厌其烦地叮嘱我好好工作，与他人好好相处，不期望我们能够赚到多少钱，只希望我们能够平平安安的，能够快乐，有空了就常打个电话。另外，家里不缺啥。

是的，生活越来越好了，家里不缺啥，却少了我。

我知道，母亲有些怪我。我大约有两周没往家里打电话了，母亲想念的紧，只好主动打过来，却又怕打扰我工作，只是简单说了几句，一切都好，身子骨也硬朗，随后便是叮嘱我的那些话，之后，便匆匆挂断了电话。

放下电话，我深感愧疚。一直以来，我常常忽略了关爱母亲。我当即请了小假，处理好工作，买了当夜的票，只想给母亲一个简单的拥抱，或者吃她包的猪肉大葱饺子。

当我到家时，她满脸的惊喜与慌乱，还不住地责怪我不提前说，她也好准备准备——家里乱，没怎么收拾，她一边让我坐下，一边要给我做好吃的。

母亲笑着，眼睛有些湿润了。随后，又不停地说起话来：工作做好了吗？回家不打招呼，让人不省心……在我仔细观察母亲时，我发现了母亲两鬓的白发、额前的皱纹，心中百感交集，五味俱生。

夜晚，睡在老家的旧床上，盖着母亲套的床被，淡淡的清香，让我睡得格外香甜。在梦里，我的思绪回到了童年。我看见母亲在为我织毛衣，我看见母亲在菜地里摘菜。而我，在门口，在田间地头，吃着雪糕，喝着糖水……有母亲身边，是那样的安心。

无论我们变得如何，母爱总是亘古不变地挂念着我们。当我们想着去报答时，却发现竟是如此平常，仅仅是吃她包的饺子，陪她说话，听她怪我不省心，听她说生活琐事……

这让我想起一段老话，父母在，不远游，游必有方。在外打拼，确实很忙，但也不要忽略了最温柔的母亲，更多时候，母亲是不善言辞的。经常要记得问候一声时刻牵挂你的母亲，常回家看看。

母爱如水，如生命之水，延绵不绝。

传统美德值得继续发扬

家庭是社会的细胞，家庭文明状况不仅是社会文明的缩影，而且可以影响和改变社会风气，营造社会新风尚。所以，良好家风的构建与传承不是小事私事，好的家风利家利民利国，相反则害己害人害社会。

小时候经常听爸爸讲中国好家风《仁义礼智信》由来，并在我兄弟四人取名时，都带其中的一个字，里面蕴含着希望，蕴含着期待，也内承着中华传统文化的优良底蕴，感觉受益匪浅，给了我很多启迪。

1986 年我家盖新房，匾额上林姓人家都会写"九牧世家"，但我爸要求自家匾额上写"温良恭俭"。然而，爸爸还讲给我们听温良恭俭让的原意为温和、善良、恭敬、节俭、忍让这五种美德。这原是儒家提倡待人接物的准则。同时，爸爸也告诉我们成长中应该养成温良恭俭让的习惯。做事一定要不急不慢，做人善良，生活上不铺张不浪费，终身成长虚心待人接物。

爸爸常引用古人讲，"非学无以明志，非学无以广才"，知书才能明礼，学习就能升华。要让家里多一分书香气，茶余饭后，看看书，读读报，谈天论事，让家人从中得到更多的教化和启迪。当然，家庭的学习不同于组织，不需要有计划地开展什么活动，但培养家人的读书情趣，在幽静的家庭环境里畅游书海，总能给人心情恬淡的意境，使人有所收获，有所感悟。爸爸还经常引《劝学诗》里"书中自有黄金屋，书中自有颜如玉"的名句来鼓励我们兄弟一定要读好书、努力向上。

爸爸年轻时就把《东周列国志》《三国演义》《水浒传》等书籍看了很多遍，有些都能倒背如流呢。特别是《东周列国志》，讲述西周灭亡后东周成立到秦始皇统一天下的历史故事。里面有许多各自为战的国家，有无数骁勇的将军，有能文能武的智者，也有许多昏庸或开明的君主。他们为了权力和土地的斗争所表现出来的态度、性格，善良与奸诈的嘴脸就像一碗搅和着许多人性佐料的汤，不仅再现了那个征战的时代，还留下了许多令我振聋发聩的惊奇和值得铭记的感悟。

"仁义礼智信，温良恭俭让"的出处及解读儒家思想产生于特定的历史氛围的春秋战国时期，具有深厚的文化根基。儒家思想流过两千多年的历史长河而立世不坠。人类社会虽进入了现代社会，但在一定程度上，儒家思想仍在发挥着作用，它对我们的社会发展有着广泛深远的影响。更是我们构建现代社会新文化，传承中华历史优秀文化的源泉之一。

我们现在有一些人，丢了人应有的善良，无耻的事做了不少，也从未想过要怎么改正，反而越来越觉得那是理所当然；我们现在很多人，人与人之间都在相互欺骗伤害，哪管得了这世上的万物，更谈不上与万物和睦相处。

今天我们重温儒学的"仁义礼智信，温良恭俭让"一定能靠自身的努力取得成功，实现自己的人生价值。更显现出独特的价值定位。给予了我们更多的启发。

"仁义礼智信"的中华传统美德，陶冶出了一代代仁人志士，至今仍具有恒久的魅力和普适的价值。作为新时代的我们，更要自觉传承和发扬"仁义礼智信"这一传统美德，努力争当践行"仁义礼智信"的使者。好家风家训从儿时跟着我共同走进了新时代，他无时无刻地提醒着我，鼓励着我。同时，也要让我们孩子从小养成良好"仁义礼智信，温良恭俭让"的好品质。从自己做起，从小事做起，加强自身道德观念，为促进社会文明进步发展而奋斗。

外婆的牵挂

那是五岁的时候，我在院子里尽情地玩耍，不知外婆却在屋子里忙碌着什么。春风和煦，阳光是温顺的，空气是温润的，外婆的手是温和的。她右手拿针，左手握线，针眼距离外婆眼睛凑得很近，外婆又时常把眼睛眯起来。外婆用针不断地挑着线，最引人注目的是她那布满纹路的手，将她对我的爱丝丝缕缕地传递，温暖了岁月。她让这毫不相干的线团慢慢组成了一个大家庭，被空气包裹着的，是院子里栀子花的清香和夜色的朦胧。

几个月后，一件蓝白交错的毛衣套在了我身上。上面还有几朵星星点点的小花，点缀着衣服。毛线推着挤着，一根挨着一根，好不活泼热闹！穿上外婆亲手织的毛衣，内心瞬间暖和了起来，鼻子间嗅到了一股熟悉的味道。这味道，是亲切、是慈祥，还有爱的气息。

我穿上毛衣，迈着轻快的步伐，向花园奔去，外婆紧跟其后，步履蹒跚，但她却笑了，笑容里充满了童真。花，在这春意盎然的园子里，都绽放了，好似也对着我和外婆微笑，笑得这般温柔。一阵淡粉色的味道飘入毛衣，脸蛋粉嫩的少女映入眼帘，是桃花。梨花也不甘落后，鹅黄色的花香在毛衣上回荡。这香气有一丝丝甜，那甜，不是浓烈的，不是冲鼻的，而是细微的，沁人心脾。我在花园里跑来跑去，毛衣也抖动着，上面的香味随之流动，萦绕在我身上。外婆又笑了，越来越深的皱纹告诉我，她的内心得到了满足。

一年后，衣服太小了，它被随意地扔在衣柜里，上面的小花渐渐黯淡下

123

去，轻轻枯萎。我也将它遗忘在了记忆的深处，可它却一声不吭，只是默默地躺着。这一躺，就是六年。等我再去收拾衣柜时，才发现它，它的身上早已沾满了灰尘，轻轻一拍，小小的灰色颗粒抖落下来，飘在地上。仔细一看，认真回忆，这是我儿时的一件毛衣。

看着它的模样，好像想起了外婆的那双手，毛线的褶皱，让我想起了外婆手上的皱纹，细细的，密密的，而我却冷落了它好久，有些自责。深深闻了闻，它的身上混杂了很多味道，妈妈烹制糖醋排骨的甜香，爸爸打造小木凳的刨花香等。这些味道随意地拼凑在一起，就形成了家的味道呢！

后来，这毛衣已经穿在了弟弟的身上。看着弟弟常在阳光下玩闹，我本来已经忘却了毛衣带给我的温暖和快乐，但看到弟弟穿上时，我又仿佛看到了那时候的自己，看到了外婆的笑容，以及给予我的爱。

又是一个周末，弟弟穿着外婆织的毛衣和我们一起去了外婆家。我不禁感叹道在岁月的催促下，陪伴外婆的机会越来越少，偶尔的陪伴，她也会欣喜好久。远远望去，外婆独自一人坐在门口守望，姿势换了再换。我知道时间正在无情地拖拽她远去，而我却只能紧握她的手，任凭眼睛蒙雾。我总是这般带着倔强的软弱，我的爱和想念没有说出口，心里却像泄了洪的堤口，拥堵，崩塌。

外婆老了，老得像老家门口的歪脖子树，满是密密麻麻的岁月伤痕，老得啄木鸟不再医治，老得只剩下稳定的期盼和等待。外婆的手也老了，皱皱巴巴的皮裹着弯曲变形的指骨，手心的纹路深刻的杂乱，岁月蜿蜒而过，又因伤痛强行深刻。外婆的手是我心里的沟壑，我沿着她掌心的纹路走过，看尽了她半生的坎坷。我们回来了，外婆看看毛衣，又看看我，脸上再次露出愉悦的微笑。这件毛衣，蕴含了三代人的味道，亲人的味道。其实每一件物品，都隐藏着岁月的痕迹，它记录着我某一时刻的点点滴滴，从而成为岁月的礼物。

最难忘的人

我的姥姥，荷着沉重的锄头，刚从田地里归来，扶了扶头上淡紫色的头巾，用力直起身子，长长舒出一口气。这幅画面，无数次在我脑海里出现。

印象里，姥姥的腰似乎没有直起来过，像煮熟的虾一样，是弯着的，清晰可见的弯度，是被身上的锄头压弯的，是被生活用时间打磨的。

姥姥是上个世纪的人了，一辈子没有什么文化，只会写自己的名字，还是我教给她的，但是在村子里却是出了名的贤良，从未与人争论长短，只要是农忙季节，在地里，她瘦小的身影格外的长。

有一年放暑假，我在姥姥家里住。姥爷一直都没有好的印象，有的话，应该也是我不愿记起的那些话。

姥姥也是个苦命的人，经历过大饥荒，姥姥讲起她小时候，吃过高粱馍馍、玉米面馍馍，还有花生外壳和红薯叶混在一起的饼子……就是因为能吃苦，姥姥注定是要吃苦的人呢。

我姥爷原来是在大队养牛的，有着一股子傲气，只在乎工作如何，不舍得下地，似乎与泥土是存在某种芥蒂的，就这样，姥姥扛起了家里的锄头。

姥姥虽然不会安排我干活，但我也会跟在姥姥身后。姥姥在前院做饭，我忙着烧火；姥姥去后院翻种土地，我就忙着架篱笆，提水灌地；姥姥下地除草，我跟在后面学着做，经历过姥姥的一天，我的身子骨浑身酸疼……

晚上，姥姥偷偷拎过来三四根香蕉，还有两个苹果，说："这东西放在你姥爷屋里，你也不去拿，都要放坏了，留给你，放自己屋吃。"我知道姥姥的意思。家里的水果零食都放在姥爷屋里，平常我们不敢去拿的，姥爷会说我们，只有姥爷拉着藤椅到大门口坐着时，我们才敢去吃一些。

就这样，家里来了客人，带了水果或是零食，姥姥都会偷偷塞给我，有时候直接放在我被子里，用塑料袋小心翼翼地包裹着……陪姥姥去集市上卖自家后院的黄瓜，姥姥也会偷偷塞给我一些零钱，她说："你也是孩子，姥爷只给你舅舅家的孩子，不给你，你也别记着，我这里有。"姥姥说话也不多，但是每一次都能让我记住，让我回想起来，默默流泪。

后来，工作以后，我时常给姥姥打视频，玩手机也是我教给姥姥的，姥姥也会多话起来，跟我讲村里的事，即使我分不清那凌乱的关系网，但是看姥姥开心，我心里也是暖暖的。

如今，姥姥的身体已经不能再忙碌了，但她闲不住，总想做点什么。后院的菜地依旧很漂亮，每个季节的瓜果蔬菜都会在小院里飘香。每次去看姥姥，都要带很多东西回来，姥姥说："自家种的菜，干净，你外面买不着，就是浇水少了，长势不好看……"

我听了，默默背过身去，难以克制地流泪。以前都是我帮姥姥提水的……今年过年去看姥姥，一定要帮姥姥把后院的土地翻翻，再提几桶水……

难舍亲情

亲情是世间的一种最珍贵的温情，亲情是一棵青青的小草，沐浴它的是充满着爱的雨露；亲情是一朵开不败的鲜花，照耀它的是充满着爱的阳光；亲情是一棵常青树，浇灌它的是出自心田的清泉。亲情是无价的。人间的亲情犹如宽广厚实地大地，无所不在，无所不有。也许平常你感觉不到亲人们对你的爱，可是在细小的地方，他们无处不在，时时刻刻地关爱着你。

父亲是家里一座坚固的大山，母亲是一条小河，山拥抱着小河，小河滋润着大山，而我正是生在山里，长在河边的小树。大山为我遮风挡雨，小河为我灌溉，大山和小河为我撑起一片浓阴，使我快乐地生活在这个世界上。

父亲不苟言笑，性格严肃，但对子女的教育却从不懈怠。那时，我在上学，每次回家，他总是问我们的学习情况和表现。他这个人样样都好，就是脾气大了点。但是，他有时候也会豁然开朗，给我讲笑话，经常逗得我捧腹大笑。看着我笑，父亲也会开心地笑起来。但一会儿工夫，他又变得严肃起来。他经常讲他从小到大走过的人生道路上的坎坎坷坷给我听，他教育我要好好做人，不能做有违背良心的事。对于我的学习，他是不会多说什么的。当我考试不理想时，父亲总会说："没关系，只要你努力学习，下次一定能考好。"有时候看着沉默寡言的父亲，心中总有些伤感，我想，他的内心世界，应该是很孤独的吧。为了我们能过上好生活，父亲每天奔波在外，有时候碰到不顺心的事，他总会对我说："等你长大了，总有遇到不顺心的事的时候，到时候，你一定要自己处理，不能依赖别人，知道吗？"看着父亲为这个家所付出的一切，我感到了家的温暖。

而母亲呢，她是一个个性开朗的家庭主妇。她和父亲的个性刚刚相反。没事的时候，她喜欢和小孩子打成一片，有说有笑的。对于我的成绩，她看得比什么都重要。"这几天考试了没？考得怎样？学习紧张吗？"母亲总是这样询问着我的学习，每天没完没了地问我，有时觉得她真的很烦，但回头想一想，母亲这样也是为了我的前途着想，我不应该用这样的态度来对待她。母亲教育我要好好学习，要记着：少壮不努力，老大徒伤悲。虽然她很唠叨，但是，她关切的一字一句，也让我感到家的温馨，家的爱。

可怜天下父母心，父母为我们所付出的一切，都发自他们慈爱的心。这无形的爱，是无法用语言表达出来的。

亲情有时就如春雨，润物细无声。我终于明白了，亲情是无私的，亲情是温暖的，亲情是伟大的，得到爱的人是幸福的，付出爱的人是伟大的！亲情的流露无需理由，无需驱使，就在平凡的生活中自然地体现出来，为人们所感动，所珍惜。也许，我发现得太迟了，但我一定会好好珍惜这已经发现了的亲情，让亲情伴随着我成长。

岁月如诗，句句含情，追寻着梦想，奔波在成长的路上，灯火阑珊处，是归宿，给予我安全感的是亲情。与家人团圆是我们心之所向，不妨将与家人的点滴美好收叠好，装进心里，不管任何时候，只要细细回想，都能感到灯火阑珊处所赋予我们的温情。家在，灯火阑珊处。

陪外婆去踏青

不知不觉春姑娘已经悄然而至我们的身边，柳树发的新芽，路旁开的小花，还有那清风夹杂着明媚的阳光，无一不提醒我，春天到了。

外婆身体好的时候常说，越是春天这样美好的日子，越是要多出去走一走，那时孩子还小，我工作也忙，常常答应下来却没有做到，如今外婆年纪大，她的腿脚已经变得不太利索，走不得远路，可我又恰逢想起多年前与外婆的约定，于是请了一天假，带着家人一起去郊外踏青。

"我一把老骨头了，已经走不动路了，你带着囡囡去吧。"

外婆慈爱地摸着曾孙女的头，脸上含着笑意，拒绝了我，可是囡囡离不得太奶奶，已然是一个大孩子了，可是还缠着外婆，一定要一起去，我也很想外婆在，于是在我们一大一小左右开弓下，外婆终于点了点头。

我的妻子忙着照看小的孩子，于是踏青之行就变成了我们三人，我开着车，外婆和女儿在后座，很快车子驶离马路就来到了城市的边界，也就是我们常说的郊外，这里不显得凄凉，还有一片小湖，湖水清澈但泛着绿光，旁边还有一条挖出来的泥土小路，小路旁盛开着不知名的小花，还好，小路并不难走。

我挽着外婆的胳膊，女儿拉着外婆的手，走过那条小路时，女儿看见了一大丛还没有盛开的花，拉着外婆的手就蹲了下去，笑着问外婆："太奶奶，这个是什么呀？"

可能是站着没看清，外婆也陪着女儿蹲下身去，仔细打量了那一丛花，半晌，给出了一个答案："这个是蒲公英，她现在还没有结出蒲公英的种子，等花开完就会结了。"

"原来是蒲公英呀，我以前只在书上见过，没想到没长出来的时候是这个样子。"

女儿若有所思地点了点头，确实我也很少见到这种野生的蒲公英，平常见的都是结了一个个像小羽毛一般的种子。

我们一边向前走，女儿一边提出自己的各种问题，外婆总是不厌其烦地给女儿解答，回答一个问题，外婆脸上的笑意就增加了一分，原本蹒跚的步子也渐渐变得轻快起来，眼神也愈发明亮了。

穿过那条小路，前面是一望无际的原野，没有人在这里种菜，所以各种植物肆意生长，放眼望过去遍山的绿，天空中泛着澄澈的蓝，可远处的平原与天空之间没有一条分界线，他们融合在一起形成了一幅优美的油画。

我们拿出提前准备好的野餐垫，铺在了茂盛的小草上面，外婆走累了常常会脚痛，我把包里背着的拖鞋也拿了出来，当我准备给外婆换鞋的时候，女儿却抢过了鞋，自己给外婆换。

此处的位置是真的很不错，除了来时那条小路，其他三个方向均可以看到不同的景色，并且偶有阳光伴着清风吹来时，风里夹杂着小草和泥土的清香，不得不说，大自然真的可以抚去工作的人心头的一切烦累呢。

我拿出手机，对准四周拍了几张好看的图片，给正在家里的妻子发去，美好的事物就是要和家人一起观赏。

当我们决定回去时，走在小路上，女儿看着来时的那颗蒲公英，明明才过了一个多小时，可女儿说蒲公英长大了。

"蒲公英告诉我了，有人来看她，她就会长得高。"

女儿很骄傲，我知道，她是想看看蒲公英结出种子，外婆没说话，不过总是扭头环顾四周，好像要把这里的景色都映入脑海里。

"那我们下次把家人带着一起再来一次吧。"

第五辑

书画家、

学者、名人＿＿＿＿＿＿＿＿＿＿＿＿＿＿＿

从"小万到万公"的谦逊作风

人生像是一条长河，时而涓涓细流，风平浪静，时而波涛汹涌，桀骜不驯……不同环境，塑造着不同的人生。人在成长道路上，有说不尽的悲欢离合，道不完的酸甜苦辣。今天，我要讲的主人公叫万伯翱，他的老爷子是中国农村改革的先锋、党和国家卓越的前领导人万里同志。万里同志在党的十一届三中全会后长期担任中共安徽省委第一书记，任职期间，他为安徽改革开放的发展奠定了坚实的基础，并做出巨大贡献。

万伯翱，退休后宝刀不老，他热衷于群众体育和文学活动，除担任中国钓鱼运动协会职务外，还是中国作家协会会员、中国网球协会副主席、中国特奥会副主席、乒乓球联谊会副会长以及多家杂志的名誉顾问。万伯翱儒雅敦厚，待人真诚，为人谦逊。他在京城是有着非常影响力的红二代，因他在家中排行老大，人们都尊称他为：万老大。

伯翱兄文学创作始于高一。1961 年的一天，他患眼疾去医院看病，因走时匆忙忘了带钱，当时，一位好心的医生伸出援手帮他垫付了医药费。第二天伯翱兄带着感激之情专门去医院把医生的钱给还上。为感谢医生无私帮助，伯翱兄写下一篇《在急诊中感到温暖》的文章，被《北京晚报》刊登，从此激发了他写作的兴趣和热情。

多年前，我偶然得到伯翱兄于 1965 年和 1966 年出版的《劳动日记》和《远方来信》二本书。在拜读过程中，其中《走革命的路，接革命的班》《用双手去为人民造福》等多篇日记和家书深深触动了我，文章中的场景叙述就像黑夜里的一道光照进了我的心里。我当时就迸发了一个念头，有机会，我一定要走进这位作家的精神世界，去了解这位红色散文作家的心路历程。直到十多年前，我终于有幸在北京见到我梦寐以求的偶像——伯翱兄。

1962 年，是"三年自然灾害"劫后复生的关键年，是国民经济恢复调整时期，国家为精简城市人口，号召大办农业，大办粮食，动员城市中学毕业生上山下乡到农村去。此时，时任北京市委领导干部的万里同志，响应国家号召，毅然将其长子万伯翱送到自然条件最为艰苦的环境中去劳动锻炼。自此，伯翱兄告别家人，开始了他"路漫漫其修远兮"的上山下乡的人生之路。

农场的生活比想象中还要艰苦，住的是草房，睡的是大通铺。农场的活儿琐碎繁杂，锄地、施肥、打药、剪枝、种瓜点豆……伯翱兄日常工作是在园艺场培育果树。他印象和感触最深的是给果树喷农药，伯翱兄回忆："那时候喷药要举起一根一丈多长的特制竹竿，上面绑着一根接到药箱的橡胶管，药箱一吨多重得由一辆捷克产的小型拖拉机拖运着，人追着车走，竹竿一举就是8个小时。那时喷'1059'等烈毒农药时防护措施跟不上，只能是戴口罩和粗线手套做简单防护，药很容易渗到皮肤上，灼伤皮肤。农药很难清洗，洗不干净会对人体造成伤害。如果打药操作不当，还有可能把农药吸到身体里，造成中毒事故。农场曾经发生过一起农工中毒的事故。"伯翱兄回忆起当年的艰苦岁月仍然记忆犹新，每当意志消沉时，他就会想起《钢铁是怎样炼成的》里的保尔，想起父亲对他的嘱托，就是在这样的信念支撑下，咬牙坚持了下去。

在枯燥疲惫的劳动中，伯翱兄没有放弃学习。他模仿别人的煤油灯，找来一个空墨水瓶，用棉花做个灯捻，打了一瓶煤油，制作了一盏属于他自己的煤油灯。每天晚上，他就在这盏灯下坚持读书学习，写日记。

伯翱兄下乡在那个年代成为一件轰动的事，中国青年报于1963年9月24日以头版头条发文报道。贺龙元帅、彭真市长以及乔冠华外长等老一辈革命家和全国新闻媒体连连称赞，甚至引起了共和国总理周恩来的关注，并受到周总理的表扬，一时在全国成为美谈和知识青年学习的楷模。

白天劳动、晚上学习，他在农场单调的生活里找到了生活的乐趣。当伯翱兄被树为干部子弟下乡的典范后，他的生活发生了新的变化，他陆续收到了来自全国各地青年学生的来信。1964年9月22日，伯翱兄在《河南日报》和《中国青年报》上发表了题为《到生活的激流中去》的文章。同年10月至11月，他以下乡积极分子的身份参加了河南团省委组织的"河南省下乡、返乡建设社会主义积极分子报告团"。"我那时就想啊，也许今生我就以农场为家干下去了。"伯翱兄回忆。

1972 年，伯翱兄得到全农场一致推荐后，经农场党委批准，被保送进河南开封师范学院（即现在的河南大学）外语系学习深造，成为河南第一批"工农兵大学生学员"。多年后，在一个知青齐聚的座谈会上，他感慨道："下乡 10 年，有人问我后不后悔，我说'青春无悔'。这一段人生不是磨难，而是磨砺。"这真可谓是十年磨一剑啊！

回忆起在黄泛区农场的青春岁月，伯翱兄激动地说："在农场的 10 年是我一生成长中最难忘、最锻炼的好时期，河南是我永远的第二故乡，知青生活是我人生中火红年代最宝贵的财富。"

如果没有伯翱兄的纪实文学记录，开国将军王近山下放到河南农场几年的生活就会湮灭在历史尘埃中，贺龙、徐向前等元帅的垂钓生活就不会如此完整而鲜活地保留下来。他用笔饱蘸浓情，书写出历史伟人独特的生活经历。他用白描的手法把碎片化的生活还原出来，让读者看到了历史真相。如果说文学传记是为历史人物摄像的话，伯翱兄的作品则是抓拍到了生活瞬间。唯其如此，尤显珍贵。

伯翱兄除了描写他身边开国将帅和部长们的体育生活，他创作的触角还延伸到了古今中外的名人。写作重点依然是他熟悉的钓鱼运动，比如，他曾经写过的"鱼是他的敌人，同时也是他的知心朋友"——读海明威《老人与海》《老布什总统的垂钓情缘》《乾隆大帝南巡垂钓西子湖》等。尤其是写乾隆钓鱼那一篇，虽然是一万多字的文章，但他在考证史实查阅资料时，态度严谨，一丝不苟，力求还原二百年前皇帝南巡下江南的垂钓历史。为了考证乾隆垂钓时穿的什么衣服，他还特意请教了远在河南的著名作家、清史专家二月河先生。二月河先生也不负所托，几天后，提供给了伯翱兄长长一串乾隆那一个月期间所穿衣服的史料证据。

"尽管有关史料都已经搜索到了最极致，可还是无法断定乾隆皇帝垂钓那天到底穿的什么衣服。"伯翱兄说着，不甚唏嘘。由此可见，体育散文并非如常人所想，如此容易一蹴而就能完成。既要有历史，又要有文化，还要有人物事件等资料，方能相得益彰。唯有此，写出的文章才能有可看、可写、可存的价值。也正由于此，《百姓元戎共垂钓》这本文集一印再印，加印了七次，仍不能满足读者的追捧。伯翱兄自己也没有想到这本钓鱼散文专辑会如此受到广大钓友和读者喜爱。

我不但读了伯翱兄发表前的许多文稿，还收藏了他不少亲笔文字底稿。同时，我更喜欢读他的《元戎百姓共垂竿》一书，书里的生动的语言和内容让我领略到了伯翱兄独特的文采。此书作为新中国成立以来唯一一本具有特色的垂钓散文集。通过他几十年的垂钓和采访，真实生动地记述了共和国主席、开国将帅，国外元首、国际名人以及众钓友垂纶海中、江边和湖畔的逸事。著名大作家苏叔阳和书画大家范曾说："万伯翱开'钓鱼散文'之先河。"

我很喜欢伯翱兄的朴素语言。他那优雅又含蓄的语言萦绕在我的眼前，像一丝丝春雨滋润我的心田，又像一滴阳光落在我的心头。诚然，伯翱兄已成为我创作文学路上的良师益友。

读了这本钓鱼散文，我不仅了解到伯翱兄真挚的创作内心，还知道了伯翱兄与领袖、将帅以及名人们精彩的钓鱼故事等。

最近，伯翱兄所著的《元戎百姓共垂竿》一书在全国各地的1600多部投稿中，经过中国文学专家学者和散文界评审委员会层层筛选，最终脱颖而出，获得第九届冰心散文集奖。

国家直属机关作家代表团成员伯翱兄、郭雪波老兄刚刚参加第十一次全国文代会以及第十次全国作代会。闭幕没多久，两位志同道合的老兄就有约而聚。见面时，伯翱兄将获得第九届冰心散文集奖的《元戎百姓共垂竿》签名本赠予雪波兄。

雪波兄对着我们在场的朋友说："和万老认识很久，我只知道他是位作家。直到三年前，我和万老被邀出席华文出版社领导关于知青的新书研讨会，领导悄悄地告诉我，万老是万里委员长的大儿子。万老为人低调、谦虚、谨慎、和蔼可亲，在国家直属机关作家代表团里知道他真实身份的人不多。万老现在已是耄耋老人，我们称呼他为'万公'毫不为过。"在场的人听后都拍手叫好。

万里委员长是有大智慧之人，他为几个儿女取的名字序以：伯、仲、叔、季。曰：伯翱、仲翔、叔鹏、季飞，乃翱翔、鹏飞之意。父母给孩子取名中的期望和寄寓，华盖与布衣，天下理同。

伯翱兄之所以受人尊敬，很大程度上是因为他平易近人、热心助人。虽然他是高干子弟，从小在中南海的环境中长大，但是他为人低调，没有架子。

到农场工作后他和其他职工打成一片，职工们都亲切地称他"小万"。离开农场以后，伯翱兄在部队以及国家机关工作后，大家又称他为：万老大。

伯翱兄从当年农场的"小万"到大学、进修院校、部队和国家机关里的"万大哥"到驻港部队两位首长和香港特首称"万老"再到著名作家郭雪波在宴席中所称的"万公"，是伯翱兄人生经历不同阶段的缩写。伯翱兄的阅历和丰富多彩的人生，让我受益匪浅。

丹青创新引领时代

——记著名花鸟大写意大家马胜利

盛夏的一个下午，骄阳似火，天热得像个大蒸笼。我和著名大写意花鸟大家马胜利按约好的时间一起到昌平的一处休闲鱼塘去钓鱼。

我们各自驱车一小时来到钓鱼休闲处，看到这里有七个鱼塘，分别有室内和室外的。走在鱼塘旁边的小道上，看着塘面上泛起的片片涟漪，我们心里颇感震惊。如果你看到这儿一定会感到很奇怪：涟漪有什么好看的呢？不，你想错了。塘主说这里的每个鱼塘里有上万条鱼，在阳光的照耀下，鱼儿们泛起的涟漪是彩色的，令人感觉如梦似幻。这时已是下午，塘主为了让钓鱼者多钓点鱼，可以多卖些，没有喂鱼。鱼儿们已经很饿了，不停地有鱼儿跳上水面，鱼鳞映出了七色的光。我走近细细观看，发现几条鱼儿跳得很欢，好像要跳龙门似的，格外引人注目，我的心里更是期待满满。

天气太热，我们找了个阴凉的地方坐下来。我马上在塘边先架好鱼竿，挂上鱼饵，将诱饵甩进清澈见底的塘水中，开始静静地等待。一分钟过去了，两分钟过去了，一刻钟过去了……我盯着水底与鱼漂，那些鱼儿们却好像总对我的鱼饵视而不见，自顾自地在水中嬉戏，更别说咬钩了。半小时过去了，我提了几次竿，鱼饵还是好好的。我开始有些不耐烦了，正抱怨这鱼塘上万条鱼，连饵都不吃，真是邪了门。但我心里想到以前万伯翱大哥一直嘱咐说：

"钓鱼本身就是一种修身养性的活儿，陶冶情操，你不多等一会，鱼怎么能会上钩呢？"想到这，我只好在塘边继续守株待兔，心中默念：鱼呀，鱼呀，快点上钩，没有大的，小的也可以将就，怎么着也得钓到一条开竿鱼呀！转眼间，又半个小时过去了，我坐得腰酸背痛，眼花缭乱，连鱼咬钩的影子都没有看见。我站了起来休息、活动了一下。活动一会后，还是坚定信心坐下来继续钓鱼，这时我更加目不转睛地注视着水面，生怕错过任何一个机会。

资深钓鱼爱好者马胜利老师，他因为是初次到这鱼塘来钓鱼，加上因年初新冠疫情原因嫌出去买鱼饵比较烦琐，就带上了存放将近一年的老鱼饵，再加上对鱼塘不了解，还在摸索中，所以马老师一直坚定不移地坐在那钓鱼，观察鱼塘周围情况，也不多说话，连上卫生间都没时间，可是依然没有鱼上钩。但是马老师仍然不气馁，还是聚精会神地盯着他的浮标。过了许久，他的鱼钩终于有动静了，他立刻兴奋起来，猛地一下把鱼竿向上提起，结果，鱼跑了，还是条很大的鱼。马老师有些不甘心，很快重新挂上鱼饵，再次将鱼钩甩了出去。过了很长时间，浮标终于又有了动静，这次马老师注视着那上下浮动的浮标，浮标猛地下沉，马老师非常淡定的提竿了，这时只见鱼儿牢牢地被鱼钩勾住了，鱼还在左右窜动，前后拼命地挣扎着。看见鱼儿完全浮出水面，方知那是条大鳞鱼，身上的鱼鳞银光闪闪，在夕阳西下的映衬下变得红中泛金，十分诱人。可这时候，这个大家伙依然在做最后的垂死挣扎，直到马老师把它溜到筋疲力尽，才把它给捞到岸上来，大概八九斤的大鱼呢！功夫不负有心人，终于有收获了。

马老师真是一位钓鱼狂热者，前几天，刚从青岛钓鱼满载而归，据他说从一早开始钓到晚上，钓了大几十斤鱼呢。还有，听他讲过，有一次，在他老家的水库垂钓时，都安营扎寨在水库旁，钓了两天，基本没睡觉，真是对钓鱼情有独钟呀。

他还讲述在各种环境下曾钓过鱼，其中包括夜钓、雨钓、野钓。当初在宝鸡画院上班时，每年都得有大半年时间在外面钓鱼，一到河边，就兴奋不已。那时，每年夏天身上都得被太阳晒得脱两次皮，不管刮风，还是下雨，只要说去钓鱼，准去，真是位钓鱼痴迷者。马老师每次去钓鱼一定要开他自己的车，因为他车上的钓鱼工具应有尽有！

马胜利老师是当代大写意花鸟大家。他每次去钓鱼时候总是很细心地观察着大自然的千变万化，有时回来后便把它画下来。马老师是以大自然为灵感源泉，将观察到的大自然每个耀眼的细节呈现在画作中，让在纷扰城市中生活的我们，感受身处自然的平和与温暖，这便是绘画的魅力。马胜利老师善花鸟画，其花鸟画作品的笔墨关系浑然天成，给人一种典型的文人气息。他经常讲要画大写意者，一定要有大气魄、大胸怀，才能画好大写意。画如其人，"儒雅随和""气势如虹"，这一点只有见过马胜利老师的人和画后才能感受得到，并会一致认同这一点。马老师重视中国画传统的承脉，对中华民族的文化精神有着出色的理解与感悟，经过几十年如一日的对这种民族传统精神苦苦的追求、探索，他找到了民族精神与时代精神的契合点，正在形成属于他自己的艺术语言。其画笔墨奔放奇纵，韵致高雅洒脱，意趣生动清纯。在他的花鸟画中我们感受到徐渭的恣肆狂放、信手天成，八大的凝练静穆、简约清脱、吴昌硕的老辣雄奇、古茂朴厚，齐白石的天真烂漫，妙造自然，画面易于理解而又耐人寻味。他尽力保存了传统绘画体系的严整性，而又在以一腔现代人的精神和激情努力从传统脉系中延伸，在题材、意蕴、笔墨、章法上都有着创造性的突破，其作品别开生面，呈现出浓烈的时代气息，在中国花鸟画创作相关的文化素养、艺术修养等方面均已达到了相当高的境界。

马胜利老师还一直追求着富有象征意味花鸟形象的构造之美。在他的画面中，从不凝固在一个僵化的模式之中，即使是同一题材他也层出不穷地创新，呈现结构错综变化之极致。他的构造美表现在造型上，注重的是写神传情，是对"气韵""神韵"不倦地追求和独特的表现。其点、线、面形成的节奏感，其黑、白、灰的转换关系，以及他创造的笔墨色彩形式语言，蕴含着诸多现代绘画元素，无不充溢着自然生命的勃勃生机和画家对生命之美的由衷赞赏。画面的形式安排，如前无古人的、带有明显现代构成意味的构图处理，以及大胆运用西画色彩观念，将丰富的色彩融入画面之中，都可以明显看出画家试图以西方的绘画语言去转变中国画的传统程式，将西画的空间关系融入中国画的开合中，以寻求西画与中国画的融通化合。这种用自己的方法去表现他所开拓出来的主题的构造之美，使马胜利花鸟画形成了独具个性的"端庄夹流丽，刚健含婀娜"的新格局。

马胜利老师从来没有忽视笔墨书法化的表现性，墨以笔为筋骨，色亦以笔为筋骨，讲究笔力、笔势、笔意的传达。但他不墨守以墨为主，以色辅之的老套，也不拘泥于一笔一墨的精妙和设色的单一。他总是以笔趋形、以笔传神、以笔抒情、以笔生趣、以笔施墨、以笔着色，让笔墨设色服从于特定的情景与感受的表现，据此分别体用，互换宾主，不但像任伯年一样的不舍众法，融双勾、泼墨、点、没骨为一体，甚至把山水画的皴擦点染引进写意花鸟画中，而且善于旁参西方构成的色彩表现，从而完成了自己丰富的语言系统。在这丰富的语言系统中，马老师一方面因情思与题材之异而取用词汇，另一方面则发挥了笔痕墨迹的浑厚朴茂和色彩的尖新浑融。他用色对比灿烂，又和谐统一，对比表现在分块处理，和谐则表现在渐次过渡。在他的笔下，留下了过程的墨迹，亦显露出运笔的心境。

他的笔情墨韵始终和花鸟图式、造型结构、艺术趣味、意绪散发互为表里，其画方显内涵奥妙，饶有风神。就此而言，马胜利的花鸟画对"三美"的追求已是一种自觉的行为。

毫无疑问，马胜利老师的写意花鸟在"横"的借鉴和"纵"的继承中，没有淹没自己，而是独出机杼，常画常新。他用以实现出新的主要凭借之一便是写生。走进大自然，贴近生活是他锐意出新的最佳途径。他在写生中注意深入研究观察对象，力求"穷理尽性"，尽精微致广大，升华感受；继而以中国画特有的笔法线条，在物我连接上，进行既状物又抒情的概括，同时注入个人的气质心情，再则以默写的功夫来不断涵养对物写生的取舍，师造化得心源，变自然为艺术。正是由于他把写生当作了通向创作源头的桥梁，所以能顺利地避开了只知临摹者的为法所缚，不再以古人的眼光看自然，不用别人的步履闯世界，以自我的丹青创新引领新时代。

独领画坛笔墨新

——记著名大写意人物大家王光明

齐白石画的虾、徐悲鸿画的马和李可染画的牛不仅家喻户晓，且举世闻名，成为中国画符号的象征。

王君光明，性耽丹青，锲而不舍，累年有成，然于旁事不甚了了，故自号木然，呆头呆脑愚顽状之谓也。王君出身淮上矿工，性格豪爽，义气如云，乃豪杰之士也。余与君同窗数载，尝促膝抵掌，相与论心，引为知己。自君进京深造归，画艺益进，令人刮目相看。

王光明，现为中国美术家协会会员，安徽省美协理事，安徽建筑学院艺术研究院副院长，教授，国家一级美术师，首都博物馆画院副院长，中国水墨画院学术委员会专家，清华美院高研班导师。

王光明老师早在不惑之年，功力渐深，可谓水到渠成，瓜熟蒂落。近闻将办展，不觉心动，索其画观之，窃以为不俗。

王老师依然进京深造，继续精研，涉猎广泛，不但学习齐白石、蒋兆和、徐悲鸿等大师之作，还研究了列宾等西方画家的油画技巧，在不断的观摩、学习中，博采众家所长，逐渐形成独树一帜的艺术风格。

在这个浮躁不安的时代，他淡泊名利，潜心求艺，仿佛与这个世界格格不入。

王老师在写意水墨人物画方面所达到的艺术最高境界，无论是他的笔墨功力、趣味，还是他那个人特色极为鲜明的立意造型，在当今的画坛都是罕见其匹的。他把花鸟、山水画法融会到人物画法中去，提炼了一种比传统人物画更加洒脱、单纯的充满激情的新画风。应该说对八十年代以来的中国画坛一种新的写意人物画风格样式的形成，学贯中西，德才兼备的王老师做出了开创性的贡献。

我喜欢艺术，便经常和画家们一起玩耍。一方面确实是为丰富自己的绘画知识，一方面也可以和他们做朋友。艺术家有坦荡胸襟和率真本色。

有一年，帮万大哥筹备万里委员长画册，请来摄影师——陈师傅帮我拍摄。陈师傅说有位画画高手，画得好，人品更好。用国画技法画肖像，惟妙惟肖，其技神矣。他说的这位高人，就是王光明老师。王老师交友广泛，性格随和洒脱，作品气韵生动，率真大气，作品有独特的风格。

20世纪90年代，那时消息流动虽不比现在，但哪里有位高手，哪里又有位奇人，传得飞快。因为那时分散心志的东西不多，若喜欢某种技巧，极容易沉迷。一头扎进探索技艺的深河，便会开始顺着河流找寻其中的大鲲。而光明老师，便是当时最大的鲲之一。

跟着陈师傅拜访了王光明老师几次，现场见识多次神乎其神的技巧。一来二去熟悉起来，之后我便开始独自探访王光明老师。学画的人都知道，画肖像需要大量写生，尤其是真人写生。而像王光明老师这种既严谨又写意的写实型国画，在那时的安徽画坛还不多见。那时虽然很多名士声名在外，但因时运所致，在当时那岁月，大家手头都比较拮据。所以尽管王光明老师神乎其技，但写生的模特却大都是身边友邻，并无专属。这也是如今流传在世的王光明老师作品，除常见的伟人名人题材外，还有大量极普通的记录了那年代特征的，普通人肖像画的原因之一。仅王光明老师前无古人也许后无来者的为如此数量庞大的普通人作肖像画这一点，我想就足以让他可以被称为"人民艺术家"。因为他所作画作，确实也是如实描绘当时普通人民的真实生活面貌。

有一次，王光明老师、我和几个国内著名的画家在他家喝酒吃饭。酒足饭饱寻消遣，兴趣之余动笔画画，亲眼目睹王光明老师在大八尺的宣纸上，寥寥数笔的大写意李白就非常传神，随心所欲，一气呵成。在旁的艺术研究院博士生导师却怎么也弄不明白那么朦胧美丽的画，是如何画出来的，躲避着不敢动笔。王老师热情地告诉他其中的诀窍，终于知道王老师怎么用笔和某些技巧了。王老师甚至告诉他自己独创的画法是什么路数，毫不保留。导师急忙说："哎呀，真不知还可以这么画呢"，随后便试着动起笔来呢。

还有一次，我要去看望王老师，先给他打电话。他让我直接去他学生工作室。到那一看，王老师正给他的几个学生上着课呢，在现场先画几张作品给他们看，又讲如何用笔用墨。讲完后，王老师说："你们不仅要先学着临摹，还一定要用笔墨表现出自己的面貌。"他还鼓励学生们发挥自己的想象尽力去完成。过好长时间，看到有个学生连续画了两张大写意的马。王老师看了感觉都一样，画得不太好。于是就在现场示范如何用笔墨功夫表现出其扎实的基本功。学生当场又画一张，过后王老师边讲边修改边表扬。外行的我也能看出来学生现在画的画比原来的要好很多。王老师还讲到一定要把一种诗意的情景通过笔墨展现出来，取神比取形更重要，正是这寥寥的数笔让人们产生了无限的遐想，跟诗的意境，贴合得更近，给人留下了更多思考的空间。这可能也是我们当下绘画所需要的，就是一定不要把画面填满，而是要把更多的空间留出来，敢于留白、善于留白，让大家有更多拓展的空间。他以几十年的实践经验告诉学生：画写实人物的人，如果长期不画速写，就会手生、木讷，感觉迟钝。深入生活，体验生活，是为了寻找创作灵感和题材。而速写的功能，最终目的是为创作收集素材。正因为王老师如此毫无保留地教学生，才赢得了学生们更多格外的尊重。

　　前几年大写意花鸟画家庄毓聪美术馆开馆，特邀王老师出席开馆仪式。事后王老师专门去写生，画那为何能以吃苦耐劳闻名于世，为世人所称颂的惠安女。她们善家务、多才艺，不论下海、耕田、开公路、修水利、锯木、扛石头、拉板车，还是雕石、织网、裁衣和经商做买卖，敬公婆、教子女，不分粗活、重活、细活、里里外外、事事能干、样样出色，自然成了吃苦耐劳的代名词。王老师说："惠安女是指福建泉州惠安县惠东半岛海边的一群特殊的民间风情女人，她们以奇特的服饰，勤劳的精神闻名海内外。据当地人说，几百年前，她们由中原移居于此，因海边生活为防风而佩带花色头巾和橙黄色的斗笠，花巾上还有编织的小花和五颜六色的小巧饰物，上身穿着紧窄短小的衣服，露出肚脐，下身穿着特别宽松肥大的裤子，腰带是扎在肚脐下面。惠安女这种服饰独具一格，尤引人注目，具有很强的色彩感染力，被视为'中国服饰精华的一部分'。"

　　捕鱼、织网、耕田、扛石头……画家们以写意国画形式展示惠安女的民俗风情与生产生活劳动等场景，在艳丽夺目的外表下，是"艰苦奋斗、尊重科学、无私奉献、拼搏创业"的惠安女精神，是刚毅坚强、沉着稳重的人格魅力。

王老师说："在创作的过程中，我体验到了惠安女的服饰上精细的装饰纹样与色彩形式的丰富多彩，以各不相同的纹样与主观的色彩来构成画面，可以使我的作品的画面更具趣味性和协调性"。

王老师笔臻性灵，逸笔草草里寻求的是不期而遇的韵律。他笔下人物独具匠心的表情、姿态、神气让人叹为观止。看那衣袂飘然的仕女佳人，多少眉梢眼角一颦一笑，美得让人心慌中带着遐想。童真与青春系列里，是岁月化不开的、埋藏在记忆深处的无邪情怀。与古为邻的高士情境中，体现着冲淡与静默，既弩且愚的儒道佛超脱哲思。到戏里戏外的人物小像，那是你与我的影子，充满着对人生百态的沉思、眷恋……在重大历史创作题材中，王老师更是展现出高超统治力。从《孙家鼐与京师大学堂》到《淝水之战》等，这些特定历史节点的重大事件，被他以磅礴包容的胸襟格局汇纳，进行了艺术回炉后的喷薄铸造，以穿时空的大景大象带我们重温历史遗韵。

乐者、智者、道者，不与心违，是为光明。平淡与苦辛，始终伴随着漫长的五十余载艺术生涯，但我想他一定也有着最真实的快乐。王老师以大定力、大慧力坚守本心，以专注、痴迷、虔诚、敬畏的态度为大写意人物画创作倾注的心力，让我们今天有幸在有限的尺幅里，看到得意忘形的浓醅笔墨。他用豁达超然的襟怀，呈现了几千年来文人墨客根性意趣，妙造出的古今原一体，却笔笔古有，意意古无的上层文人画境。

难怪著名文化学者王鲁湘先生参加王老师画展时，接受采访中讲道：第一次见到王光明先生全面呈现的艺术面貌，非常震撼，也很欣慰，题材既有非常严肃的历史事件，像捍卫华夏文明决定性一战的淝水之战，也有包括藏区写生的现实主义题材，古装的戏曲人物、童年趣事、高士仕女等，都体现着王光明对题材、对现实场景、故事情节超常的画面驾驭能力。我们讲长篇小说最主要的就是结构，恢宏故事需要结构。王光明的扇面小品，是我第一次看到当代画家把传统的扇面当成真正现代意义上的构成要素，最终结构和他的笔墨组合起来，与节奏结合起来，就变成一个很有意义，从未见过的有趣形态。比如：他通过把一个扇面竖立变成了隔与不隔的东西，人物穿过它，就产生一种很有意思的空间构成。由此来讲，王光明某种意义上已进入了水墨写意人物的自由最高境界。

王老师有广袤的学识却不以专长自矜。他性情豪爽洒脱、儒雅而淡泊，在写意墨场上却异常坚韧果敢。他以对艺术的虔诚敬畏，成功挣脱人情世态名利场的层层枷锁和樊笼，以容智而通透的纯真之眼，以道悟之心和性灵之光，用那么随心所欲、恣意放旷的笔墨线条，带给我们一幅幅会呼吸的艺术作品，在人物画领域高举起精神解放的旗帜。

马衡先生的家风

在我交往的诸多朋友之中，有红二代、政要、艺术家，也有名门之后。他们中有人学富五车才高八斗，却为人低调平实，虽造诣非凡，却安贫乐道。前故宫博物院院长马衡先生长孙马思猛就是一个不折不扣具有这种风骨的人。

说到马思猛老师，那是 2011 年 8 月 10 日，在国家京剧院"纪念著名京剧表演艺术家云燕铭逝世周年追思座谈会"上，云阿姨是马老师继母。经伯翱兄当场介绍而有幸相识。

马老师话不多，但人非常和蔼可亲。他的爷爷马衡是著名金石考古学家、书法篆刻家，是西泠印社第二任社长，新中国成立前后担任故宫博物院院长达 19 年（1933—1952），同时是民国以及新中国政府的故宫博物院院长，为国家博物馆的建设和保护贡献卓著，故宫前院长郑欣淼先生曾撰文《厥功甚伟其德永馨》赞誉其曰，"古人云'太上有立德，其次有立功，其次有立言'此乃人生之'三不朽'，人生在世求之其一已属不易，而马衡先生在德行、功业、著书立说三个方面都有所立，都令我们永远感念。"

他的父亲是中国戏剧著名导演、戏剧活动家、理论家，还是文化部戏曲改进局的领导，并且是周总理指定的领导。但是这位名门后代如今却是家徒四壁，只有伯翱兄送他的一点字画而已。如果是别人所讲，我肯定不信，不管怎样，爷爷爸爸都是了不起的学术大家，文物书画收藏家，怎会没给他留下一丁点贵重之物呢！

再一次见到马老师是在"周总理表扬伯翱兄下乡五十周年座谈会"上，聆听了同一时期的知青马老师侃侃而谈，讲了很多感人故事，至今虽隔七八年，但他所讲当年知识青年战天斗地的往事，好像就是发生在昨天，让我记忆犹新。

最近，拜读了伯翱兄新作《我所认识的故宫掌门人马衡先生》，文章一开始就引用今年紫禁城600周年的热门话题，通过马衡先生参加临时政府成立清室善后委员会工作，清点故宫文物，在战火中保护国宝，巧阻北平故宫国宝运台等真实感人的故事，润笔生动有趣，文章清逸婉丽，情节描写颇具匠心，使读者仿佛穿越百年故宫院史。这篇文章已被各大媒体转载，还得到单霁翔、谭立夫等故宫博物院前领导人的赞同。伯翱兄虽不是故宫人，却如此认真地宣传弘扬故宫人爱国主义精神，让读者更加详细的了解故宫，得到了文化界的赞誉。

伯翱大哥是我的笔墨引路人，希望我写一写他的发小马思猛老师，这位名门之后也有不少感人的事迹呢！为此，我专程赴其家中拜访。

马思猛老师，1943年7月出生，祖籍浙江鄞县（今宁波鄞州区）。5岁时，母亲要将他带往美国，马衡先生不仅坚决表示反对，还派人将他从南京接送到北平，留在自己身边亲自照看，祖孙一起经历了北平和平解放以及新中国的诞生。1955年初，马衡先生病重期间，马老师有幸陪伴着爷爷度过他人生最后的时光。

马思猛老师退休后开始写作，致力于马衡和马彦祥先生生平资料的整理与研究，著有《金石梦故宫情——我心中的爷爷马衡》《攒起历史的碎片》，整理辑注《马衡日记（1948—1955）》《王国维与马衡往来书信》，编著百万余字的《马衡先生年谱长编》等珍贵史料巨作。

同时，马老师还撰写了不少有关马衡、马彦祥先生与故宫人守护故宫国宝的学术论文、杂文，如《爷爷马衡与他的同道们》《另辟蹊径成奇人——怀念王世襄先生》《王世襄：京城奇人玩家》《马衡：跨越两个时代的故宫博物院院长》《寻找父亲在"文革"中的足迹》《守护故宫往事并不如烟》《典守国宝的海峡两岸故宫人》《尽捐无价藏品而蜗居陋室朱家溍先生的三代清风》《父亲与梅兰芳的交往》《马衡：跨越两个时代的故宫博物院院长》《田汉：戏剧之魂的侧影》《书剑征程——追忆马少波的戏剧人生》《马衡晚年金石梦圆》《〈唐写本切韵残卷〉成书始末——马衡、王国维往来书信考》《一画一世界——悲鸿与马衡父子的忘年交》《马衡父子与文物南迁》《父亲马彦祥的两次报人经历》等发表于报刊杂志。思猛老师的作品不仅仅是在回忆自己的先辈，而且通过马衡、马彦祥父子留下的丰富史料收集整理，向世人讲述了许许多多鲜为人知的名人轶事。

这次拜访马老师，去之前伯翱兄提醒我，马老师不喜欢接受采访，说是代伯翱兄去看望他的才好。这么多年虽然也算认识马老师了，但是见面只是打招呼而已，并没有详聊过。八月五日下午，骄阳似火，我怀着崇敬、激动的心情来到马老师家，马老师已经泡好茶在等我了。坐下以后他和我先从爷爷马衡其人说起，使我印象最深的是他与石鼓结缘的故事。马衡先生对石鼓文的研究、视石鼓为生命亲自押运石鼓南迁、与那志良切磋石鼓文书赠临石鼓文长卷，创作石鼓文集联抒忧国忧民之情、在贵阳师范讲演《石鼓八迁》、新中国诞生力主石鼓回迁后落户故宫等一幕一幕马衡与石鼓命运息息相关影像历历在目，还有其揭发军阀孙殿英东陵盗宝、阻止经亨颐废除故宫博物院议案的通过实施、战火中保护文物、巧阻文物运台湾等保护国宝惊险艰辛的感人事迹栩栩如生。

由于我拜访马老师的初衷是寻求解答我"怎会没给他留下一丁点贵重之物呢！"的疑问，我便转话题和马老师拉拉家常说："马老师，伯母姓林吧，我也姓林。"马老师回答说："是的，老太太祖籍是广东潮州人。""真是巧，晚生也是潮州。"马老师马上追问，"您不是香港人吗？""我也是后来才到香港定居的。"马老师又说："我母亲是泰国出生的华侨，一位泰国人因喜欢中国戏剧而到中国学习演话剧真是不可思议，她的老师恰恰是在南京国立剧专教课的我父亲，后来他（她）们的跨国婚姻造就了我的生命，真像是一段天方夜谭呀。"马老师就这样向我吐露了对生命奇缘的感叹，话越拉越近，我和马家真是有缘分呀！

接下来我还告诉马老师好消息，据台湾资讯网，最近大陆作家万伯翱、马思猛合著《孟小冬氍毹上的尘梦》，文章中给当代读者一窥冬皇的传奇人生，尤其冬皇和上海青帮老大杜月笙的爱情故事。这本书销售量创台湾十年来的新高。我还截图给他看，他看后很开心，即邀我来到他的书房，打开他的电脑资料让我看，边看还边告诉我这是溥仪、溥杰借赏书画为名，流出故宫书画清单，后来马衡担任院长期间，千方百计向国民政府争取资金收购大量流散民间的这些珍贵宋元明清字画，收购时就是以这份清单为依据，鉴定核实。他又指着墙上的画说："这些是复制品，这张《虎图》是徐悲鸿先生一九一八年去法国留学之前专门画了送给我爷爷的，现故宫收藏。"从画面题写的文字来看两人友谊始建于金石之交。而后又指着旁边一幅吴湖帆先生收藏马衡先生画的《葫芦图》，款题曰："湖帆先生强余作画，辞不获，已写此应之，幸有以教我也。二五年九月作于新都　衡。"边上有著名书法家沈尹默题拔："从来未见叔平画，于湖帆尊兄斋中得观此帧，眼福之。尹黙。"这幅三位时代文人墨客合成的字画，生动说明了马衡爷爷和挚友们的深厚交情。

马老师在编写爷爷马衡浩如烟海的年谱长编时，在收集其作品、往来书信、日记、民国相关档案及相关名人日记等资料时，得到了许多本素不相识的朋友帮助，甚至有朋友到台湾国史馆、胡适纪念馆的看到关于马衡的资料，都用手机拍照相赠。这部马老师主编了数年的《马衡年谱长编》已经由故宫博物院出版了。在编写这些书籍时，马老师不分昼夜，废寝忘食地编纂以及查找关于爷爷马衡的资料，一个高中毕业生，还要刻苦学习钻研古文字和草书，而且是在左眼失明、右眼弱视的条件下完成几百万字写作，其刻苦和毅力可想而知。接下来马老师还准备编纂故宫的百年故事，他说他是中国现代百年史的缩影，期待马老师以惊人的毅力再创造奇迹。

爷爷马衡逝世后，父亲马彦祥及家人遵其遗嘱将其一生所集文物全部捐献给故宫博物院，包括价值连城的青铜器、铭刻、碑帖拓片、甲骨刻辞、工艺品、书画和图书等，其中共捐藏古线装孤等珍藏书籍1600余部，经整理并详细著录者为1275部。在堆积如山的马衡院长捐赠品中，其毕生搜集的石刻拓本多达12439件，这是他一生研究石刻的重要历史根据，大多拓本上有他精细隽秀的小楷行草题跋，现为故宫院藏碑帖中极为重要的一部分。在其捐献的印章中，一部分是篆刻名家吴昌硕、唐源邺、钟以敬、吴隐、王褆为其篆刻的作品；另一部分则是先生为自己篆刻的各种字体的印章及个人珍藏品。同样，1986年父亲马彦祥也将全部藏书捐赠给国家。今天在马家第三代马思猛老师的通州住所里，悬挂家中三四张名人书赠马氏先辈字画，都是复制品，家里也没有一件古籍、古董之类的藏品，很多了解思猛老师身世的人说，你爷爷捐的东西留给你一件，就够你吃一辈子的呀！他总是一笑了之。这次马老师就我的疑问坦诚相告："我上初中时，父亲就告诫我，你不要依靠我，你要走自己的路。虽然当时听了心里很不舒服，但从此开始了我自己人生道路的攀登。现在想来获益匪浅。"直至父亲去世，他坚守了对父亲的承诺，不争遗产，并阻止了一场家庭财产纠纷。他曾针对有关人生议论道出自己的解读：生命父母造就，命运时代造就，为人好自为之。

从马思猛老师身上，我领略了名门三代家风，他们世代传承的不是物质财富，而是对学识及中华文化孜孜不倦的学习和追求，这种崇高的精神境界值得我们敬佩！

国学大师的谦卑精神

——纪念饶宗颐先生诞辰105周年

几年前，听闻饶宗颐大师仙逝，不禁泪下，有感所作，以示纪念。

知晓饶宗颐先生的人，必是与学识有关的。学术界有"南饶北钱"和"南饶北季"的说法，其中的饶指的是谁，相信你一下子应该就能说出他的名字——饶宗颐。起初，在我国学术界先有"南饶北钱"之说，不过在钱钟书老先生去世后，学术界又有"南饶北季"之称，而饶依然是饶宗颐，季则是代表着季羡林。可见，在我国南方学术界里，饶宗颐的地位和声望是无法被超越的。国学大师季羡林先生曾经说过："近年来，国内出现各式各样的大师，而我季羡林心目中的大师就是饶宗颐。"对这一切，清瘦的饶宗颐先生，总是拱手致谢，蔼然郑重。

饶宗颐先生是我国当代著名的历史学家、考古学家、文学家、经学家、教育家和书画家，是集学术、艺术于一身的大学者，又是杰出的翻译家。他长期潜心致力于学术研究，涉及文、史、哲、艺各个领域，精通诗、书、画、乐，造诣高深，学贯中西，著作等身，硕果累累。在六十多年的学术生涯中，饶老一直保持着旺盛的创造力，孜孜不倦，勇于探索，在学术和艺术等领域中取得了举世无双的成就，为潮汕文化的发展和进步做出了不可磨灭的贡献。作为"潮学"的倡导者和奠基人，饶先生几十年来矢志不渝地进行"潮学"的研究和探索，使中华文化发扬光大，走向世界。

饶宗颐先生曾经在国内外的文化艺术展中出展了他的书画，许多的人都很诧异一位搞学术研究的人，在书画领域竟然有这样高的造诣。

2012年，饶宗颐先生成为空缺六年之久的西泠印社社长。西泠印社创建于1904年，以"保存金石，研究印学，兼及书画"为宗旨。是海内外研究金石篆刻历史最悠久、成就最高、影响力最广的国际性的研究印学、书画的民间艺术团体，有着"天下第一名社"之誉。每一任的社长都是国学大家，特别是第一任社长吴昌硕先生，被称为"诗书画印"四绝。由于吴大师的实力确实厉害，光芒太过耀眼，后面的社长们虽然不如他，但是"诗书画印"四绝中也占有三绝。饶宗颐先生诗书画那是没得说，就是在金石篆印方面会稍微逊色点。2005年前一任社长启功先生去世后，整整六年里西泠印社没有龙头老大，人家宁愿缺着也不将就。当时并世之中能当此大任的人也只有饶宗颐先生，于是94岁高龄的饶先生被聘请为西泠印社的新社长。

记忆里，饶宗颐先生出身名门，靠着自学成为一代大家。其茹古涵今之学，上及夏商，下至明清，经史子集，诗词歌赋，书画金石，无一不精；其贯通中西之学，则甲骨敦煌，梵文巴利，希腊楔形，楚汉简帛无一不晓。人谓'业精六学，才备九能，已臻化境'。

你很难想象，就是这样一位博古通今的大师，他连中学都没有毕业，却靠着自身的勤奋与天分，成为学术界一段美谈。他说自己"得益于从小文化空气的'熏蒸'"，学问是"熏"出来的。

饶宗颐先生曾经自述："我家以前开有四家钱庄，在潮州是首富，按理似乎可以造就出一个玩物丧志的公子哥儿，但命里注定我要去做学问，我终于成了一个学者。我小时候十分孤独，母亲在我两岁时因病去世，父亲一直生活在沉闷之中，但他对我的影响很大。我有五个基础来自家学，一是家里训练我写诗、填词，还有写骈文、散文；二是写字画画；三是目录学；四是儒、释、道；五是乾嘉学派的治学方法。"

饶宗颐先生的笃定，饶宗颐先生的求是求真求正，在钱钟书心中，饶宗颐是"旷世奇才"，在季羡林眼里，是真正的大师。金庸说，有了他，香港就不是文化沙漠，学术界尊他为"整个亚洲文化的骄傲。"

在生活中，饶宗颐先生为人谦虚。"他待人真诚，就算是陌生人想与他讨论问题，他也会热情交流，不会高高在上。"刘唯迈说。

往年，为了表彰饶宗颐先生在学术方面的成就与贡献，香港大学在校内建了饶宗颐学术馆，用上了"国学大师""一代通儒"等称呼。饶宗颐先生一贯主张做学问应该谦虚，对"国学大师""一代通儒"等称呼表示不敢当，认为自己的学问很小，所以就给学术馆取了一个英文名字：The Jaotsung-I Petite Ecole。因为 Petite 刚好是"小"，Ecole 是"学校"，合起来就是"小学""小学校"，意思就是"这是香港大学里面的一间小学校，我在这里做点小学问"。这是饶公谦虚的一面，里面还有一份小小的幽默。

不论大事小情，饶宗颐先生都心存"慈悲喜舍"的精神。很多人喜欢他的字，于是就上门求字，饶宗颐先生都欣然提笔。我本人也有幸向饶宗颐先生请教，深表敬佩。

饶宗颐先生是比传闻中还要谦逊的，我曾求得一副字画，饶宗颐先生上书"嘉言懿行"四字，原出自汉·刘向《新序·杂事一》："然远至舜禹而次及于周秦以南；古人之嘉言善行亦往往而在也。"勉励我有益、有善的言论和高尚行为，为更多"学生"作启发，将"学问"、将"礼"传送后人。题字中可以看到饶宗颐先生深厚的书法功底。坊间传闻他的双手力道极大，能以偏软的羊毫写出狼毫的坚挺，此次现场观摩才知道此言不虚。只见饶公落笔沉着稳健，一点也不抖，完全不像一位百岁老人，一看就是出自名家之手。题写边款时，饶宗颐先生题写钊勤先生雅教时，我受宠若惊，感动莫名。最后，落款选堂，选堂是他的斋号，饶宗颐先生落款每每如此。这是他的习惯。收起热乎乎的字幅，我如获至宝。

记得几年前，中共中央纪念万里委员长 100 周年诞辰之际，经万伯翱大哥同意，我去香港请饶宗颐先生题几个字。饶先生聊到万里先生时，赞赏万里先生以非凡的政治胆识，大力支持、推广凤阳县小岗村"包干到户"的做法，积极推动全省农业管理体制变革，为开辟中国农村改革的新道路做出了重要贡献。饶先生思来想去，还是题写下："要吃米，找万里"。这是人民群众给予他的佳话，饶先生说道。

李焯芬先生曾说："饶宗颐先生是非常勤奋、敬业、认真的学者。他做学术研究，经常做到三更半夜，这个是他的特色。而且会广征博引，引用很多资料，他不但用中国自己的历史资料，也引用外国的出土文献，譬如波斯文、印度梵文文献。作为一个后辈，我觉得这种精神非常值得学习。

不仅如此，饶宗颐先生，还是非常宽容大度的人，对人十分谦和。在饶宗颐先生身边跟随二三十年，没听他说过别人的坏话。人前没有，人后也没有。很多有成就的学者未必有谦和的态度，可能会有很多怪脾气，但饶宗颐就非常容易相处，待人很谦恭……饶先生跟我说，人一生有际遇的问题，与很多同辈学者相比，自己的运气很好。

对于香港大学饶宗颐学术馆馆长李焯芬对饶宗颐先生的评价，我深表认同。

自古文人相轻，很多有学问的人是孤独的，但饶宗颐先生并非如此。他非常包容，待人厚道，有很多要好的朋友以及学生。我有幸算得一位。作为晚辈的我，在饶宗颐先生有生之年，与饶先生面对面，近距离触摸这位大师的文化脉搏，得蒙饶先生謦欬的机缘并不算多，但每一次都铭感于心，留待细细反刍。

做学问是文化大事，是从古人的智慧里学习东西。

尽管已经荣誉满身，饶宗颐先生并没有放慢研究的脚步："学问要接着做，不能照着做。"饶宗颐先生说，要做成学问，"开窍"十分重要，要让小孩心里天地宽广，让他们充满幻想，营造自己的世界，同时要注意引导他们少走弯路。

饶宗颐先生的人生智慧是无穷尽的，德行是谦逊高尚的，他的故事，应该让更多人学习。《人间词话》中说，古今之成大事业、大学问者，必经过三种境界。

饶宗颐先生在为人修学中也有自己的"三境界":"漫芳菲独赏,觅欢何极"为第一重境界,意为在孤独里思考和感悟,上下求索。"看夕阳西斜,林隙照人更绿"为第二重境界,"日愈西下,则其影愈大",饶宗颐认为这是一般人不愿进入的一重境界,因为一般人的精神都向外表露,既经不起孤独寂寞,又不肯让光彩受掩盖,只是注重外面的风光,而不注重内在修养,他们看不见林隙间的"绿"。

其实,越想暴露光彩,就越是没有光彩。"红蔫尚仁,有浩荡光风相候"为第三重境界,意为无论如何都要相信,永远会有一个美好的明天在等候自己,只有这样才没有烦恼,自主人生,自成境界。

饶先生是近百年来中国最具典范性的学者。一方面,先生在包括敦煌学在内的汉学研究众多领域取得的成果,代表了中国当代学者在汉学研究领域的最高成就和水平;另一方面,先生身上体现出了一代学术宗师的崇高品格和精神风范。也许,今后很难再有学者达到,更难超越饶先生的学术成就和水平,但先生的精神风范值得后学师法和效仿。高山仰止,景行行止,虽不能至,心向往之。

分享饶宗颐先生的智慧与品德也不是让年轻人个个都要做国学大师,而是想让大家多学习饶宗颐教授身上的美德和品质,以及他认真的工作态度。因为无论我们将来做什么行业,要有所成就都要勤奋、敬业、认真才行,而且,一个人要同周围的同事有一个比较好的关系,这就涉及待人接物的方方面面。饶宗颐先生身上的这些品质是大有裨益的。

冬奥冰雪缘

——记著名画家杨竹

自从十六届冬奥会开始,在历届冬奥会的赛场上,东北人毫无疑问成为冬奥会中国队的绝对主角。东北地区从南到北,雪期依次增长,最长可接近

200 天。是我国冰雪资源最密集的地区之一。得天独厚的自然原因，使得东北成为我国最早发展冰雪运动的地区。东北的冰雪体育教育起步早，冰雪相关专业学校众多，科研力量雄厚。冰雪运动悠久，群众基础好，是参与冰雪运动人数最多的地方，能够持续向中国冬季运动输送优秀运动员。一片冰天雪地，孕育出绚丽的中国冬奥荣耀。

杨竹字青山，号雪竹轩主。1947 年生于吉林长白山。此地一到冬天，就成为一个白茫茫的冰雪世界，雪花飘落下来，给人间穿上了白色的棉袄。这如梦似幻的冬雪给寒冷的冬天增添了色彩。杨竹从小就徜徉在银装素裹的冰雪世界里。也常常在雪地里玩耍，与冰雪结下了不解之缘。

杨竹老师九岁开始学画，专攻画竹，尤其笔下的雪竹，笔势洒脱、意境深邃、雅逸不群、独辟蹊径，以求填补中国画竹历史上 " 雪竹不佳 " 的空白处。由于选准自己发展的坐标，创作了"探千竿万乘之势，悟万簳动魄之气"的结晶之作，在竹画史上做出了巨大贡献，取得巨大成功。2005 年以"竹"为题材的"竹韵风情"画展，在中国美术馆隆重举办，成为迄今为止中国画坛第一个专展竹韵的个人画展。展出的竹画作品八十余幅，分风、晴、雨、露、雾、雪、霜、冰，着力表现各个季节和天象条件下竹的多姿，引人入胜。国画大师刘海粟欣然为雪竹题词"杨竹画竹、挥洒自如"。钱君陶先生亦有"魅力傲霜、神韵天成、堪称一绝"的赞誉。著名画家关山月与陈大羽分别同称他为"华夏雪竹第一人"！其竹画作品先后被中南海、人民大会堂、钓鱼台国宾馆、扬州八怪纪念馆、八大山人纪念馆、吉林省博物馆、西安碑林博物馆、刘海粟美术馆、厦门华侨博物馆、广州博物馆、深圳博物馆、中国驻日本大使馆及美国、欧洲、东南亚等多家机构收藏，还作为国礼送给日本前首相村山富士、中曾康弘、上海合作组织秘书长梅津采夫、泰国国王等世界元首。其写意竹已形成自家风格，成为海内外收藏家的新宠。

2006 年，扬州在全国选出八人成立扬州新八怪，杨竹被选为扬州新八怪之一，现为中国竹文化研究会会长、中国扬州八怪研究院顾问、中国书画研究院副院长、刘海粟艺术研究院学术顾问、日本中华文化振兴会执行理事、潮人海外联谊会名誉会长。

杨竹先生几十年来不断研究探索"雪竹"。古往今来，画竹者甚多，或墨竹或色竹，然画雪竹者甚少。即使画竹名家所作雪竹也是鲜见又乏精作，以竹为题材传统画法上大多表现形态是"风、晴、雨、露"四种天气里的竹子。过去画家画雪竹就材料而言多用熟宣或绢，这样便于渲染，睿智的杨竹先生则大胆地用生宣来实验，不用白粉敷洒，只是用自己独创的特殊方法直接在生宣纸上表现白雪。他临摹、习作、感悟，可谓"废纸三千张，倾注雪竹情"。

经过数十来年的孜孜以求，"雪"与"竹"终于浑然一体地展现在他的作品中，顺势发展逐渐形成杨竹老师的雪竹风格。这一美术创作上的成就为中国画史消除了"雪竹不佳"的遗憾。雪竹的生成，也造就了杨竹老师艺术的亮点，成了他创作的永恒主题！杨竹老师他秉承"扬州八怪"代表人物郑板桥"画无古无今之画"的精神，他的独创生宣雪竹画法，被誉为"古今开创者""华夏雪竹第一人"。杨竹老师笔下的雪竹，"竿如篆、叶如锋、节如隶"，风骨高洁，意境深邃，在画坛上独树一帜。

自从北京和张家口赢得 2022 年冬奥会的举办权开始，杨竹老师在关注冰雪运动健将之余，他也把大量精力投入冰雪运动的推广中，不仅绘制了不少国宝熊猫参与冰雪运动的作品，也亲自前往各地雪场、冰场写生，举办讲座，让更多文艺界人士和爱好者了解冬奥会。

2019 年中国集邮杂志准备要发行"冬奥雄风"明信片，第一选中就是国宝熊猫，因为冬奥会的吉祥物为"冰墩墩"。从网上一搜，"熊猫第一人"刘中先生浮现在眼前。又考虑到熊猫离不开竹子，冬奥会又是冬天，自然要有雪景。那还是从网上再一搜，在屏幕显示"华夏雪竹第一人"杨竹先生。经过组委会专家一致表决同意，就让这两位画家合作画一套命名为"冬奥雄风"为主题的画吧。杨竹写竹写出它的意境，坚韧挺拔，顽强不屈的性格。竹子一直被称为君子，竹子的精神一直被誉为具有我们中华民族精神的象征。刘中笔下的熊猫憨态可掬、温和圆融，传达着不尽的文化密码与和谐中庸的民族精神，他们合作的作品真是绝配。"冬奥雄风"该套明信片首发仪式 2019 年 5 月 5 日在京举行。该套明信片共 5 枚，由《集邮》杂志社印制。首发式上，《集邮》杂志社代表向原画作者杨竹、刘中赠送"冬奥雄风"首发明信片。

2021 年 5 月 16 日，在北京奥林匹克森林公园举办 2021 年中国邮政"绿水青山·最美邮路"系列主题赛，著名画家杨竹为此次活动精心绘制了"祝福冬奥"明信片。同时在颁奖仪式上向体育邮局捐赠了"祝福冬奥"绘画作品。主题为了宣传和弘扬奥林匹克精神,鼓励全民追求快乐、追求健康、追求运动,更了解冰雪运动,积极参与到体育运动中来。本次赛事活动由中国邮政集团有限公司主办,邀请北京冬奥组委市场开发部、文化活动部作为指导单位,中国邮政广告有限责任公司和北京马拉松协会共同承办。

冬奥会北京开幕式时,杨竹老师高兴地说:"今年的北京冬奥会虽然不在我家乡东北地区举办,但那里依旧是当之无愧的中国冬奥运动'大本营'。"在全国观众为冠军欢呼的同时,他们的家乡,东北这片冰天雪地,也因他们而变得无比火热。

怀念苏叔阳老师

清明节,是中华民族祭祖扫墓,缅怀先人的日子。清明前后许多人士都以不同的悼念方式,祭奠先烈英灵,寄托哀思。

20世纪80年代,改革开放之风劲吹,文坛迎来了空前繁荣景象。那是一个真正有文学的时代,文人有风骨,学者有思想,文化有气质。苏叔阳老师正是那时的弄潮儿之一。

苏叔阳老师(1938—2019),当代著名剧作家、作家、文学家、诗人,笔名舒扬,河北保定人,1953年开始文艺创作,1960年中国人民大学中共党史系毕业,任教于中国人民大学、河北北京师范学院(今河北师范大学)、北京中医学院(今北京中医药大学)等。1978年调任北京电影制片厂编剧(国家一级编剧),1979年后任中国作协理事、中国电影家协会副主席等。他的作品曾获国家图书奖、"五个一"工程奖、华表奖、文华奖、金鸡奖、人民文学奖、乌金奖等,2007年,苏叔阳被授予"国家有突出贡献话剧艺术家"称号;2010年被联合国授予"艺术贡献特别奖",中国仅此一人。

苏老师创作的话剧《丹心谱》获得庆祝中华人民共和国成立三十周年献礼演出创作一等奖,《左邻右舍》获全国话剧、戏曲、歌剧优秀剧本奖,个人获"中国百年优秀电影艺术家"和"国家有突出贡献话剧艺术家"称号。他的作品被翻译成英国、德国、法国、俄罗斯、西班牙、日本、波兰、捷克、斯洛伐克、意大利等文，以及维吾尔、哈萨克、蒙古、西藏、朝鲜等国内少数民族文本。其中，《中国读本》以15种文字形式出版，在世界发行1400万册，被誉为中国图书"走出去"的范例，在国内外畅销。苏老师把拿到的稿费全部捐给了两次四川地震的灾后重建工作和他的小学母校。近作《西藏读本》也被译成多种文字广泛发行。

记得有一次，和苏老师在一起参加书画展。苏老师和我讲解道，在古代，写字是读书人的必修课，在文化娱乐并不丰富的情况下，写字画画作为士大夫和文人的一种雅兴，也是古代艺术教育的内容之一，以提高读书人的艺术素养。他们的绘画作品被人们称之为"士夫画""文人画"，它始于唐代，兴盛于元明清三代。

有幸几次亲聆苏老师教诲，让我受益匪浅。我还专门拜读了苏老师的很多著作，因此他睿智、慈祥、和蔼的长者形象便在我的脑际日益充盈。于是我总想写点什么，忽然想到了司马迁在《史记·孔子世家》的一句话："《诗》有之：'高山仰止，景行行止。'虽不能至，然心向往之。"我觉着用这句话表达我对苏老师的心情，真的是再贴切不过了。

苏老师已经驾鹤西游两年有余了，作为晚辈的我，在苏老师有生之年，得蒙其謦欬的机缘并不算多，但每一次都铭感于心，留待细细反刍。有一次，我冒冒失失地问苏老师关于写作的问题。对我的唐突之举，苏老师非但不以为忤，反而兴致很高，为我讲解写文章要逐字逐句地仔细推敲词语和句子，连细微的标点符号也不放过。文章要做到声情并茂、温暖感人，离不开有力量的细节。只有深度挖掘细节，才能找到如跳动的脉搏一般鲜活的素材。他还教我写句子不要啰唆，要有详有略、简明扼要，用词不仅要优美流畅，更要准确恰当。只有具体、真实生动的文章才能吸引读者。

"一日之参商，阴阳之永诀"，我万万没想到，在昌平垂钓园钓鱼，竟是我最后一次见到苏老师。

苏老师在文学上的贡献除了戏剧、电影的建树和"读本体"的创建之外，另一贡献就是京味小说。

苏老师虽在保定度过了童年，但长期生活在北京。他的长篇小说，特别是大量的中短篇小说，写北京人、北京的事儿，用的地道的北京语言，再现了浓重而又醇厚的北京风俗、北京风情，是地地道道的"京味儿"文学。老舍是新中国成立前的京味儿，他和当今一批作家如邓友梅等共同担当了继承和发扬京味儿小说的责任，是新中国成立后现代的京味儿。著名文学评论家李希凡等许多人撰写了其关于"京味小说"的评论、探讨文章，1988年出版社还编辑出版了《京味小说八家集》一书。

京味小说是民族的，也就是世界的。苏老师的作品影响不但在国内不胫而走，在国外同样倍受青睐。他先后出版了长篇小说：《故土》；中短篇小说集：《婚礼集》《月神集》《假面舞会》《我是一个零》《老舍之死》等五部。

苏老师为人所敬仰，不仅因为他的学识，还因为他的品格。他说：即使在最困难的时候，也没有丢掉自己的良知。

斯人已去，风范永存，此生有幸与这样一位父辈儒者神交，不亦快哉！

将门世家

张道兴，1935年4月出生于河北省献县（今河北沧县）杜生镇小垛庄村。现为国家一级美术师，享受国务院特殊津贴，中国画学会副会长，解放军美术书法研究院副院长，中国国家画院院委、研究员，中国友联画院艺术委员会副主任，中国艺术研究院中国画院创作研究员，北京印社顾问，西泠印社社员，曾任中国美协、中国书协理事，中国美协中国画艺委会副主任。他受家族影响，童年时代就很喜欢书诗画印。他的族祖父——著名学者，是哲学史家张申府、张崇年、张岱年先生的父亲，曾任清朝翰林院编修的张濂先生，不仅国学根底极深，对写字也很在行。书香门第，沾溉子辈，在他们周围，形成了一门多位知名大人物。新中国成立后，张氏三兄弟为社会革命发展做出了巨大贡献。值得特别要讲的是道兴老师的族大祖父张申府（1893年6月—1986年6月），20世纪的传奇人物，中国著名哲学家、社会活动家，中国共产党早期创建人之一（1921 年，"南陈北李，相约建党"，南陈：陈独秀，北李：李大钊，张申府负责二人之间的联络、发展党员等工作），周恩来、朱德入党介绍人，与毛泽东、蒋介石均有过较深的交集。张申府是我国二十世纪二十年代四大哲学家之一（见《张岱年学术》），世界著名的哲学家罗素这个名字的翻译定名就是出自张申府之手，可真是了不起的大家族。

张道兴老师在文化家族里的影响下，饱读诗书，对绘画艺术产生了浓厚兴趣和爱好，也有独特的绘画风格。张老师也是为新中国美术界做出巨大贡献的人。张老师的绘画作品经过长期的艺术创作实践，形成了自己的笔墨方式与符号特点，直言之，是重表现、重意象、个性鲜明的水墨艺术原则。在这一原则下，文轩画廊推荐画家自由驱动笔墨、色彩，使其本体美感得到独立昭示而又相互和谐匹配，并构成以笔墨意韵为主要美感的图式效果。

从作品中，不难看出他取法北碑书法用笔、宋元山水画皴法及金农书法的笔墨特点，并从中领悟点、线、面的力度、个性、韵味，形成了方峻奇厉的笔法个性，使他的线极富表现性又具绵长柔韧、朴拙方正、内聚外放的特点。他常用方笔、侧锋组织线的节奏并加入"斧劈"般的皴法，使点、线、面、色结合完成人物造型与气氛渲染，并以重墨的铺染形成跳跃性，调整张力，使之在重法度、讲笔墨的前提下，趋于洒脱而获得自由，见出灵性。在点、线、面、色的完美结合中，重现着一种新的抒情方式和审美价值，以对大海母题的尽情表现，构筑了张道兴的绘画美学，在法度与自由之间，画家使我们相信那里存在一个更为广阔的天地。

张道兴的作品风格鲜明，自成一家。书画印三位一体，相得益彰，恰到好处，以其深厚的文化底蕴，著称于画坛。纵观其绘画历程，以 80 年代中期为界，明显地分为两个阶段：业余习画和专业创作。50 岁以前打基础，60 岁前后出成果，堪称大器晚成。他早期的作品，淡雅素净、画面简练，多以青年女子入画，如《月上歌墟》等，女孩子们结伴出行，打理生活，找寻属于她们的快乐。画家认为，"文艺工作者的使命，就是通过自己的作品把生活中一切物质的、实际存在的东西作精神和情感的真实转换与传递"。以他那般善良淳朴的平民意识，与劳动者休戚与共，深情地讴歌《劳动者寿》，希望其作品能为他们带去一份快乐、一份祝福。那淡淡的笔墨，儒雅的线描所构成的一幅幅生活画面，把我们带进闲适祥和的生活情趣中，流连忘返，陶乎其乐。读过这些早期作品后，我曾对画家说，就这么画下去也行，也是一条路子。道兴老师点头称是。但他却中途易辙，画风陡变。早先，他对笔法的了解很含糊，认为笔法只是为着造型需要，没想到线在造型以外还有独立地位。

后来，他着重研究了金农和吴昌硕，从其线条、笔法中获得启发。金农的作品从头到尾贯以方笔，浑厚老辣。吴昌硕则以金文篆书入画，线条舒展活灵、力透纸背。笔法不同，则作品面貌决然不同，可见笔法是实现艺术个性化的基础。基础符号不同，决定画面效果不同，一如建筑，草木结构、砖瓦结构还是钢混结构，决定所建房子的质量不同。

他的变法由书法引起。他自小写帖，以临摹颜体为主、中锋为主。有了求变、创新的要求，转而看了许多墓志、魏碑，尝试改临碑铭，且一改而为方笔，并把这一笔法带进国画创作中，书画互动，以笔法带墨法。这是一个漫长的演变过程，发生于80年代中期。概括起来，画家重点做了两件事：一是笔法改变，变中锋为侧锋；二是调整色彩，入俗出俗。借鉴民间的木版年画、壁画、剪纸、彩瓷等艺术样式中对色彩的运用，以此入俗，红黄蓝绿，大块着色，直接入画，中间很少过渡色。通过色彩反差，强化视觉效果，过渡则靠飞白的大量使用来实现，破解单一色块容易产生的堆积感。黄色以及粉红、粉绿、粉紫等色彩，少见于传统国画，而于生活却易于表现鲜亮的一面，贴近本土及百姓情感要求，为民间艺术所大量采用，用以表现节日的喜庆气氛、丰收的繁忙景象。中国画讲的是点面线、黑白灰，墨分五色，着色要力求淡雅。对民间艺术的吸收与中国画的特定要求乃是一对矛盾，入俗容易出俗难，笔墨很差，流于形式，单凭色彩套用难以建立起新景象，倒跟民间艺术没有区别了。

道兴老师被画界堪称"点子大王"，经常冒出一些奇异新颖的想法。有一天他对利军说，"我要刻个闲章，刻上飞白或泛飞白。写意画要提倡多用飞白、推广飞白"，故曰"泛飞白"。用飞白过渡，用飞白拉动透视效果。用得好，能起到事半功倍的作用。

有一次，我有幸陪张道兴老师去广西艺术学院讲课。

首先，张道兴老师追根溯源，对中国写意人物画的起源和发展历程进行了简要介绍，使学生们对写意人物画有了初步了解。然后，其以自己的部分画作举例，引发学生兴趣，使讲授更为形象生动，同时也充分展示了其深厚的艺术修养和高超的绘画技巧。最后，张老师向学生们介绍了画图工具的性能和使用方法，并充分和学生互动，并现场请一模特为学生绘制了肖像画，讲道如何用笔和勾线等等，并边画边讲解，除了中午吃午饭，这一讲就是一天啊！对于一位八十来岁的老先生真的不容易。画作完成后体现了中国传统人物画"传神写照""迁想妙得"的创作特点。这种兢兢业业的现场示范用笔画造型和讲解绘画技巧和绘画知识赢得了在场教师和学生们一致赞叹。

结束后，张老师跟学生们说："台上一分钟，台下十年功"，作为国画艺术系的博士专业学生，要想成为一名有绘画艺术灵感、有自身绘会风格的画家，专业基础必须打牢，绘画技能训练必须长期坚持和艺术的不断创新精神。

最后，艺术学院院长郑军里说："张老师这次讲座对学院培养师生绘画艺术爱好有深刻体会，提升绘画艺术品位和艺术专业的素养，传播中国传统文化艺术起到极其重要的作用。"

张老师为人特别谦逊低调，和我讲道美术界就像个戏班，班主叫我干什么，我就去干什么，不和他们争什么，和美术界的同仁关系都非常好。美术界的画家来我家看到张老师的画、对联以及印章时都竖起大拇指，见到画面认识观赏并讲道张老师的画笔势洒脱、意境深邃、雅逸不群、独辟蹊径地绘画作品。接着又说张老师的人品好，绘画作品画得更好，都赞不绝口呢！他的作品绝对能留传百世。

张道兴老师对年轻画家的建议：创作需要一种状态。先要在技术上进行训练，打好基础之后，进入自主创作的自由状态。不要急于求成，日积月累地打好坚固的基础后才能得到有效发挥，这种状态就高于一般的技术状态和创作状态。进入这种自由的状态，就会出好作品。技术用到好处，就会渗透精神、品格、情感，就不是纯技术的东西。画家一下笔，就应该有精神含量。

张道兴老师是一位多才多艺的大家，绘画、书法、篆刻皆有成就。如今，年过古稀的张道兴，在艺术的生涯上，又开始了创新。他说，在今后的日子里，他要在笔法、书法和画意上有所突破。

张道兴老师是一位潜心艺术、性格平和、生性淡薄的人。他教育子女也说是要画好画就要有独树一帜的创新。他们在部队也搞绘画工作的，他的子女也非常刻苦，目前在部队绘画上也取得不小的成就呢。张老师他的座右铭是"千方百计淡化环境，千方百计强化自己"。丹青之路虽如苦旅，笔墨书写的却是快乐人生，他的丹青独领之创作肯定会在艺术领域留下光辉的历程！

狂狷与性灵

——记岭南艺术大家郭莽园

家乡铜盂人杰地灵，至今已有1000多年的发展历史，辖内古迹建筑随处可见，素有"三山六湖——铜盂、潮阳灵山护国寺"之谓。漫步其中，既能深深体味那份古老质朴的人文文化，又可细细琢磨各种古建筑的工艺技巧。灵山寺又称灵山护国禅寺，由唐代僧人大颠法师创建于贞元七年（791年）。唐代大文学家韩愈，因谏迎佛骨被贬为时称荒茫之地的潮州刺史，韩愈刺史来潮不到一年，却与灵山寺高僧大颠和尚结为莫逆之交，其深厚友谊一千多年来被传为佳话。据有关地方志记载，唐长庆二年（822年），穆宗赐额"护国禅院"。这里依山傍水，鸟语花香，风景优美，是参禅悟道及旅游的好地方。区内不仅有著名的灵山寺，还有建于唐代的月眉桥、石拱桥、石板桥等100多座大小桥梁。

翻开铜盂这卷千年老书，真让人感到"名人镇"称号名不虚传。宋代知名学者苏州府教谕郭球，明代学者、唐宋潮州八贤之一许申是铜盂人，而自清末民初至今，就出了3名大学校长：浙江大学校长郭任远，圣约翰大学校长郭承恩，华东师范大学副校长、红学家郭豫适；3名文职将军：民国少将郭承恩，解放军中将、军旅作家、曾任原南京军区政治部主任郭伟，八一电影制片厂厂长、电影艺术家萧穆少将。新中国成立后有两位院士：化学家、中科院院士郭慕孙，植物学家、工程院院士郭豫元……这些名人都有独特的经历和令人敬佩的历程。此外，集星村有蔡楚生故居，蔡楚生在这里度过了少年时期，小学毕业后到汕头和上海当学徒，勤奋创作，成为国内外知名的电影艺术家，其经历颇具传奇色彩。此篇要讲的则是以狂狷、拙朴画风独树一帜的现代岭南国画的领军者——郭莽园。

郭莽园，画家、书法家、篆刻家。现为西泠印社社员、广东省人民政府文史研究馆馆员、广州画院艺术顾问、中国手指画研究会顾问、广东华人书法院名誉院长、水墨村村民。

九十年代，在潮汕地区，加入天下第一名社——西泠印社的只有3个人，前面两位是陈大羽、赖少其在外地工作时加入的，然而本地加入只有郭莽园先生一人。而进西泠印社当时还需要他写一份申请书，由于郭莽园从未加入任何协会、评过职称，与体制隔绝，所以连申请书都不会写，最后，他便把别人的模版抄写了一份，还即兴赋了一首申请诗："少小好篆刻，日日梦西泠，门外踟蹰久，仰看一天星。"

记得一次，我到邻居张又旭先生家聚餐时，跨进他家门厅看见"老子出关"翡翠，以及满眼的珍奇古玩。那么眼前的一切会告诉你，张先生非但不寂寞，还非常享受独处的时光。偌大的客厅中，青花瓷随意散落，名烟斗错落有致，各种名表零件散落一旁，还有那古灵精怪的鹦哥在学猫叫："乖猫，乖猫"。如果鹦哥心情不错你还会听见"晚上挺好的"，也许这正是张先生的心声。落座后，他问我知道郭莽园先生吗？不仅认识，还是好朋友。我又说："郭莽园先生的作品格调很高，有大师风范，用笔有力度，有书法的笔意。他研究了传统技法，在作品中不仅可看得到吴昌硕、齐白石、潘天寿、八大的笔意，又展自身面貌形成了独有的艺术风格。"张又旭先生竖起大拇指说道："兄弟，咱们观点一致呀。"

我还有幸被邀参加郭莽园先生于2019年12月25日在广东美术馆的个展开幕式。此次展览是继2012年《狂狷与性灵——郭莽园中国画展》、2015年《笔下乾坤——郭莽园的小品世界展》之后，郭莽园先生第三次在广东美术馆举办的个展。展览由广东省文化和旅游厅指导，西泠印社、广东省人民政府文史研究馆、广东美术馆、广东省美术家协会主办，共展出郭莽园150多幅作品。四个展厅分别以"衰年变法""品高度远""怀古求新""真真有趣"四个关键词，浓缩体现了郭莽园70年艺术之路的心境、理想、趣味和格调。这些作品意境开张，气势雄浑，展现了郭莽园在传统中国画上的探索历程和新兴气象。尤其是"衰年变法"，郭莽园用对敦煌的致敬，体现了对中国画表现手段的大破大立。

近日，著名书画理论家、鉴赏家楚寻欢先生受邀去广州参加活动，出发前来电谈到当代岭南第一大家郭莽园，称赞郭莽园先生现在是岭南派领军人物。他到广州后还专程拜访了郭先生。楚寻欢评价郭莽园的写意"文野相交，有胆有魂"，不仅有文人画的形式，兼具文人画的精神。由此足见郭莽园先生在业内名气不小。

落笔不俗，大胆奇险，可谓"狂狷"；大写意诗情流露，气象高旷，堪称"性灵"。人生的颠沛坎坷，艺术的天然野性阳光满园，有着难以复刻的个性，而这些个性在他的作品中也能够得以体现。在京城著名艺术评论家陈传席口中，他是新文人画的代表。他的画被陈传席这样评价："莽原的画建材而又出奇，所以我一见便为之一振。莽园生于汕头，长在汕头案场里，他的画应近于岭南一派，然而他的画却无一笔入'岭南'。"这就表达了他的画与他出身不同，反而是与他的生活经历相关。

郭莽园先生有一幅《春醉图》，用色鲜艳大胆。在我看来，将人物与山水共创一幅画，别有新意，仕女不同于别人的置身于山水当中，反而是浓墨重笔的刻画出仕女安享睡眠的美丽模样，大篇幅的绘画在春光上。郭莽园先生的作品糅心性于笔墨之间，方寸间意味悠远，画面常于空旷寥寥中，一笔绘画出远山，营造出有无相生之意。主题形象的仕女也如我刚刚所阐述，简洁传神，两笔蹴成，面不留白，侧身回顾，顾盼生姿，花枝低垂，淡墨落叶，盆栽也和人一样有了郁郁寡欢之态。

在 2020 年的《莽原·画展》中，郭莽园先生在广东美术馆展出了自己的压轴敦煌系列作品，呈现了对中国画表现手法的大破大立。这批作品在题材上有了新的突破。郭莽园先生未曾到过敦煌，然而笔墨纸砚里全是敦煌的神采，他对敦煌的认知大多来自大量的书籍，画展和新媒体，这样也许局限了他未做实地考察的艺术判断的精准性，但是却又是这样一种距离让它产生了想象和异样的美感，所以在郭莽园先生关于敦煌的画作中，我们能捕捉到他在画中透露出的敦煌气韵意象，但是和其他的又不同，里面又有他个性独具的艺术表现手法。茫茫沙漠，悠悠行旅，僧侣香火所赋予的敦煌传奇故事，在郭莽园的画作里处处可见，似敦煌实景，而又非现实敦煌，这正是郭莽园先生画作的特点。

除了画作表现其心性以外，郭莽园先生还是一个鉴赏家。对于美食，他亦有自己独到的见解。一次郭莽园先生接受原韩山师范学院林伦伦院长的邀请，与林自然先生、张新民先生在韩山师范学院烹饪系讲述如何做菜的话题。他说话的趣味性极强，说起美食来与其他人所讲方向大相径庭。他点评起菜肴的好坏来有理有据，鞭辟入里。他还把自己的美食观点告诉学生们，强调一定要掌握如何赚钱的本领，然后带着钱，找厨师去，吃他们做的菜。美食家与厨者有不同的味觉方向。厨者更主要从地方味道上去理解，皆因他视野角度和从事的职业有关，难以跳出职业的极限。美食家却不然，他们除了对味道具有灵敏度之外，他们具有食文化的渊博知识，并对其深入了解。他们走四方唯适口为美味，所以他们属于无方向的美食家。

人生处处皆艺术，就是这样一个画家和不拘一格的美食家，郭莽园先生的心性和作品，都值得我们去欣赏回味。

孤灯瘦影托"孝心"

凌晨四点，依然是那盏灯下。

自创作《二十四孝图》以来，杨帆先生显然是打破了他多年来晚上八点睡觉、早晨四点半起床的习惯。

一盏孤灯，一柱檀香，一杯浓茶……早餐前坚持书写《般若波罗蜜多心经》，早餐后水墨探索大型油画创作，十一点半午休前读书随笔，二点左右继续……几十年如一日，他始终初心不改，以独特的秉性在艺术之路上孜孜以求。

创作《二十四孝图》以来，他每天乐此不疲，将触角延伸到了解古代的人文地理。虽然基点依然是熟悉的绘画题材，但是如何在"老生常谈"中出新，如何"常中见奇，平中见险，朴中见色"，却是一大难题。况且此前多少方家曾创作过，要想实现高压挑战下的出新，对原文的诠释精准至关重要。然而，时空跨越之宽广，可查阅的时代背景人文历史资料之局限，表现手法多样性，整个系列作品风格的统一性、繁与简的对立和谐等等，无疑都是创作《二十四孝图》前所未有的极限挑战。

为画出自己的预期，达到自己的创作梦想，杨先生常常不厌其烦地自我否定，精益求精。譬如《孝感动天》前后几度易稿，已成家常便饭。诚然，他肩负着诸多重担，加之生性孤傲，耐得住寂寞，经得起诱惑，有时一连数十天不出门。他所付出的代价，是常人难以想象的。思忖到这儿，对他如今取得这样骄人的成绩就不难理解了。

杨先生所创作的《二十四孝图》，墨色生宣下竖条格以小楷书写原文与配诗，线条造型工写结合，画面中出现的主次人物及陪衬，形体的精准，表情的丰富，动态的达意，氛围的渲染，从笔墨与原篇章诠释的角度说，可谓表现得恰到好处，这与他深厚的文史积累功底是分不开的。这样状态下的作品，不疾不徐，彰显着一种很有修养的笔感。每幅画面的构成，位置的经营，给人一种笔简意远的余韵。所以，我以为，这次创作《二十四孝图》是他的一个新的提升。

孝道是植入中华民族骨髓的优良传统文化，但在孝道文化中，每个家对孝道皆有不同的理解认知，继续弘扬孝道的传统美德，才能让新时代的人们，真正做一个孝顺父母长辈的孝子。杨先生说："百善孝为先，无论时代怎么变化，仁爱的核心永远不能改变，改变的只是各个时代背景下行仁尽孝的方式。中国当代核心价值观下的中华传统文化中最为核心的一个精神依然是仁孝，无论是儒、道、释，无一例外，都在以他们的方式延续传承着这种精神。千百年来，上至帝王将相，下至平民百姓，无不把仁孝作为伦理道德之本和行为规范之首来全力践行。教育、经商、从政等安身立命的诸般领域均首倡仁孝，于父母无仁孝者不可交，无仁孝者不可修身持家治国平天下，无仁孝即是无道也。"从他的《二十四孝图》中，也许能让我们领悟到新时代孝敬父母、孝敬老人的真谛。

杨先生分二十四篇来具体介绍《二十四孝图》创作过程中的细节。他以一个"孝"字切入，围绕孝字展开人物创作，进而切入自己的观点。杨先生尝多次言及"与时俱进""取其精华，去其糟粕"，他认为任何时候只要首倡时代性下的批判性吸收，才能真正做到"古为今用"。但愿在传统精华的指引下，能早日见到杨先生的《新二十四孝》出版问世，亦不负他多年坚持凌晨四点半起床握笔的孤诣苦心。

杨帆简历：

杨帆，职业画家，现居北京。1973年出生于江苏东台，中央美术学院油画系毕业，江苏省美协会员，中国美术家协会会员。杨帆先生是当代著名艺术大家，其画如其人，为人质朴、率真豪放，他在中国传统文化与书画艺术修养中学识较深厚，其作品古朴苍劲，以书入画，上追徐渭、八大之逸风，又得吴昌硕、齐白石之墨趣。接受多年学院派教育之后，扎实的造型功底，调色板加刀技术，多指并用，最终形成了雄健古拙，古意盎然，中西合璧的大写意精神，可谓独树一帜。他的油画作品扎根现实，大刀阔斧，充满张力，强调一种现实主义勃发的生命气息。信笔拈花将人间万象最优美的一瞬跃然纸上，令无数世人倾倒崇拜。他集"诗、书、画、印"为一身。他不仅在绘画、雕塑等艺术领域取得了极为丰硕的成果，而且在书法方面都有很高的造诣。他以严谨细腻而不失豪放的画风著称，作品被北京人民大会堂，中南海及美国、德国、法国、英国、澳大利亚、新加坡、马来西亚、日本等国家，中国台湾、香港地区及各地美术馆等机构收藏，作品还作为国礼送给很多世界元首。其写独特风格已形成自家风格，成为海内外收藏家的新宠，同时被收藏界举荐为"最具升值潜力艺术家"。

礼赞功勋楷模，传承榜样力量

在感动中国十大人物中，我们可以看到这样一位头发花白的老人，虽然脸上布满沟壑，但是依旧藏不住他的笑意，这便是我国的核潜艇之父——黄旭华。

黄旭华，出生于广东省海丰县，而海丰是广东侨乡之一，早在宋朝、明朝，海丰就有居民宜居海外，清初遗民，人数逐步增加，清末民初形成高潮，民国时期人络绎不绝，而就在这样一个地方诞生了我国共和国勋章获得者，我国的核潜艇之父。

黄旭华先生小的时候就热爱学习，但是当时的中国可谓是千疮百孔，日本人无处不在地给中国施加压力，在他小学刚毕业的时候，遇到了"七七事变"爆发，中国的许多学校都停办了，为了能够继续去学校学习，黄旭华往往要走上几天，才能去已经搬迁到重庆的学校学习，在路上日军随时随地会进行轰炸，有的时候甚至要在山洞待上一整天，才能躲过炮弹的侵袭。

当时年纪小小的他就经受这样的灾难，心里产生了一股非常强烈的怒火，为什么在我们的国家里，别的国家的人能够肆意欺辱我们，让学生没有地方学习，甚至还有很多人因炮弹而丧命，于是一颗小小报国的种子就在他心里诞生了。

在这样四处东躲西藏才能求学的路上，终于皇天不负有心人，在 1944年，他以优异的成绩被保送到中央大学航空系，而后又以第一名考上国立交通大学，就读造船系。

就在 1958 年事情的转机来了，正在吃饭的黄旭华突然接到一通神秘电话，而这通电话使他三十年都没有在家人面前出现过。

因为当时的潜艇技术非常复杂，要求高，花钱多，所以被外国的人嘲笑中国想研制核潜艇，简直就是异想天开，在这样一种情境下，黄旭华来到了一座没有名字了无人烟的小岛，在这座小岛之上，除了他们研制核潜艇所需要用的机器以外，就只有其他 28 名研制核潜艇的人，在这里的人无一例外都和家人在未来 30 年里都没有取得上联系，但是黄旭华却并不觉得悲伤，他觉得只要能建造出核潜艇，哪怕付出生命都是值得的。

岛上的环境十分恶劣，并且当时中国没有先进的计算机，每一项精密的数据都是黄旭华和他的同伴们用算盘和计算尺演算出来的，其中的难度以及复杂程度可想而知，可是就在这样一种制造环境恶劣、制造工具低端的情况下，没有一个人选择放弃，反而是在战斗的前线成为国家强大的后援。

起初黄旭华等人接到任命的时候，对于制造核潜艇完全就是一筹莫展，因为在此之前中国从来没有过核潜艇的先例，只有别的国家的外形图他们见过，但是仅仅凭着一些部件的制造和一副完整的图片，他们是没有办法去复制出一模一样的核潜艇来的，尽管这样，但他们还是积极地搜寻各种资料，加班加点，每个人都充满干劲。没有资料？那就掘地三尺，把所有能找到的资料全部都拼接在一起，画出一张又一张的图，没有计算机，那就人工去画图去计算，所有的一切看起来不可能完成的任务，都在他们用最原始的手段最精简的做法，全部都一遍又一遍地试验了，在制造这第一艘舰艇的过程中，他们所遇到的困难是我们无法想象的，不仅要承受心理上与家人分离的痛苦，更时时刻刻为国家的危难而担忧。

在制作的过程中，核潜艇要按照设计极限在南海作深潜实验，而作为团队的带领人，黄旭华亲自下潜三百米，他是世界上核潜艇总设计师亲自下水做深潜实验的第一人。

终于，在黄旭华和同伴们的坚持不懈努力之下，19 世纪 70 年代，黄旭华终于带领团队研制出我国第一艘核潜艇，使中国成为世界上第五个拥有核潜艇的国家。

而在过去的这三十年里，他的家人从始至终未见过他一面，并且他的新婚妻子李世英在他结婚之后不久，他便来到了小岛上，为国家核潜艇事业做出贡献，并且在三十年里，他的家里人甚至都不知道黄旭华是在干什么，可惜的是，黄旭华的父亲至死都不知道，儿子正在为国家做出伟大的贡献，在当时由于机密要求，不能将自己所做的事情公之于众，所以他们工作了三十年，直到最终中国第一艘核潜艇的问世，他们的努力，他们获得的成就，才被其他人所认可，如今中国的国防实力强大了，曾经这段不为人知的历史，也终于被解密，通过各种资料记载的和黄旭华的回忆，我们才能看到当时制造核潜艇中的坎坷。

黄旭华院士作为对中国有杰出贡献的人，他的事迹使我十分感动，让我更觉得吃惊的是，在当时那样危难的情况下，还要秉持初心研制核潜艇，心理上承受的压力要比生理上承受的多得多，而他带领他的团队完成了这一系列的任务，研制出来的核潜艇，也使世界上的人成功地打破了对中国的偏见，让中国人从此在世界的舞台上站稳了自己的脚跟，作为我们的榜样，黄旭华先生无疑是值得我们学习的，但是作为他的兄弟姐妹却说他没有尽到孝心，对于这一点，黄旭华院士说"对国家的忠，就是对父母最大的孝"，是啊，在当时的情境下，如若不使中国变得更强大，又怎样能安稳地立好自己的小家呢？

这是黄旭华院士隐姓埋名为中国做出奉献的三十年，而作为我们的榜样，他为核潜艇事业奉献了终身，每每当有人称他为核潜艇之父的时候，他便会摆摆手，婉拒了这个美誉，这名为中国核潜艇事业奉献终身的老人，值得我们每一个人的尊敬！

舞文弄墨

——记红色散文作家万伯翱

一个人的一生，往往充满着坎坷与荆棘。但在艰辛中，也有着两只手拉着他们，一步一步地缓缓挪移，向着未来进发。对于一些亲朋好友，我怀有敬畏与感激之心！今天所讲的这位主人公师可为长，亦可为友。他不仅让我坚持写作，又让我练习绘画呢！我和他都钟情水墨书画，爱好文化艺术，共同的志趣和长期的交流，使我们成为心灵相通的挚友，他就是万伯翱大哥，他不仅会写文章，还会画画呢！

1962 年，是"三年自然灾害"劫后复生的国民经济恢复调整时期，国家精简城市人口，号召大办农业，大办粮食，开始动员城市中学毕业生上山下乡。此际，时任北京市委领导干部万里同志响应毛主席的号召，毅然决定将长子万伯翱送到自然条件艰苦的农业第一线去劳动锻炼。

他在农场的生活比想象中还要艰苦多了，住的是草房，睡的是大通铺。农场的活儿各式各样，锄地、施肥、打药、修剪果树，种瓜点豆，甚至到大田里去割麦以及插秧也要抢收抢种呢！

尽管在沉重付出体力劳动后十分疲惫，但万大哥从未放弃学习。他学着先来的知青找了个空墨水瓶，打了一瓶煤油，用棉花双手搓个灯捻，制作了一盏煤油灯。灯光虽小却点亮了前进的道路。每天晚上，他就在这盏灯下坚持读书看报以及写日记。

万大哥下乡在那个年代是一件轰动的事件，受到周总理的表扬，同时也受到贺龙元帅、彭真市长以及乔冠华外长等老一辈革命家好评。《中国青年报》于 1963 年 9 月 24 日以头版头条发文刊登，一时成为全国美谈，是那个年代知识青年的典范和人们的学习楷模，全国新闻媒体都有报道。

万大哥一去十载，在黄沙里学得一身农活，结识了许多农民朋友，也结识了不少在那里"改造"的知识分子。已故作家、原中国作协副主席、中国现代文学馆馆长李准，就是他的忘年交。倥偬十年，再回北京，万大哥成为一位随和宽厚、待人热诚、为人谦虚、不计名利、勤恳好学，而且会一口挺不错的英语的人物。于是"万老大"之名不胫而走。他的坦荡、诚恳，没有架子，乃至他的不修边幅，都成为让人感到亲切的特点。他人缘极好，长幼"贵贱"，都以他为友，他给人以友谊也生活在友情的包围中，他因此而幸福。正是这段在农场劳动的时光不断积累的经验，让他在人生的写作及绘画的道路上走得更稳、更远。

万大哥还是个钓鱼能手。作为中国运动钓鱼协会的副主席、中华名人垂钓俱乐部的副理事长、《中国钓鱼》杂志的名誉主编的他，在写钓鱼散文时，怎么会漏掉绘画大师们笔下关于鱼儿的精彩瞬间呢？他买来齐白石大师上中下三本画册，又买了好几本徐悲鸿大师的画册，细细品读徐大师所创的《渔夫图》后写道：颇耐人寻味——笔锋力透纸背，绝妙地描绘出了一老一小两个垂钓者。老者已到花甲之年，几十年的渔樵生活使他的背都累驼了。他赤腿赤脚似在附近垂钓，但也许是在下水田劳作。他常年头戴一顶竹笠，既遮雨又挡阳。他腰中的烟袋和烟斗，也许就是他唯一的嗜好。你仔细看看大师所绘烟斗，不似富人那般镶金嵌玉，只不过是普普通通渔人的铜烟嘴和铜烟锅而已。这就是渔翁一辈子的青睐之物，这又是我们辛勤智慧的中国劳动人民的代表形象！我们的老渔翁是不爱美吗？没有生活情趣吗？非也！大师笔下那精美的绣有荷花的烟荷包和同样不离身的也绣有花朵的汗巾，证明了渔翁和描云绣花者亦有爱美之心。这精美的纯手工制品，可以大胆想象是没出场的人物——他精于花红的儿媳的巧手细针之作，也就是对面小渔孙母亲的悉心之作。这老渔翁在作者的笔下其实也不老，你看他四肢健硕，筋骨硬朗，笑颜开怀。劳动人民是仁者，因此常常高寿呢！他在描写白石翁1928年曾绘就《渔翁图》写道：此图与我所写文章——徐悲鸿先生的《渔夫图》爷俩喜洋洋画面大不相同，白石翁线条较简约，渔翁须发则皆满，表情沮丧，长竿在怀却有诗言明了老钓翁凄凉心境："看着钓有所思，湖干海涸欲何之？不愁未有明朝酒，窃恐空篮征税时。"当时穷苦人民的生活状况在笔下昭然若揭了。白石先生的虾蟹图也许比我钟爱的鱼儿更负盛名呢，几乎所有他的鱼虾蟹图我都没发现过白石翁画过点滴水，就是他罕见的鱼虾蟹三杰一起入画仍不见半滴水一丝波呢！却让读者明明感受到画中这些精灵亦水亦纸上浮游着！水中虾皮被水墨表现出来透明状可谓神似逼真！他描写得如此生动有趣、见解独到、形象逼真。他不但写过徐悲鸿、齐白石、黄胄等绘画大师，还写过康宁、鲁光等现代著名画家。

疫情期间，万大哥秉承耐得住寂寞的治学态度，他对书画情有独钟，写作之余一头扎进美术馆、博物馆大半天是常有的事，可谓乐此不疲，痴心不改。他不仅过眼过手许多历代名家精品，而且在书画界和鉴藏界结交了众多良师益友。因为有过赖少其、黄胄、范曾、韩美林、徐邦达诸位鉴藏大师熏陶指导，耳闻目染，加上持之以恒的潜心研究和反思感悟，使他眼界大开，手眼不凡，乃大家风范也。

他用自我体悟的智慧，用淳朴坚定的信念，用乐观从容的人生态度，缓缓讲述了自己一生的美好和点点滴滴，犹如一碗冬日里温暖的鸡汤，为像我一样迷茫与困顿的中年人带来启示和激励，重新点燃对生活的热情。

他嘱咐我身边几位好友画家，叫我一定要练习绘画，一定要多观察景物。他讲道："春天的花朵、秋天的落叶、冬天的飞雪、天上的云、脸上的风都成了我的观察对象。"最初，我所练习的绘画都很简单，大概就是把自己看到的景物简单描述出来。他便启发我说："你看，比如我在写落叶的时候，我能看到叶子被风吹下来，能看到落下来的叶子有黄色的、红色的。那假如你是那片落叶，你会有什么想法呢？可以试着写写看。"于是就有了悲伤的落叶、孤单的落叶、翩翩起舞的落叶，甚至还有无私奉献的快乐落叶。他又说："你看，现在落叶都有了情感，那你看到落叶又是什么心情呢？"然后就有了"自古逢秋悲寂寥"的感伤，有了"我言秋日胜春朝"的感叹。最后，他笑着说："你看，都成了会生活的半个画家了呢，在绘画上，我还只是个小学生。"

他接着还说："绘画和写作都表达了作者的内心世界，喜、努、哀、乐、悲，以及对人，对事的理解。人有不同，看法不同，同一件事情，同一个场景，让两个人去画、去写就会有不同的效果，这是很奇妙的。但都是表达了一种文人意境。绘画讲究构图、比例，还有色彩的表达，本人感觉，写实派像是唯物主义，抽象派像是唯心主义。写作上，辞藻华丽，用词准确，表述明确，这几点是关键。很简单的例子，同一件事情，有的人说半天没说清楚，有的人几个词就点到刀刃上。合理的词放到合理的骨架上，就是最完美的。"

足球杂志、人物传记等单位连续三年把他绘好的精美的国画作品印刷在台历上，还有原国家体育总局体操运动管理中心主任高健、中国滑冰协会主席李琰等好友要求收藏万大哥的绘画作品，他总是笑着说："活到老，学到老，等我努力画好后再送你们吧。"虽然万大哥的绘画作品没有那么精妙，但他却乐在其中，我还挺喜欢他这样的文人画呢。其实文学和绘画自古便有关连，以文人画为主要代表，其中带有强烈的文人情趣和文人语言，早在魏晋南北朝，这种绘画形式便已经出现，其中掺杂着浓厚的文学气息，能借助画中意象透露出作者心境。

自然界的东西纷繁复杂，你不需要一一画出来，只要选取你认为最重要和关键的细节表现出来就可，如何取舍也是一种绘画和审美的能力。他有时为了画好一张画，需要推翻多稿来回尝试，甚至一连好几天不出门。可见，为了画出自己的预期，达到自己的绘画梦想，他所付出的代价是常人难以想象的。思忖到这儿，对他如今取得这样的成绩就不难理解了。

"老骥伏枥，志在千里，烈士暮年，壮心不已，我从来不去想自己的年龄，期待着还可以绘画、写作、思考、阅读二十年。既然马来西亚的马哈蒂尔能在93岁还再次当上总理，我们为什么不能做好自己想做的事？"他还说，"人到底该在什么时候做什么事，并没有谁明确规定。如果我们想做，就从现在开始。有人总说'已经晚了'，为什么不学马哈蒂尔呢？实际上，'现在'就是最恰当的时候。"

追忆大诗人艾青

艾青是我从小就崇拜的伟大诗人，也是我在中外著名的诗人中拜读其作品最多的一位。

记得是在几年前的一个夏日，万三姐跟我说："明天下午，她要邀请大诗人艾青夫人高瑛女士以及常任侠夫人郭淑芬女士做客我家。"我听完心里美滋滋的。我能见到偶像的夫人，好开心。

电话里说她们快到时，我早已站在门前迎接她们，眼前的高瑛仪态优雅从容，开朗大气。年逾80的高瑛女士依然思维敏捷，记忆力惊人，讲起话来言语朴实生动，浑身上下透着那么一种不由得人不喜欢的韵味儿。我们海阔天空，谈笑风生，聊得不亦乐乎。不知不觉，聊了近三个多钟头。

在和三位大姐分别时，我还得到了高瑛大姐在她七十岁时给自己留下的一份珍贵礼物：她创作的《我和艾青》这本书。她亲笔题写：钊勤先生，感谢你读艾青的诗。当晚她们离开后，如获至宝的我就迫不及待地赏读起来。

这本传记使我知道了这位以《大堰河，我的保姆》跃上诗坛的诗人波澜壮阔而又曲折艰辛的一生；知道了他和他相濡以沫四十年的爱妻一起走过的风波迭起的情感历程；知道了在那黄钟毁弃、瓦釜雷鸣的岁月，素来讲真话的诗人如何罹祸，致使新婚不久的夫妻二人一起被下放到有"小西伯利亚"

之称的寒冷荒芜的边塞之地，走过了几近生命极限的凄苦岁月。在当年那个特殊的年代，他们为了冲破不幸婚姻的藩篱，历尽相思之苦，付出了沉重的代价。在最艰难的岁月，身为妻子的高瑛，不惜退团和被开除公职，坚定地站在蒙冤受屈的丈夫一边，用她柔弱的身躯，筑成一道坚固的屏障，为饱受凌辱的危难中的丈夫，遮蔽风雪。她以女性的柔韧和勇敢，陪伴着这位任由"苦难的浪涛"吞没又卷起的诗坛之子，涉过浩茫苦海，与我们渡尽劫波的华夏民族一起，迎来他生命的新岸。

艾青出身于地主家庭，但因为刚出生就有术士说他命克父母，以致引起了父母的厌烦，将其送到一个贫苦农妇家里寄养，这位农妇即"大叶荷"。这使他从小就同情农民，并感染了农民的淳朴和忧郁。

艾青1928年考入杭州国立西湖艺术专科学校绘画系，1929年去法国勤工俭学，专攻绘画，同时也广泛接触了哲学、文学，特别是诗歌，过了三年"精神上自由，物质上贫困"的生活。十六岁的艾青，考取了杭州西湖艺专，半年以后，校长林风眠告诉艾青："你在这里学不到什么东西，你应该到法国巴黎去。"这句话促成了艾青赴法留学，几个月后赴巴黎留学深造。

艾青在法国学习美术时，对后期印象派情有独钟，特别是对荷兰画家梵·高推崇备至。梵·高把自己全部的生命激情，直接化成笔触和色彩宣泄在画布上。他笔下的景物都有强烈的动感，树像火把一样，冲向苍穹，太阳像旋转的火球，所有这一切撼动了艾青的心灵。正因为受梵·高艺术的影响，他在《太阳》中写道：

从远古的墓茔／从黑暗的年代／从人类死亡之流的那边／震惊沉睡的山脉／若火轮飞旋于沙丘之上／太阳向我滚来／它以难遮掩的光芒／使生命呼吸／使高树繁枝向它舞蹈／使河流带着狂歌奔向它去。

置身在疯狂、怪异、陌生的资本主义文明世界中，过着半流浪式的生活，咀嚼着异国游子的内心孤寂，使艾青和西方现代象征派、印象派诗歌产生了强烈的共鸣，并由此形成了艾青早期作品中"流浪汉的漂泊的情愫"。

由公木作词、郑律成作曲的《解放军进行曲》，第一句就是"向前！向前！向前！我们的队伍向太阳……"这个庄严、坚定、气势恢宏的旋律，在我的耳畔响了五十多年。该词作者把党的领导和人民军队的性质、信念、使命表达得既通俗亦精简，堪称歌词一绝。事实上，它所表达的意象与梵·高有间接的关系。1991年8月艾青诗歌国际研讨会在北京举行。时任吉林大学校长的公木，前来参加研讨会。有一天，艾青、高瑛在家里宴请公木。席间，公木坦言："我写《解放军进行曲》歌词时，我们的队伍向太阳就是受艾老您的诗《向太阳》的影响。"艾青说："我喜爱梵·高的画。梵·高从太阳得到启示，用燃烧的笔，蘸着燃烧的颜色，画耕耘的农夫和向日葵。"

1932年，诗人返回故土，在上海与友人一起组织成立春地艺术社，因具有强烈的"左倾"倾向被捕。也就是那几年的狱中生涯里，艾青开始大量写诗，完成了从绘画向诗歌的华丽转身。他的诗，也由早期印象派式的光与影、流浪艺术家饥饿的火，转向了挣扎的人间；他从彩色的欧罗巴带回的芦笛也渐渐凝聚了更为深广的痛苦、愤怒和仇恨的力。

1933年初，一个下雪的早上，艾青在狱中写出了他纪念碑式的力作《大堰河——我的保姆》。这首一百余行的抒情诗，通过对乳母大堰河的追忆和生死对话，抒发了对贫苦农妇的怀念和感激之情以及对黑暗世界的诅咒。这是一首感人至深的哀歌兼赞歌。该诗于次年发表时，诗人第一次使用了艾青这个笔名。这首悲歌不仅是诗人的新作，对整个中国新诗都是一个重要突破。通过该诗的写作，艾青进一步确立了他为一切被侮辱与被损害的沉默灵魂代言、以民族的忧患为己任的写作立场。该诗的出现，显示了艾青作为一个大诗人的气象，也为中国新诗开辟了新的抒情领域和路线。在郭沫若式的放与闻一多式的收之后，它达成的是一次新的语言的解放。

1936年，艾青出版了第一本诗集《大堰河》，引起了社会上的广泛关注。1937年至1941年间，艾青创作出了《太阳》《雪落在中国的土地上》《手推车》《向太阳》《吹号者》《火把》《我爱这土地》等一大批力作和杰作。因为这一阶段艾青诗作产生了巨大的感召力和影响力，30年代中后期至40年代中期，他被许多评论者视为"艾青的时代"。这一时期的艾青的确开了一代诗风。诗人牛汉称艾青的诗代表了一个时代……（他）始终生息和奋斗在一个悲壮而动荡的伟大时代，与民族和土地的忧患息息相关。从他的人和诗，我们能真实地感受到诗人在无比巨大的历史胸腔内创造出的生命激情。

1941年3月，历史的巨手推动着艾青走向了延安，这是他所向往的民族解放事业的一个结果。自此以后，他的创作发生了较大变化，诗风更为直露，写出了多首歌颂根据地新生活的诗歌。艾青在1942年曾写下了一篇题为《尊重作家，了解作家》的文章，试图保持文学创作的独立性和自由精神，这也为他后来的命运走向埋下了伏笔。

1949年以后，艾青基本上沿袭了延安时期的创作路向。在时代大潮中，他写出了像《国旗》《新的年代冒着风雪来了》这样歌颂新时代和主旋律的作品，也创作了《礁石》这样具有象征与哲理意味的咏物诗。1957年，在反右运动中艾青被打成右派。他被送往新疆石河子等地劳动改造，蛰居新疆长达18年之久。

1975年，艾青从新疆返回北京。1976年，他重新执笔，从此进入了一个新的创作井喷期，连续创作了《鱼化石》《光的赞歌》《古罗马的大斗技场》等富有时代感和冲击力的作品。1980年，艾青出版诗集《归来的歌》，象征着一代中国诗人重返历史舞台，他也因此有了"归来的诗坛泰斗"的美誉。艾青晚期的创作一直持续到1988年，直到他在诗坛的影响逐渐减弱。

艾青的一生是诗人的一生。艾青的诗和中国这片土地上的苦难、希望和历史记忆连接在一起。我们读到的艾青，是一位哀歌的诗人，又是一位赞歌的诗人。土地与太阳、苦难与渴望、光明与阴影、寒冷与燃烧构成了艾青诗歌叙事的基本范畴。他由此深入到现实的血肉和一个民族深重的苦难之中，同时又一再从人们心中唤起了含泪的爱和希望，正如他在诗中所言：

为什么我的眼里常含泪水？
因为我对这土地爱得深沉……

硬笔书法第一人——庞中华先生

有这么一个人，不管经过了多少年，对于他，我始终只有崇拜和仰望，我愿意追随着他的脚步，尽管不能追上他的步伐，但我还是坚持不懈地追随着他。

近日，庞中华老师从网上看到我的文章，特意来电说："小林呀，士别三日当刮目相看。"特别交代让我寄几本有我文章的杂志给他看看。他还说："我劝说过多少位朋友还包括我身边至亲的人，可以练练字或者写写文章，到如今，只有你一个听进去了，真是不简单，希望你继续写下去，将来成为第二个万大哥。"接着还说要送我几本最近他刚出的新字帖，可以描红，鼓励我还要坚持练练字。他又接着说："把文章写好的同时，也要写好字，把自己创作的文章能用自己一手好字记录下来，真是一件美好的事呢！"接着，庞老师还举了个先例说："我认为不能光练字，还要多读书。古人像苏东坡、王羲之他们这一批书法家及作品能够流传至今，就是因为他们不但书法写得好，而且文采飞扬！王羲之《兰亭序》、颜真卿《祭侄文稿》等作品之所以流传至今，是他们用自己漂亮的字写下自己最动人的文章，不但感动了当时的人们，也感动了后来一代代的人。写出发自内心的感受，才具有个性、才具有时代性。所以我一贯提倡在练好字的同时，加强文学修养，我字写我心。不只抄写古人、名人诗篇，否则只能是抄写匠，成不了艺术大家，也不能流芳万代。"

如今，在这个电脑普及的高科技时代，很多人有着这样一个疑问："既然有了电子科技，写一手好字还有用呢？"对于写字不规范的中小学生来讲，答卷书写的好坏不止对作文得分以及卷面得分的影响非常大，写的字太潦草，答案模棱两可，一般老师不给分。想到这里，可见写一手好字还是大有用处的。

庞老师经常讲"我这一生就做这么一件事，就是想办法让我们中国的年轻人在快乐气氛中，快速有效地学习和掌握中国汉字的书写方法，并由此影响他的一生"。最近这些年，庞老师一直关注着时代的变化和国家教育的发展，从2012年起便开始探索汉字书法这一中华民族最基本的文化基因，如何把教人练字的教学方法跟互联网相结合起来。这样，让更多年轻人对书法产生浓厚的兴趣。

确实是庞老师前几年鼓励我跟万大哥在一起，一定要用多余时间来向他学习写文章。还告诉我买一本《古文观止》、唐诗三百首以及一些古书籍等，多看一些好文章来提高自己写作能力。通过万大哥指导，还坚持看他的书籍来提高自己的写作能力。后来，我又尝试着写了几篇文章，有的文章还得到万大哥的鼓励和表扬，但我知道这点小成绩仍然远远不行，还要多看和多读古人的好文章还要坚持不懈的努力争取写出更精彩的好文章。

有时我还拿着我写的文章去找庞老师向他请教批评。他很高兴地说："如果你能坚持写作，在你出书时，我来帮你写序。"有庞老师的鼓励，我肯定努力去做好，都是两位好老师鼓励我，我才有勇气尝试写一写，希望两位老师在百忙中不断指导、鞭策我，让我的文章更上一层，他们真是我的笔墨引路人呀！

有一次，我拿两幅画作请庞中华老师题诗，一幅为范曾作《钟馗画像》，庞老师欣然题诗云："鬼蜮生妖雾，百姓多愤怒；众人齐呼唤：钟馗在何处。"借钟馗打鬼写民众之呼唤。还有一幅是《密林山居图》求题，庞中华笑道对我说："钊勤呀，画中那山上的小房子，是你住的吧？"于是题诗云："高山绿树密密林，密林深处住高人，高人邀我题小诗，小诗吟罢送钊勤。"此诗近似古代"迴文诗"，即前一行最后两字，系后一行开头两字。最后把我编进此画诗里面，让我住进"小房里"变成与世无争之人，风趣、幽默，诗与画有机结合。所有的题字或者题诗从不重复，这让我深感佩服。

几年前，庞老师曾受邀参加由联合国中文部组织为期三个月的中国书法班，学员是来自埃及、缅甸、加拿大、美国等 10 多个国家的联合国工作人员。这本《庞中华联合国书法班课本》，是以庞老师 2011 年 10 月在联合国讲授硬笔书法课的资料为基础整理而成。这套课程曾在海外引起巨大轰动，影响极大，成为中国书法进入世界顶级殿堂的经典范本。这本书设计的课程，是专门针对外国人学习中国书法开发研制的，并经联合国纽约总部资深翻译陈峰先生翻译，实现了中文、英文、汉语拼音三种对照，其中加入了庞中华先生独创的音乐学习法，寓教于乐，同时书中加插庞中华多幅硬笔书法的作品。庞老师又说，汉字文化是中华民族文化的核心，深深地流淌在中华民族的血液中，在向外国人宣扬书法艺术的同时，中国人自己也应该做好传承工作。

庞老师从业几十年来，出版的各类字帖、作品集、书法理论等超过 420

种，成为几代中小学生习字课本。他的足迹遍布日本、韩国、美国、土耳其等 20 多个国家和地区，不仅写汉字，还会写日语、韩语等文字，他还要让中国硬笔书法走向世界。

庞老师精通诗文、书法酣畅淋漓、对音乐有奇特爱好，把书法和音乐相结合，这是一种快乐的自学课程。

庞中华老师真是一位才华横溢的艺术大家，真不愧为"中国硬笔书法第一人"呢！

平中寓奇大师风采

——国画家王子武先生趣闻几则

今岁仲春，我返港忙完公务，尚有些许闲暇，便抽身前往深圳拜访心中惦念的国画家王子武先生。我和弟弟按照之前和王老爱女小燕老师约好的时间前往王老工作室，一进门，王老和夫人已经梳理好自己行头在等我们，见到老朋友二老非常高兴，他还向我介绍新来家里帮忙的二位阿姨，听口音知是东北人，挺聪慧爽朗的。我说："阿姨你们一定要尽心照顾好王老呀，他可是国宝级的大师，如果王老高兴起来给你俩写上个字，必须珍藏好，他的字可比皇帝的字更有价值哟。"一番调侃，逗得王老等人呵呵大笑。

《钓鱼》杂志社苏雷主编知道我此行，特地致电于我，希望采访王老有关钓鱼及画鱼这方面的趣事。当我们转入此话题时，王老很兴奋，他首先给我讲述："家乡的渭水河发源于甘肃省定西市渭源县鸟鼠山，主要流经今甘肃天水、陕西省关中平原的宝鸡、咸阳、西安、渭南等地，至渭南市潼关县汇入黄河，是黄河的第一大支流。"我联想到"泾渭分明"成语便请教王老，他说："在泾水、渭水相会合处，清浊分明，分界清楚而不混，用以比喻界限清楚，古人认为是泾水浊而渭水清的，这据考证，唐代诗人杜甫的《秋雨叹》中'浊泾清渭何当分'，大概是这则成语的雏形了。"王老曾多次去过渭水河畔钓鱼，其目的还是为了画鱼。他在岸上先观察鱼儿在水里的各种游动姿势。为此他钓来的鱼也不舍得吃，养在鱼缸里来观察和研究，家里不只一两个鱼缸，有三四个之多，不仅养鱼的，也还养青蛙的。他说："水生脊椎动物的附肢。鳍分两类：一类是不成对的奇鳍，如背鳍、臀鳍及尾鳍；另一类是成对的偶鳍，即胸鳍和腹鳍。背鳍和臀鳍的基本功能是维持身体平衡，臀鳍长的，还可以帮助游泳。尾鳍主要起推进和转向的作用。偶鳍的主要作用是维持身体平衡和改变运动的方向。鳍的结构：鱼鳍中有鳍条支持。硬骨鱼的鳍条可分为鳍棘和软鳍条两类。前者为坚硬不分枝、不分节的棘，后者柔软分节且末端往往分叉。鱼类鳍的组成和鳍条的类别及数目等，在鱼的分类上占有重要地位，特别是背鳍和臀鳍和鳍棘和鳍条的数目，分类记载上是不可缺少的。"可见王老对动物及事物观察无微不至，非常仔细。

王老还告诉我："在垂钓时，常有小鱼把沉下去的钓饵拖到水下暗草丛里，提竿时好像有分量应该是大鱼，跃出水面一看是条小鲤鱼，心中不忍，毫不犹豫地把它给放生了。老早的姜太公（姜尚）也曾在渭水河畔钓过鱼，他的钓法奇特，短干长线，线系竹钩，不用诱饵之食，钓竿也不垂到水里，离水面有三尺高，并且一边钓鱼一边自言自语，'姜尚钓鱼，愿者上钩。'一樵夫看到姜子牙不挂鱼饵的直鱼钩说道：'像你这样钓鱼，别说三年，就是一百年，也钓不到一条鱼。'姜尚说：'我的鱼钩不是为了钓鱼，而是要钓王与侯。'同样渭水河钓鱼，姜太公是钓官钩爵，我却是钓鱼取乐，来放松心情观察大自然的各种变化，再转作画。"有一次，王老写行草"水至清则无鱼"六字时，还讲他曾在水至清的状态下钓鱼的故事。那天，天高气爽，他与友人到水池边垂钓，只见两只大白鹅在水中游，溪水清澈见底，水里都是鹅卵石，用脚踩上去给人一种光滑的感觉，非常的舒适好像在按摩脚底，大家担心钓不到鱼，王老选了一背阴处，用浮钩法居然也钓了十几条，这样的鱼获确实也让我有点意外，因为友人们空手而归。

王子武先生，长安画派代表人物，1936年10月生于陕西长安（今西安市），现为中国美术家协会会员、广东省美协常务理事，中国画研究院院委、深圳市文联副主席，一级美术师，享受国务院特殊津贴专家，国家一级美术。擅人物、鱼儿、草虫、花鸟，偶作山水。早年注重素描和速写的训练，画风严谨而洒落，不拘成格，用笔用墨自具特色。有人曾问王老：您在现当代中国美术史上有一定地位，您的哪种艺术门类成就最为显著？王老毫不犹豫地回答："中国画人物大写画。理由是，它打破了我国数百年来人物画沉沦的状况，不仅恢复了魏晋、唐宋人物画写形传神的光辉传统，塑造了许多有血有肉、有时代气息的人物形象，而且在语言上有新的突破和拓展，予人以强烈的艺术感染和精神鼓舞，从而推动了社会的变革，成为中国现代文化生活中不可或缺的重要艺术形式。"

绘画是一种视觉艺术，大众通过观看受到某种刺激，引起感情和心理的变化，转而对思想产生影响。画作中被观看的对象，必须要有某种形的展示，尤其是写意人物画，具体的形象不可或缺。早在南齐时期，谢赫便在他的著作《画品》中把"应物象形"和"气韵生动"作为"六法"的重要内容。王子武先生的《白石山翁》更是"六法"的传承造就者，更是把墨分五色使用到淋漓尽致。写形传神、形神兼备便成为中国历代绘画的品评标准。他的作品曾多次入选国内外大型美术作品展览并在多种专业报刊上发表，或被博物馆、美术馆、纪念馆等单位收藏。主要作品有：《平型关大捷》《悼红轩主像》《壮怀激烈》《黄陵古柏》《白石山翁》《沈括》《生当作人杰》《曹雪芹》《屈原》《石钟山记忆》《鲁迅》《蒋兆和》《水深鱼儿乐》《春颂》等。

我与王老一家相识是在2011年春天，王老生病专程从深圳到北京阜外医院来治疗。有一晚上，我的挚友、国家画院邢少臣先生叫上我，说是和王子武老师父女在松鹤楼共进晚餐。先是相互介绍，聊了一会，方知王老之女王小燕老师也学画的，她陪父亲来看病，也不愿麻烦朋友，经常她们自己打车去，邢老师听完很着急，我也跟着着急。但是我不好开这口，怕他们以为我有什么目的。这时邢老师对着我说："小林，让你单位派个车来专门接送王老他们去看病可以吗？"我说："当然可以"。小燕老师说这样不好吧，我说没事，邢老师的朋友就是我的朋友……几天后，接到小燕老师电话说和阜外医院约好我们下午二点到，我出于尊敬，亲自驾车去接送。小燕老师还逗我说："大主任亲自来接送，多不好意思，让你司机来就好吧！"随着接送几次后，我与王老父女越聊越熟，话也自然多了。有一次送他们到他家车库时，我还是跟往常一样，跑下来给王老开车门，这时王老突然问道："小林，你喜欢什么画，我给你画一幅。"说实在地，当时我听到王老这话时，心里高兴极了，但我还是说谢谢王老，不能要。只听见王小燕老师插言道："没事的，小林你喜欢什么就跟老爷子说嘛。"我酷爱书画，也特别喜欢王老的作品。但是心里想，不能因为做了这么点小事就提要王老的作品。平时我对收藏书画可以说是非常痴迷的，只要书画家朋友叫我去看画展还是到他们工作室去喝茶聊天，没什么大事情况下，我肯定会去的，但是我基本没向画家索要作品的习惯。后来，又有一次和王老父女相遇，聊了很多也很开心。王老高兴地又提出："小林，你喜欢什么嘛？我给你画或写一个吧。"王小燕老师也在旁鼓舞着。在这种情况下，我说："那就请王老为晚辈写个斋号'勤乐阁'吧。"不久，王小燕老师来电让我去取。在王老家里，我看见地上铺了十几幅"勤乐阁"的字，我被震撼了。王老见之很随便嘱咐我选之，我细察，感觉每幅都非常好。王老都认真给我讲解写一幅字的好与差，最后他老人家拣了两幅，其余当我的面，都撕碎了。他说："送你一幅，我留一幅。"后来我把这墨宝挂在家里最显眼的地方，我扬州的二哥刘方明也是王老的铁杆粉丝，见到王老的题字十分赞美，还把此题字放大做成朱砂红底子贴金的牌匾，亲自挂上我家大门上沿。可见王老对自己每一幅作品都做到认真对待、一丝不苟、精益求精，他绝对不会应付别人，不像现在画坛怪事，有些画家，画得不好就不承认是自己画的，真是大相径庭。

王老与人为善，一般在公开场面他从不会发表议论，更不会逢场作戏。"我不懂，我不会讲"是他的常用语，有时连一句客套话都没有。有一次在国家画院的书画大展上，我与王老父女同去参加国家画院举办的国家一线大家的展览，几任中美协主席都参加并到场了，我看到所有诸如靳尚谊、刘勃舒、沈鹏、黄永玉、刘文西、孙其峰、冯远等人与王子武在画展上相遇，基本上都主动来和王老打招呼，有的是专门冲着他来的，毕竟见王老非常不容易。熟悉他的朋友都知道王老德艺双馨、名重当今画坛。当王老移步到某画前，画的主人难免提出请教："王老师您给我指点指点。"王子武往往半晌不吭声，有些书画家等不及了，就算了。若再追问，王子武像是面对一件很难的事情一样，慢慢地、声音低低地、迟滞地说："好！好！……好！"他那地道的陕西方言，连我听上去都不知道是在打"哈哈"，还是在说"好"，太有趣了。

王子武先生身上有股陕西人的执拗劲儿，但处人遇事更显现出莫大的包容和宽怀。举个例子吧，他初到深圳，曾经过有个人安徽人扛着一件宣纸，打着小厂倒闭、面临下岗的旗号，希望用宣纸换画，王老明知道是个骗画的小伎俩，但也满足对方的要求，这安徽人看到王老这么好骗，临走时还对王老说："回去，钱花光了连买车票钱都没了。"王老随即掏出几百块钱就塞在他手里。过后家人怪他怎么这样顺着人家呀，王老说："大家都不容易啊。"

很多年前王子武先生在广州举办展览。期间，有人通知他，有位原国家领导人明天下午要去看他的画展，想让他赶来陪同看展并作讲解。王子武先生当即回答说："没时间去，我要画画，他看他的好了。"其时也有多人都想趁机会与这位当人物画发展风向标式的大家结识，借此行"拍马屁"之能事，但王老就是一个纯朴、执着的画家，不谙邪乎之道，一心钻研在画的研究和探索里，"一心只作画中物，两耳不闻窗外事"。

著名画家黄永玉先生，人称画坛"鬼才"，为人很率真浪漫、优雅豪迈。2004 年在深圳举行个展，引起全城轰动。当时，主办单位领导曾问他开幕时需要请谁来参加。黄老一直敬羡王子武先生之德艺，早些年前他看到了王子武先生的作品后也用震惊二字表达他的感受，因此就随口一说："如果能请王子武先生到场来参加即足以。"后来，两人相见于个展现场，十分投缘，当场给王子武挥毫画了八尺整纸的大画。据讲黄永玉抛砖引玉，足想来换取王子武老师的一个斗方画。后来黄永玉先生在国家博物馆举办的九十周岁大展答谢晚宴上，正好王小燕来京被邀去参加，黄永玉先生当时还逗她，小燕侄女呀，我那时画的八尺整纸的大画还在您家吧？当时没盖章，如果你想盖章，拿你爸的斗方画来换盖个章，我这幅画现在也值不少钱呢？在参加永玉先生画展时，有媒体记者采访他，请他发表几句看法，王子武缓缓答道："我是来学习的，不是来评论的。"可见王老虚怀若谷、超凡高妙的境界。

王子武先生治学、创作特别自信，他对我说过艺术靠天赋、更需要创新，没有自我的作品则会流于一般，真正的大家是要"留得生前身后名"。早在 20 世纪 80 年代，王老就名扬中华，所画齐白石黄宾虹像、矿工、渔夫、少女、教师等等，震撼整个中国美术界。已故水墨人物画巨匠蒋兆和就曾说：人物画要看王子武，他已超过我。美术评论家邵大箴说："王子武长期以来一心潜心求艺，淡泊名利，在当今浮躁风气盛行的中国画坛，这尤其难能可贵，值得我们大家尊敬和学习。"

王小燕老师眼中父亲的形象是特别高大，但他对生活的要求却特低，平生所要求的不过是一个带院子的房子，有一个作画的空间。但在艺术上，他的标准很高，从临摹古人开始，到现代艺术大家，他对艺术的态度是虔诚而让人敬畏的。他对每一幅画都像对儿子一样看待。"惨淡经营愧无能，枉费衣食哭无声。画不出奇画到死，不负此生了此生。"这是王子武在自己自画像上的题诗。"出奇"的艺术追求贯穿了他一生的艺术创作。而他也用自己的独一无二的艺术创作诠释了"出奇"这两字的分量。王老欣赏扬州八怪中的代表人物黄慎，以书入画，独树一帜的艺术风貌。受其影响，他也潜心书法的研究，日积月累最终写出"枯藤缠树、风神兼具"鲜明独领的行草书体。其笔性为他的人物画线条增添了特色。有人把他比作当代的黄慎，是有传承与发展的。

在深圳这些年，王子武一直深居简出，除了画画，就是看书、看电视、看画册。只是骨子里的"陕西习惯"依旧没有变，爱吃面、喝胡辣汤、爱听秦腔，"以前每周一晚上，雷打不动要看陕西卫视的秦腔节目。平时，就拿着收录机听，来了兴趣，还会唱上两句呢。"2017 年金秋十月，在这个万物丰收的时节，深圳市文联申请文化经费给王子武老先生在华侨城锦绣桃园为他举办八十一岁寿庆书画雅集祝寿活动。陕西省美协主席王西京闻讯带领陕西文艺界同仁三四十人的庞大祝寿团前来祝寿。社会各界贺电纷至，有第七届全国委员长万里长子万伯翱会长、深圳市政协主席戴北方、中国文化部副部长董伟、画坛名家何家英、田黎明、杨晓阳院长、著名雕塑家廖惠兰夫妇、凤凰卫视王鲁湘先生等都来信来电祝寿！岭南大家陈金章老先生特意书写了贺寿作品，名画家陈永锵、方楚雄专程前来为王子武先生精心绘制了书画作品表示祝贺，女儿王小燕为父亲献上了牡丹图祝寿。活动现场，秦腔表演赢得大家的一片喝彩。现场氛围融洽，祝福声声不断，大家一同为王子武老先生度过了难忘的杖朝之年寿辰。

王子武先生在关中道上长大，周秦汉唐丰厚的文化底蕴，黄土高坡高亢的秦腔，滋养了他。王老用毕生精力传承、创新画出无数精品力作回报这片厚土成为长安画派的极出代表。改革开放伊始，王子武先生南下深圳以其超凡脱俗的艺术成就和虚怀若谷的人格魅力，殚精竭虑，为这块改革开放的前沿阵书画发展做出重大贡献。成为深圳美术事业发展的奠基者，深受当代美术界的好评。

气象万千

——记著名画家李友迪

李友迪，甘肃兰州人，现为荣宝斋画院范扬工作室导师助教，中国国家画院范扬工作室画家，中国水墨画院画家，中国美术家协会会员。李友迪画家多次参加全国性大展并屡次获奖，其作品为多家美术馆、艺术机构等单位及个人收藏。

李友迪先生性情憨厚、朴实、待人诚挚、谦逊，广交朋友，在画友中口碑非常好。他经常为画友找他的老师范扬题字。为别人做事，并非为了回报，然而，别人牢记对他的点滴帮助，这无疑是一种境界和美德。

腹有诗书气自华，李友迪志向高远，创作极具才华。他自幼酷爱绘画，主攻山水、人物、花鸟，写意画风大气磅礴，意境深远，受到众多名家以及藏家好评。他在书画方面所表现出的人生修养和意识与境界让人振奋、让人陶冶、让人生命激情向上。

李友迪深知学画一定要耐得住寂寞。这与其经常深入基层，深切地感悟体验生活密不可分。一年中，他总要几次跟着范扬老师出去写生，移步换景，寻觅最佳的创作灵感。

李友迪在当前的山水画创作中，强化精神力度与精求笔墨趣味，已成为普遍关注的问题。他经过多年的努力探索，在二者的统一方面迈出了有力的步伐，理所当然地受到了行家和观众的好评。观赏李友迪的山水画，引人入胜之处，就是其壮美的真景似乎超越了具体时空的局限，大美的境象与崇高的精神融为一体。李先生明白要进取就不能不进行探索，探索中的欠缺总归是难免的，只要坚持一手伸向传统精髓，一手伸向生活深处的道路，继续其不务浮名、不早求脱，以表现大美和崇高为旨趣的审美理想，他的艺术在不久的将来必能跃入新的境地，对此行家们寄予希望。

李友迪还一直专注于以山水为题材内容，其作品辩识度很高，个人特点很强，这是作为一个专业画家最难得的地方。

李友迪在花鸟画方面继承传统，取长补短，所作题材广泛，构思精巧，形似神俏，清新秀丽，富有笔墨情趣。他在创作上主张"师法造化而抒己之情，物我一体，学先人为我所用，不断创新"；在画法上工写结合，虚实结合，善于描绘花鸟世界的丰富多彩和活泼生气，又精于表现画家的心灵感受和动人想象。

人物画方面，李友迪善于运用流畅的线条、明快的节奏、浓淡各异的笔墨，对其人物个性风格和各具的姿态，用独特的表现手法去开拓绘画的领域。在增强绘画表现力的探索中，他总能以饱含墨色的笔触赋予画面以巨大的精神活力和美的感觉，引导人们向往崇高美好的典雅情操。

国画重在表现"气韵""境界"，李友迪深谙"以形写神"，力求一种"妙在似与不似之间"的感觉。其师范扬多次给李友迪作序，内容这样写道："李友迪随我学画已有十年。在国家画院高研班里，友迪常常担任班长角色，实际上也帮我分担教学辅助的工作。这些年我带班写生，踏遍青山，行万里路，友迪总是随行随侍，与我同行。友迪用功，追宋人元人遗韵，得山川田亩真趣。其用笔磊落清爽，赋色则滋润光华。如此墨韵，如此青绿，外放内秀，友迪已得画中三昧。精神正定，享受艺术，以平常心作水光山色中之逍遥游，以无用为大用。三日石，五日树，捉笔写来，张之素壁，坐卧游之，遣兴散怀，心生欢喜哉。近日，友迪拣选近年佳制，汇编册页，付梓印行。意欲交流同道，就教大方。友迪嘱我作序，我欣然为之。愿友迪大弟更上层楼。壬寅范扬客京城。"

李友迪尽力保存了传统绘画体系的严整性，而又在以一腔现代人的精神和激情努力从传统脉系中延伸，在题材、意蕴、笔墨、章法上都有着创造性的突破。其作品别开生面，呈现出浓烈的时代气息，在中国画创作相关的文化素养，艺术修养等方面均已达到了相当高的境界呢。

这是一个文化大发展、文化产业大发展的时代。纵观五千年的文明史，文化之普及、文化之推广，史无前例。我们要感恩这个时代，感恩伟大祖国的政和康宁。孔子说中国文人志士应该"志于道，居于德，依于仁，游于艺"，唐人张彦远说，"夫画者，成教化，助人伦，与四时并运，与六籍同功"。可见小小的绘画，并不是像与不像的问题喽。李先生坚守弘扬中华民族传统文化，期待他创造出更多无愧于时代的优秀艺术作品来。

晴空万里任翱翔

万里（1916 年 12 月—2015 年 7 月 15 日），男，汉族，出生于山东省东平县，1936 年 5 月加入中国共产党，1936 年 5 月参加工作，师范毕业。万里同志是中国共产党的优秀党员，久经考验的忠诚的共产主义战士，杰出的无产阶级革命家、政治家，党和国家的卓越领导人，中国共产党第十一届、十二届中央书记处书记，第十二届、十三届中央政治局委员，国务院原副总理，第七届全国人民代表大会常务委员会委员长。

万里同志始终严于律己、清正廉洁，对腐败现象和不正之风深恶痛绝。退休后，他给自己定了三条规矩：不参加剪彩、奠基等活动，不担任名誉职务，不写序言不题词。2017 年 6 月 30 日，万里同志居住几十年的中南海含和堂住所归还给中央。

万里同志的长子万伯翱，与我有兄弟之情，情谊笃深。1962 年秋，在其父时任北京市委书记处书记和北京市第一副市长时，伯翱大哥被送到艰苦的河南省黄泛区农场劳动锻炼，成为河南西华黄泛农场园艺工人，其下乡 10 年的先进事迹受到了周恩来总理、贺龙元帅、彭真市长等老一辈革命家和全国新闻媒体好评，成为当时知识青年上山下乡的先进典型。

伯翱大哥笑称家里人是"朝中有人好做官"，自己则是"朝中有人难回京"。伯翱大哥在下乡的第三个年头，时任北京市长的彭真同志向万里同志说:"老大下去锻炼已两年多,可以让他回来了。"万里同志回答说:"早着呢,还得让他继续锻炼。"这一锻炼就是十几年!由于伯翱大哥在农场始终牢记万里同志教导,埋头苦干。1963年9月24日,《中国青年报》头版头条以"市委书记的儿子参加农业劳动"为标题发表文章,报道了伯翱大哥在父亲的鼓励下,下乡锻炼的经历。

此后不久,周恩来在首都应届中学毕业生代表大会上,将万伯翱称为干部子弟下乡的典型。上海人民教育出版社随即出版了《知青日记选》,精选了他的18篇劳动日记。全国一些报纸都先后报道了万伯翱的先进事迹。一时间,伯翱大哥成了万众瞩目的"名人"。

后来,幸亏傅钟老将军青睐伯翱大哥的才华,"偷偷地"把他调回北京,直到现在伯翱大哥还常对我说:"这辈子永远记住傅钟将军,不然我还在外地,永远都回不了北京。"

万伯翱1972年考入河南大学外语系。毕业后分配到总参郑州炮兵学院,任外训大队办公室主任,北京炮台科研所参谋,后调入北京武警总队九支队任(团)政委。最后从部队转业到国家体委,先后任宣传司对外宣传处处长、中国体育杂志社副总编、副社长,社长兼总编辑,国家体育总局人力资源发展中心主任。万伯翱兢兢业业、工作表现也相当突出,总局领导多次向万里同志汇报要提拔伯翱大哥,万里同志听后,都是一口回绝说:"老大不够格。比他优秀的人多的是,还是先提拔别人吧,老大需要继续锻炼。"这样伯翱大哥干了10多年的正局级干部,直到退休仍然是正局级。

伯翱大哥的爱人韩进川为了夫妻团聚和照顾女儿上学,想让公公万里同志说句话,正常调动工作,从郑州铁路局调到北京铁路局,万里同志说:"因为团聚让我说话不可能,夫妻两地工作的哪里都有。"大嫂到退休也没有调回北京。万里同志忠于党和人民的事业,严格要求自己和家人,要求每个人在平常的工作岗位上贡献自己的一分力量。

人物小传:

万伯翱,1943年出生,在北京读小学,中共党员。1965年开始发表作品,1998年加入中国作家协会。2004年退休,担任《中国人物传记》

编委会主任。2004 年 10 月 16 日受聘青岛大学客座教授。

万伯翱是中国戏剧家协会和中国电视艺术家协会成员，著名的散文作家，2007 年当选中国传记文学学会会长，现任中国网球协会副主席。万伯翱多年来笔耕不辍，进行文学、影视、散文创作，如电影《三个少女和她的影子》，电视剧《少林将军许世友》《侠女十三妹除暴》。以他自己为原形的电视剧《大西北人》及根据他的散文改编的电视剧《贺帅钓鱼》等，受到了贺帅家人和文艺界的赞赏，他先后出版了散文集《三十春秋》《四十春秋》《元戎百姓共垂竿》《五十春秋》等。

2012 年 9 月 7 日，"万伯翱文学创作五十年暨《六十春秋》研讨会"在北京召开，受到中国文学界高层人士的一致好评。其著作《元戎百姓共垂竿》《四十春秋》等被国家图书馆收藏。万伯翱几年来还不断把自己创作所得稿酬和书籍向社会各界捐赠，也是一位热心的社会慈善活动家。

热心公益的"熊猫先生"
——记著名画家刘中

刘中，1969 年出生在北京的一个艺术家庭，自幼受到父母影响，四岁起习画，长期接触名家名作，耳濡目染，又经夏衍、艾青、胡洁清、刘海粟、吴作人、吴冠中等老一辈大师亲传指导，练就了一身扎实的绘画基本功。未及弱冠，便已声名鹊起，被誉为"画坛神童"，曾先后六次荣获全国及北京市少儿绘画比赛一等奖，并三次荣获国际少儿绘画比赛大奖。如今的刘中先生已然成为享誉世界的大画家，在倡导人文主义和强调观照当下的当代画坛独树一帜。

路漫漫其修远兮，刘中先生的公益心炽热，爱心路坚实，笔下的熊猫成为公益使者，多次捐赠作品义拍捐款，传递着人世间的友爱和温暖。

2010 年 4 月 26 日，刘中先生陪同中央国家机关青联主席吴海英女士，探望青海玉树地震中受伤的藏族小姑娘卓玛，将其精心创作的一幅《格桑花》捐赠给卓玛，一幅《格桑花开玉树不倒》捐赠给武警总医院。坚强的格桑花，向上的中国人民。

2010 年 10 月 3 日，饮水思源"母亲水窖"中国行活动抵达上海站。作为本次活动唯一的特邀嘉宾，刘中先生抑制不住内心的激动，欣然创作了《上善若水》，以表达他对"母亲水窖"的敬意和支持。

2014 年 6 月，北京市红十字血液中心授予刘中先生"熊猫血宣传大使"荣誉称号。

2017 年 6 月 14 日，是第十四个世界献血者日，在北京红十字血液中心隆重举行。刘中先生为首都无偿献血志愿者协会捐款 23.8 万元。

2018 年 1 月 13 日，应中国邮政邀请，参加在泰州举办的"第三届生肖文化节"，并将"国宝旺财"及"七宝旺财"两幅作品的限量版画，全部签售所得款无偿捐助给泰州"关心留守儿童基金会"。

2018 年 10 月，国家卫生健康委员会等单位颁授刘中先生"2016—2017年度全国无偿献血促进奖·个人奖"。

2019 年 3 月 30 日在北京市房山区青龙湖镇水峪村村委会举办"画石为宝点石成金"活动。此活动是由刘中先生为水峪村的村民们传授绘画知识和技法，带领村民们把鹅卵石变废为宝，发展特色民宿旅游，推进美丽乡村建设，打造"望得见山看得见水记得住乡愁"的幸福家园。

2019 年 10 月 28 日，在集邮杂志社和肽能集团的协助下，刘中先生在厦门发起了邮票及限量版画的义拍活动。在场观众积极响应公益主张，竞拍激烈，最终拍得善款人民币 199399 元，全部捐献给首都无偿献血志愿者协会，用于帮助贫困危重病人的用血需求。

2020 年 2 月 27 日，刘中先生新作"国宝战疫"参加由北京荣宝拍卖公司举办的援鄂义拍，拍得 9 万元善款全部捐给湖北疫情前线，为击溃病毒瘟疫贡献出宝贵的力量。

2020 年 5 月，刘中先生现身公益活动现场，应邀于 5 月 17 日、20 日相继参与由"中邮传媒"和《集邮》杂志公益直播活动，义卖邮品为自闭症和血液病儿童筹集善款，为少年儿童的健康成长助力。

2020 年 6 月 1 日，刘中先生受邀参加在《集邮》杂志社直播平台举办的第二届肽能杯"我爱大熊猫"国际少儿明信片绘画大赛"爱心义卖邮我助力·生态环保与你同行"六一儿童节公益活动。义卖所得收入全部捐给福建省自闭症康复教育协会和首都无偿献血志愿者协会，用于资助自闭症患儿和血液病患儿。

2020 年 7 月 26 日（农历六月初六）下午 3 点，中共北京市房山区青龙湖镇水峪村党支部、《集邮》杂志社等单位在水峪村举行了一场别开生面的"水峪熊猫国宝石"揭幕活动。本次活动充分利用文艺资源和优势，通过创新"精准扶贫"的方式方法，激发脱贫内生动力，助力"扶志与扶智"，实践"培根铸魂"的使命任务，用艺术描绘美丽乡村，向世界展现在中国共产党领导下中国乡村"脱贫攻坚"的累累硕果。

在这几年里，刘中先生也不遗余力地做一些公益活动，义拍捐款、帮扶脱贫、救助生命。刘中先生的艺术是中国的艺术也是世界的艺术，倡导保护环境、保护动物为主题；为促进世界和平，推动"'一带一路'文明交流互鉴，实现民心相通"不懈努力！用实际行动献礼祖国 70 华诞，诠释着伟大的中华民族生生不息的中国精神、中国价值、中国力量！从法国、奥地利，到美国、俄罗斯，从马尔代夫、吉布提，到几内亚、新西兰，从日本、韩国，到泰国及中国台湾地区。2019 年，刘中先生的国宝熊猫作品行遍五大洲，为构筑人类命运共同体的和平与发展之路而不懈努力！

人间纵有多情笔，不断春江如水流

——记红色散文作家万伯翱

1962 年秋，时任北京市委书记处书记和北京市第一副市长的万里同志毅然将其长子万伯翱送到自然条件艰苦的河南省西化黄泛农场劳动锻炼，自此伯翱兄始了路漫漫其修远兮的上山下乡旅程。

这是一件当年极为轰动的事件，中国青年报于 1963 年 9 月 24 日以头版头条发文刊登，贺龙元帅、彭真市长等老一辈革命家和全国新闻媒体好评连连，甚至吸引了共和国总理周恩来的关注，一时成为美谈，是那个年代知识青年的典范。

1972 年伯翱先生考入河南大学外语系。毕业后分配到总参炮兵学院，后调入北京武警总队任团政委。八十年代从部队转业到国家体委，任对外宣传出版处处长。后升任中国体育杂志社社长兼总编辑、国家体育总局人力资源发展中心主任。2007 年当选为中国传记文学学会会长，开启了散文创作的新时代、新思维。

伯翱先生多年来笔耕不辍，在文学、影视、散文领域创作了很多耳熟能详的作品，电影《三个少女和她的影子》，电视剧《少林将军许世友》《侠女十三妹除暴》等好评如潮；以他的散文改编的电视剧《贺帅钓鱼》，受到了贺帅家人的赞赏；散文集《三十春秋》《四十春秋》《五十春秋》《六十春秋》《元戎百姓共垂竿》以及传记文学《孟小冬：氍毹上的尘梦》《粉墨春秋绝代佳人言慧珠》等更是引起了文学界的关注，无论其散文创作还是传记作品均追求独特个性与文化内蕴，海内外学者对其评论颇多，多篇作品被报刊媒体转载并获奖项。

十多年前，我有幸在北京面见我的偶像——当时京城人尊称的"万老大"。最初的认识是在更早的时候，偶见上海教育出版社于 1965 年和 1966 年出版的《劳动日记》《远方来信》，我一口气拜读了伯翱兄《走革命的路，接革命的班》《用双手去为人民造福》等多篇日记和家书，当时就迸发了一个念头：尝试走进他的世界，去了解一个红色散文家的心路历程。

有几次陪同伯翱兄出差，待飞机爬上一定高度平稳后，他都要拿出纸和笔写点什么。飞机上很多人都在休息，为了不影响到近邻乘客，只开了个阅读小灯，灯光调得很暗，集中精神开始写，写到连飞机起飞两个多小时还不知。我在一旁看着其聚精会神，或阅读，或写文。纸用完了，就用航空垃圾袋书写，光我收藏的在飞机上用餐巾纸、航空便笺和垃圾袋写成的手稿就有二十来篇。后来我知道，在上海《新民晚报》"夜光杯"栏目发表的近百篇文章里，有很多都是在飞机上完成的，"没有电话和访客，安安静静才是最好的创作环境。有一次从美国回北京，十多个小时的航程，我一口气就完成了一篇散文呢"，听到他这么说，这时我开始了解了他对文学的爱好与坚持。

泰戈尔说："只有经历地狱般的磨炼，才能炼出创造天堂的力量；只有流过血的手指，才能弹出世间的绝唱。"是啊，成功是美好的，而获得成功的过程却充满坎坷，成功不会轻易获得，这是一个不断追求、接受磨砺的过程——艰难困苦，玉汝于成！伯翱兄以他的实际行动，深刻地诠释了"宝剑锋从磨砺出，梅花香自苦寒来"的道理。

2007年孟小冬诞辰百年纪念，大陆重新掀起"冬皇"热，历史的风尘被渐渐拂去，"凝晖遗音"千呼万唤重返人间。2009年伯翱兄以严肃的态度、实事求是的治学精神，试图从一个新的视角评说这位曾经轰动中国菊坛的一代名伶的坎坷人生，使人们重新认识那些曾被脸谱化了的一代人，重新理解那些曾被尘封了半个多世纪的主人公。

伯翱兄携手另一作者思猛兄，经过对孟小冬艺术成就的学习总结，对当年梅孟的"啼笑因缘"，孟小冬与杜月笙的复杂人生，以及对生活在那个时代的女伶人的命运等都有了不同于之前旧的诠释和评说。精诚所至，金石为开，《孟小冬：氍毹上的尘梦》这样一部真实感人的名伶评传，终于由人民出版社出版发行。台湾出版商慧眼识珠，对这本书的文学艺术价值倍加赞赏，于2013年3月22日在台北亦正式出版发行。

写戏剧名伶孟小冬，一则得于他对京剧的热爱，二则得于他对文学事业的孜孜追求。伯翱兄有志于为她立传，我则首先有感于他的勤奋。当王蒙先生听说伯翱兄关于孟小冬的传记即将问世，大发感慨："伯翱是一个热爱文学的人！"全国人大常委会副委员长王光英在一次发言时竟然涕下："老大（指伯翱）真不容易呀！"在文学之路上的甘苦也许伯翱兄自己最心知。

散文集《六十春秋》是他从事文学创作50年来的最新成果，在这部书里，我们可以清晰地看到他的情怀和本色。如今中国经济高速发展，拜金主义盛行，不少人为发财致富越发浮躁的时候，伯翱兄能够埋头读书不断写出一部又一部好作品，真是让人不得不佩服他的毅力和可圈可点的成绩！

《六十春秋》出版发行了，他真是具有生命不止、笔耕不辍的战斗精神。

对于他在文学创作中的不懈追求，精益求精，理当颂扬。五十年沧桑巨变，很多人可能都已放弃了对文学的初衷和理想，伯翱兄的坚守和探索弥足珍贵，对文学事业的责任感和奉献精神，更值得我们敬佩和尊重。

他淡泊明志，从容地选择了奋斗，在更高、更远的地方找到了真正适合自己和属于自己的东西，找到了生命的价值所依。

平坦的滑雪场不会有优秀的滑手，安逸的环境也不会造就时代的伟人。他，热爱文学，坚守文学。他，有一颗年轻的心。他，守卫精神的火种，让信念永存！

正所谓：人间纵有多情笔，不断春江入水流。

为国抗日染革命艺术考古常任侠

——记著名艺术考古学家常任侠先生

记得几年前的一个夏日，万三姐对我说："明天下午，我要邀请中国艺术史学会创办人之一、艺术考古学家、诗人常任侠先生的夫人郭淑芬女士以及大诗人艾青夫人高瑛女士做客我家"。我听完心里美滋滋的。我能和这些名人学习，真是开心。电话里说她们快到时，我早已站在门前迎接她们，眼前的郭淑芬女士慈眉善目，一身朴实装扮，讲起话来温文尔雅，透着一种从容儒雅之气。我们谈天论地，说南道北，聊得不亦乐乎。不知不觉，聊了近三个多钟头。在和三位大姐分别时，我还得到了郭淑芬女士在常任侠百年诞辰纪念集送给我。说实话，常任侠先生我了解得不多。郭淑芬女士亲笔题写：钊勤先生，常任侠何许人也，从书中可了解其一生的概括（包括与中央领导的事情）。当晚她们离开后，如获至宝的我就迫不及待地赏读起来。我与常任侠先生的故事便从此结下了不解之缘。

常任侠先生，东方艺术史学者，考古学家，教育家，诗人，其传奇般的经历，便是一本厚重可读的书。

1904 年，常任侠出生于安徽颍上县黄桥镇常东学村，父亲常凝章为他取名叫常家选。常先生相传是明代民族英雄开平王常遇春 (号常十万) 的后裔。年幼时，父亲常教授他"四书五经"和"经史子集"，但这远远满足不了他的求知欲。除去阅读家里旧存的《昭明文选》和《资治通鉴》以外，还如饥似渴地偷看《水浒》《红楼梦》和《聊斋志异》以及《西厢记》等。尤其爱听《西游记》唐僧取经的故事，为这些幻怪动人的情节所吸引，往往忘记睡眠。及长，读玄奘法师西行求法传记，深致敬仰，常欲追踪远游，一去印度。孩童时的侠义梦想促动了常任侠的学术之路。

而后，常任侠的表兄李鸣玉从五四运动的策源地北京回到颍上，给了常任侠很大的影响。自此，他开始濡染一股革命、反抗的战斗气质。于是他从戚继光的诗句"一生常继开平志，千里争传任侠名"中，择取"任侠"作为自己的名字，之后从未改变。

"在 1922 年的秋天，我驾着一叶扁舟，离开了这个生长我的家。我从此去开创新的世界，结束了幼年的生活。"这时入南京美术专科学校，从南社诗人姚鹓雏学诗。1928 年入南京中央大学文学院，师从王伯沆、胡小石、吴梅诸教授，攻读古典文学；又师从汤用彤，初步学习了佛经和梵文。1931 年毕业后留校任教。1934 年与汪铭竹等组织"土星笔会"，发行《诗帆》月刊。

1935 年去入东京帝国大学文学部大学院研习东方艺术史，又在那里研究了佛教艺术，益发增加了他去印度的迫切愿望。但直到 1945 年二战结束后，常任侠才有机会赴印度国际大学执教，真正实现了自己的凤愿。

在南京和留学日本期间，常先生出版过新诗集《毋忘草》、杂剧《祝梁怨》等，其旧体诗作则分别辑录在《红百合诗集》的《钟山集》与《樱花集》里。有的诗自伤身世，感时忧国，例如《初游北海漪澜堂》："漪澜堂外月如霜，顾影独来转自伤。曲榭微风槐子落，华灯照水藕花凉。愁闻玉树歌吹沸，谁念铜驼荆棘荒。我亦东西南北客，不知秋梦驻何方。"此诗作于 1933 年秋，诗人自注"时华北正多风云"。有的诗幽思缠绵，哀婉惆怅，例如《春日》："迟迟春日照珠帏，耿耿星河掩玉扉，西北高楼空伫立，东南孔雀惜分飞。金闾落月常相忆，碧海回波愿更违，欲采香兰遗远者，蓬山烟雨总霏微。"此诗系诗人追忆当年因战乱暌隔而永远离散的日本妻子之作。

在为学生讲授中国文化史之余，常任侠利用假期到尼泊尔和不丹等国访问，并实地考察印度历史文化遗迹，比较印度的阿旃陀石窟与中国的敦煌石窟、麦积山石窟、云冈石窟、龙门石窟等艺术遗迹之异同。他充分吸收国外学术界的研究成果，领悟文献材料的特殊感性，获得了从事中外艺术交流史研究所必需的田野考察知识。因而，他将文化交流、文物考古与艺术品考察三位一体结合起来研究的思路，在视野、理论与方法上对于今人研究当代东方艺术史以及艺术考古学学科发展有着重要的参照价值。

常任侠从读书时期就表现出对一切文艺的热爱之情。他参加话剧表演、写歌词、写剧本、爱摄影、爱收藏……抗战时期他不仅为《抗战日报》编副刊，积极从事抗日宣传工作，还兼任重庆中英庚子赔款董事会艺术考古研究院任研究员，与郭沫若、卫聚贤、金静庵、胡小石等主持重庆江北汉墓发掘；又与滕固、宗白华、商承祚、梁思成、傅抱石等组织中国艺术史学会，撰写《汉唐之间西域乐舞百戏乐渐史》《民俗艺术考古论集》等书稿。他的诗剧《亚细亚之黎明》，由冼星海作曲，曾在延安等地上演；他作词的《壮丁上前线》《中国空军军歌》等成为抗战经典歌曲；他组织新诗社——土星笔会，出版刊物《诗帆》。他一生所写新诗共结成三个集子，《毋忘草》《收获期》和《蒙古调》；而他更为擅长的旧体诗词约计千首，结集于《樱花集》出版。

大约从1928年到1941年的"中大实校"时期，学校以导师（即班主任）的名字命名班级，如，常任侠先生负责的班，就叫"任侠级"，严蘽裳先生的班，就叫"蘽裳级"。以导师命名班级的做法有很多好处，教育管理工作有许多便利，更重要的，是教师的荣誉感，他们的名字将会伴随学生的一生，因而他们必须是品格优秀的教师。十多年前，听得一耄耋老人叹息："我们'任侠级'的学生，剩下的没几个啦！"这个"任侠级"令人长怀不已，常任侠的德行和他波澜壮阔的经历，他立在讲台前的高大身影和他的慷慨言辞，他严谨的教学风格和对学生的宽容精神，特别是他在抗日战争爆发后，率领学生往大后方撤退的万般艰辛与勇毅，永久地载入了校史。

1937年9月至1938年1月他的《西迁日记》，最能反映一名国文教师的教育精神。兹录数则，可窥全豹：

1937年10月17日在屯溪，远山毕露，晨夜颇寒。昨日所折茶花，养水盂中，翠叶白蕊，亦饶寒意也。

前在首都巡环公演《卢沟桥》剧，余饰吉星文团长，当时曾留一影，高岭梅君为之放大，今取出张壁间，对之甚为爱惜。吾年正壮，当有可为也。

1937年10月18日，纪念周。上国文课讲《汉书·苏武传》，令学生知吾先民之气节，持久不屈。

灯下读《庄子》之《逍遥游》《齐物论》《养生主》《人间世》各篇。胸有积愤，期以此疗之耳。夜卧竹榻，长不及身，足伸被外，为之不温。晨起右肩辄痛，想受寒所致。出外租房又绝少，以屯溪自战事发生以来，增加人口多也。

1937年11月14日，晨，大雾。讲《勾践灭吴》两小时。课余为学生报告修路工人生活状况，在课堂中，泣下沾衣。收王平陵来函，嘱撰战时诗歌一文。

……

1938年，他离开学校，去从事抗日文化宣传工作。1945年应泰戈尔邀请，赴印度国际大学讲授中国文化史。他在校教国文的那段时期，本是学校最辉煌的时期，如果不是抗日战争的爆发，他可能会为中国语文教育做出更多的贡献。

历史总是这样，一边是斗士孤独的身影，一边是庸众的鄙俗冷漠。艰难的西迁路上，常任侠时时不忘用祖国语文唤醒学生的爱国情感，而同时，他的日记也记录了途中一些教师的庸俗。就在淞沪战场每天倒下成千上万中国士兵血肉之躯的同时，少数教师仍然在打牌喝酒，为生活待遇而发牢骚。看到了伟大教育精神对面那不堪的一角，我更理解常任侠的抉择。对学生而言，这种在民族危难关头庄严工作的态度，是最好的国文教育。

1938年春，常任侠在长沙与田汉、廖沫沙等编辑《抗战日报》；不久，到武汉军委政治部三厅工作，并担任政治部副部长周恩来的联络秘书。

中华人民共和国成立之后，政务院总理兼外交部部长周恩来，打算任命常任侠为外交官；与此同时，负责筹建中央美术学院的著名画家徐悲鸿，也向常任侠发出邀请，让这位美术、艺术史专家到校任教。作为社会活动家，常任侠通晓多国语言，社交广泛，在外交领域可以大显身手；作为学者，他博学多才，硕果累累，完全能够贡献所长，而且他同徐悲鸿大师是南京、重庆中央大学的老同事。最终，总理尊重徐悲鸿先生"聚天下之英才于一堂"的意见，就答应了徐悲鸿院长的要求，让常任侠到中央美术学院担任教授兼图书馆馆长，但仍兼文化外交之使命。

然而，"文革"开始了。在那段黄钟毁弃、瓦釜雷鸣的时期，常任侠被打成"反动学术权威"，他被称为"大军阀的走狗"……在造反派的监督下，他与著名画家李苦禅一起参加劳动，他在日记中写道："每日共挽一车，运煤千斤，朝夕辗转不停。"1970年，他被下放到河北磁县西陈村附近的农场，荷锄陇亩，未忘著述，往往"日行五十里，夜写一千言，每晚烧尽一支蜡烛为止。"同年，周恩来总理派人前来慰问，常先生回首前尘，感念万分："传来温语可融冰，远怀西陈一老兵。"幸赖总理关怀，常先生得以不再下场地劳动，有暇在村中写书。在昏灯草舍内走笔夜书的20万字书稿，"文革"结束后得以出版，即是对研究丝绸之路与西域文化颇具参考价值的《丝绸之路与西域文化艺术》一书。

巡礼在东方艺术的画廊中，常任侠无疑是这悠长画卷里一颗闪亮的星。作为20世纪致力于东方艺术研究的美学家，常任侠建构了颇为独特的艺术研究模式和理论范式，他基于艺术考古学的理论探索，进而在巫术与艺术起源、中国美术史的重建、表情艺术理论的拓展，乃至东南亚艺术形态和艺术理论的交流融合等层面多有建树，为20世纪的中国艺术理论升腾出别样的东方色彩。

北大南亚所的研究生、美术理论家王镛当年曾求学于常任侠门下，他说："恩师毕生治学精勤，涉猎颇广，文笔气势豪宕，不愧诗人本色。"

常任侠不仅与同时代的其他美学家在学术兴趣上颇为迥异，而且研究方式上也大相径庭。他的一个突出特点便是注重田野调查。因为从1920年开始，中国艺术史学和艺术考古学研究常着眼于出土文物的制作工艺，缺乏深入探究其美学价值的视角，常常停留在欣赏层面，缺乏体系化的理论思考，也缺乏文化学意义上的比较分析。

艺术考古学成为其一生进行艺术观照和理论衍化的主要方式，这主要源自他留学期间日本国内艺术考古学研究热潮的影响。可以断言，艺术考古学为常任侠敲开了管窥中国传统艺术形态的钥匙，是其运用外来学术研究模式进行本土艺术研究的主流路径。正是借用这一研究方法，常任侠探讨艺术发展进程中的诸多理论问题，进而为现代美学的理论架构提供了新的视野。

常任侠一生几乎经历了中华民族在 20 世纪所遭受的所有苦难。如许多热血男儿一样，他积极投身中国人民革命事业，一生两次弃文从戎，北伐战争期间加入北伐青年军，抗日战争中在武汉军委会三厅任周恩来的秘书，并与楚图南、闻一多等人发起组织成立中国民主同盟，为新中国的建立做出了贡献。

对于求学、东渡、抗战、远游、研究、教学兼及其他的历经悲喜的一生，常任侠曾说过："我一生的研究，杂吗？谈古论今，横说中外，是杂。专吗？古今中外，不离其纲，紧紧围绕东方各国美术史以丝绸之路为重心，很专。"

因性格之豪爽快意，常任侠广结好友，艺友间书画往来颇多。又因其专业涉及考古，癖好便是搜集铜器、砖瓦、印章、古钱等小古董，自然是不折不扣的收藏谜。其数十载所藏佳品，凡轴、卷、扇、联，山水、花鸟、人物无所不包。曾有文章记述当年常任侠受周恩来派遣赴粤闽浙三省视察，旅途中不能多带行李，他宁愿减掉部分衣物，也要带上千辛万苦搜集来的文物。有时为了收购文物，弄得自己身无分文。可惜辛苦收集的这些文物书画等艺术品在"文革"中被抄，损失惨重！

2019 年 11 月 23 日上午 9 时，"'和平之乡'的中印文化艺术交流——学者常任侠与画家常秀峰"展览开幕式，外交部副部长罗照辉先生深情追忆了自己 1982 年师从常任侠先生学习印度艺术史的经历，感慨常任侠先生在印度田野调查的基础上出版多部印度艺术史著作，言传身教养教育了一大批推动中印友好交流互动的学者，为中印民间交流搭起一座桥梁。他坦陈正是在北大求学期间常任侠先生对学生的严格要求和悉心教诲，奠定了他与印度文化的不解之缘。

常任侠先生博学多才，见多识广，可以说是上知天文下知地理，而且心思缜密。他既是我国著名的东方艺术史与艺术考古学家，诗人，又是一位功深面广的美学家。他一生在艺术方面涉猎很广，是东亚，东南亚一位重要的审美文化传播者，其研究多上升到美学的理论层面，造诣颇深，还是一位蜚声中外的学界泰斗。

常任侠先生一生追求光明，反对腐朽，意志刚强，不畏艰难。他爱党爱国，矢志不渝。他衷心拥护中国特色的社会主义和改革开放的方针政策。他一生心胸宽广，潜心治学，终生以"勤能补拙、俭可养廉"为座右铭，光明正直，笔耕不辍，奖掖后学，不遗余力。在病榻上，他还不时地为满足来访者的恳求而题词赋诗。"愿身作茧永抽丝"是他于1991年3月5日在中日友好医院写下的诗句，这正是他一生崇高精神境界的真实写照。他的名字被《美国名人录》《远东及澳洲名人录》、英国《国际名人录》、日本《日本现代美术家名人录》收录。

常任侠先生的高尚品格和精神风范，他的作品和他对中国艺术史学以及艺术考古学等的贡献，将长存于人们的记忆之中。

我所认识的庞中华老师

庞中华，著名书法家、教育家和诗人，四川达州市人，生于1945年10月21日，1965年毕业于西南科技大学地质勘探专业。中国硬笔书法事业的主要开拓者。现任中国硬笔书法协会名誉主席，庞中华硬笔书法学院院长，万里同志研究会顾问，曾当选为第八届全国政协委员。2010年获得绿色中国年度焦点人物公益人物奖。

庞中华练习硬笔书法几十年，遍临名帖，他认为对前辈的书法不能一味临摹，失去自我，而应该不断创新，用他的话说就是"读古帖写现代字"。同时，庞中华曾追随国学大师文怀沙学习，与范增、王立平、空林子、周逢俊等名家同为关门弟子，于诗歌创作也具备一定功底。目前兼任燕堂书社常务理事。

自1980年以来，有100多种字帖和专著在海内外出版发行，其中代表作有：《庞中华谈谈学写钢笔字》《庞中华钢笔字帖》《庞中华现代硬笔字帖》《庞中华书法集》《庞中华诗抄》《庞中华散文集》《庞中华电视讲座》《庞中华人生感悟》《硬笔书法简论》等，主编了多部书法教材，包括《硬笔书法普及班教材》《硬笔书法高级班教材》《中老年人硬笔书法教材》，以及适合中小学生课堂使用的《写字课本》《写字字帖》《书法艺术》《庞中华快乐练字》等，其图书总印数已突破1亿5千万册，非正式渠道超过3亿册。他还应邀多次在中央电视台、中国教育电视台开办了《硬笔书法讲座》《庞中华硬笔书法艺术讲座》等，听众数以千万计。

他创办的庞中华硬笔书法中心及学院，迄今已培养学员120余万人。庞氏硬笔书法，清新秀逸，兼善各体，自成一家，被誉为"庞体"。他独创的"快乐立体教学法"享誉国内外。除书法外，还长于音乐、诗歌、散文、演讲等。海内外舆论称他为"中国硬笔书法第一人"。

庞中华老师是我的偶像，从八十年代初我就是开始临摹他的字帖成长的，可是我没练好它，至今还保留有几本80年代他的钢笔字帖。就在十多年前经过万伯翱大哥介绍让我见到仰慕的偶像庞中华老师。万大哥介绍完毕后他开始有趣说："你是我们香港的'林大使'。"到如今一见面或者打电话首先依然开着这句玩笑话。见到我身体魁梧又嘱咐我要迈开腿、管住嘴。知道胖对我身体不好，坚决让我要减肥。我马上听他的话照做，意志坚定的开始减肥计划，刚开始减肥时饿得走路都有点轻飘飘的，经过一两个星期的刻苦忍耐的煎熬下终于减肥成功，瘦身二十多斤，我从心里真诚感谢他。有时我写的文章去向他请求，他告诉我买一本《古文观止》和古书籍，多看一些好文章来提高自己写作能力。他精通诗文、书法酣畅淋漓、对音乐有奇特爱好，真是一位才华横溢的老师。还鼓励我跟万大哥在一起要用多余时间来向他学习写文章，于是我又尝试着写了几篇文章，有的文章还得到万大哥的鼓励和表扬，但我知道这点小成绩仍然不够，要多看和多读古人的好文章还要坚持不懈的努力争取写出更精彩的好文章，他真是我的良师益友呀！

过了一会他还幽默风趣地说："万大哥是万老爷子琢出来的一件'绝世珍品'，像大哥这样的高干子弟还一直追求完美写作风格，笔耕不辍，这些年来写出了几十本红色散文书籍，真是让人羡慕呀！"接着又说："万大哥这几十本书印刷量有的至少也是上百万册，在过几百年甚至上千年后肯定还有留下来的书籍，到那时人家读完后就知道万伯翱大哥，到那时你说万里委员长，也许认识他的人就不如万大哥那么知名了，但是万老爷子是新中国改革功臣，有民间佳话'要吃米找万里'这句百姓发自内心深处的话，还能记得住万老爷子呢。"他接着又比例说："你们在座的十几位朋友，你们能说清楚清朝从头至尾到底有多少皇帝的名字。"基本回答不全。

庞老师还积极响应习总书记的重要讲话要求，一带一路文化先行，文字点亮世界、书法传播友情为主题，在今年联合国第八届中文日联合国特别邀请庞老师举办庞中华书法邀请展，成为联合国中文日的一大亮点。同时展示了深厚的中国传统毛笔书法功夫，真、草、隶、篆多种书体；并用硬笔和毛笔相结合写出中、英、法、俄、韩、日、阿拉伯文、西班牙文等书法体，很多内容是庞老师的诗词和人生感悟、讴歌时代、弘扬中华优秀传统美德，精美的书法和感人故事的内容引起人们对中国传统书法的兴趣爱好。

"庞中华书法邀请展"在联合国中文日活动开幕式上，以重头戏登场，会场欢声笑语，人头攒动，彩绸飞舞，联合国官员、各国外官、美国华侨领袖、宗教、文化、教育、企业界、新闻界人士将近300人参加。中国纽约总领事馆教育参赞徐永吉、美国美中关系全国委员会主席欧伦斯、联合国大会中文处处长陈忠良、联合国大会会长嵇晓薇、联合国中文教学组组长何勇、著名书法家庞中华老师为"书法展"剪彩开幕。

开幕式上，中国人民的好朋友、美中关系全国委员会主席斯蒂芬·欧伦斯先生，作为著名的中国问题专家，他用一口流利的中文发表洋溢热情的演讲，他高度评价在联合国举办"庞中华书法邀请展"意义重大，他说，他小时候每年都会来联合国参观，在他心目中，联合国就是大家庭代表和平的象征。所以庞中华老师的书法在这里展出是一件非常正确的事，因为他的书法作品文字是以宣传和平、团结奋斗为基本，把一些国家文字写成书法作品让世界各国人民更加了解中国。

满腹诗文的庞中华老师也作了热情活泼、风趣幽默的讲话，他回顾从1980年中国掀起了硬笔书法大潮，那时全国各地学生基本都在练习庞中华老师的硬笔字帖，让他从一名深山地质队员，将中国书法推向全世界。到如今多次登上联合国讲台并教学的传奇经历，引起联合国官员、各国外交官和各国爱好书法的人们关注，并且专门学习他的书法。

庞中华老师先把中国文化推向全世界，让全世界认同我们的伟大的中华梦，在不久的将来终于可以实现我们的理想，让人民生活更加美好，让国家更加强盛。庞中华老师是个和谐可亲、锲而不舍的把硬笔书法做成网络教学的伟大工程并向教育系统全面推广，将来为人类做出巨大的贡献。庞老师永远都是我心中的偶像。正所谓：人间纵有多情笔，不断春江入水流。

我所认识的苹花书屋的主人

伯翱兄说："时间这个东西，抓不到，也留不住，它不紧不慢地流逝着，而我唯一能做到的，就是用文字去记录当下的时光，定格这一刻。"伯翱兄常常对我说这句话，而这一路走来，他也正践行了他的箴言。

初识伯翱兄源于文字。多年以前，偶然得到伯翱兄于 1965 年和 1966 年出版的《劳动日记》和《远方来信》(上海教育出版社)，我一口气拜读了其中《走革命的路，接革命的班》《用双手去为人民造福》等多篇日记和家书，文字中所体现出的革命的坚定信念与一片赤诚为人民的奉献之心，就像一道明亮的光，照进了我的心，我当时就迸发了一个念头：我一定要尝试走进这位作家的精神世界，去了解一个红色散文作家的心路历程。直到十多年前，我终于有幸在北京见到我的偶像——伯翱兄。

伯翱兄，儒雅敦厚，待人真诚，而实际上他本人是京城非常有影响力的红二代，因而在京城，人们都敬称他为"万老大"。

伯翱兄是著名的作家、散文家，在文学、影视文学剧本、散文领域创作了不少好作品，无论其散文创作还是传记作品都展现出独特的个性与较深的文化内蕴，海内外学者均评价颇佳，多篇作品被报刊媒体转载并获奖项。

如每一位文风古韵的文人，每一位传承文化脉搏文坛大家一样，伯翱兄还有一个广为人知的文号——苹花书屋主人。

1962 年，是"三年自然灾害"后的国民经济恢复调整时期，国家精简城市人口，号召大办农业，大办粮食，动员城市中学毕业生上山下乡。此际，时任北京市委书记处书记和北京市第一副市长万里同志，响应毛主席的号召，毅然将其长子万伯翱送到自然条件非常艰苦的地方去劳动锻炼。自此，伯翱兄告别家人，开始了他"路漫漫其修远兮"的上山下乡的旅程。

伯翱兄被下发到河南省西化国营黄泛区农场。由于是黄泛区，这里，自然条件和生活条件都艰苦，基本上整个农场，家家户户都说得上是屋无长物，家徒四壁。虽说是北京市委领导的儿子，到了这里，伯翱也是与其他所有上山下乡的知识青年一样，没有任何特殊待遇，住草屋，睡通铺，点的是自制煤油灯。

奔赴黄泛区农场，伯翱兄的行装非常简单。但却有几样物品是极为有意义的，一床父亲在抗日战争时期发的被子、一件父亲穿了多年的灰军衣、一本父亲送的红皮笔记本、一部廖承志送的半导体收音机、两本书。父亲的被子和军衣是妈妈边涛特意送的，其中所包含的父母的慈爱之心与温暖不言而喻；父亲送给他的笔记本上，题写了八个字："一遇动摇，立即坚持"，这是父亲的鼓励和一颗拳拳的培育爱子之心，用心良苦；两本书是《论共产党员的修养》和《钢铁是怎样炼成的》，这是伯翱兄对自己的自律与自我要求；半导体，寄托着长者前辈对伯翱兄的关心和关切。虽然明明是一次根本不知何日返家的远行，而除了上面那些物品以及随身衣物之外，他只带了父母送给他的15元钱。

一个城市下来的高中学生，初到农村，所能感觉到的苦，没经过的人是不会能感受到的。

作为青年学徒农工，他的实习期每月工资22元，吃大伙，三年困难时期余震还在，每天多半是红薯加咸汤，这种生活简直就像掉进人间地狱一样，伯翱兄吃苦耐劳一直熬到最后。那台日产六管半导体收音机，是伯翱兄当时唯一能显耀的"奢侈品"。他时常把它带到田间地头，休息时和农友们一起听新闻，有时也听听戏曲，在当时有收音机就可以听新闻知道一些国内外的大事。

农场的活儿各式各样，锄地、施肥、打药、剪枝，种瓜点豆。收获季节刨红薯及花生，割黄豆等等等，不一而足。所有知青们都要参加劳动，伯翱兄也不例外。锄地、刨红薯都是力气活，是实打实地出大力气的，没干过的人，挥不了几锄头，锄把儿就把手磨出泡儿来了。轻的，一个水泡；再厉害了，就是个血泡了。更不用说一天下来，身子就和散了架似的。

伯翱下乡的时候，正是三秋，也就正赶上农场里收红薯。于是，伯翱兄学做的第一个农活儿，就是刨红薯。

在城市里，学生时期一年到头，很少干活，也确实没什么大力气活给学生们干，这猛然摸着锄钯，实打实地一干一整天要从硬地里刨出红薯来，是真吃着苦了。第一天去，不足半天，伯翱兄的手上就打了泡了，到一整天下来，水泡变成了大血泡，碰一下，生疼。人睡到铺上，就如同散了架一般，哪儿哪儿都觉得疼。老乡们看不过去，心疼这个初来乍到的京城学生，看了两手血泡心痛地说："小万，累了就歇歇吧，你不能和我们比呀！"

回想那个时候的自己，伯翱兄说，"说实话，就那个时候，我也想过，'是啊，我怎能和他们比，请个假到卫生所包扎一下歇一天吧！'。此时，父亲万里写在笔记本上的"一遇动摇，立即坚持"八个大字就马上浮现在我的眼前，我好像看见父亲期待与鼓舞而又严厉的眼神，好像听见父亲在耳边循循教导的话语：你要动摇和退却吗？想想那些为了打下江山流血牺牲的革命前辈，你是不是连这一点儿皮肉之苦也不能忍受？那你又怎么去建设好社会主义？"心底的自律与激励，让伯翱兄硬是熬过了这最难熬的几天。7 天时间，红薯全部入窖，这一场农场抢收战，大获丰收；这一场个人毅力与痛苦的争夺战，也终于以个人毅力的胜利而告终。说到这儿，伯翱兄笑了。"那时候每天早上一睁眼，就一轱辘滚下床，穿上满是泥土的鞋子，告诉自己决不退却！那一场胜利也是真不易啊。"永恒地坚持，会尝到获得劳动成果的喜悦。在农场的持之以恒的自律和努力，也让伯翱兄获得了农业生产之外的生活和世阅的收获。在后来的文学创作中，《高队长》《小常》《王近山》《郭世英》等一批专门刻画农场友情和先进事迹的作品由此而出，这些人物源于生活，生动而明亮。

打药和剪枝也是农场日常的活儿。伯翱兄有一张在农场时的黑白照片，记录了他在农场的情景，那些劳动的情景伯翱兄至今记忆犹新。

先说打药这活儿。要选天晴太阳好的日子，害虫活跃就可以打药。夏天骄阳似火，太阳火辣辣地直射大地，去打药的人头上要戴个草帽，不然日头太毒，人会晒坏。伯翱兄背上农药箱，手持长竿的喷雾器，到果林去打药。

这种长竿喷雾器是往苹果树枝头上喷洒农药的专用工具，有的树高达到二十米，要仰望给万余棵果树喷药，不一会儿，人就被晒透了。打一次药，伯翱兄的头上身上全是汗珠，有如水泼过一般，汗珠像断了线的珍珠一样滴滴答答洒落在果园里，等打好一箱药，回到休息的地方，那衣服又被烈日晒干，就印成了一片片的汗白盐的地图了。打药有讲究的，药兑的比例、人的站位、喷雾器与果树枝叶的距离、时辰和在不同的时候从哪个方向打，都有说法。

那时喷"1059"等烈毒农药防护措施很差，只是戴口罩和粗线手套而已，药很容易渗过来，就会烧到皮肤，同时，也很不好清洗。而洗不净对人是有伤害的。还有一点就是，如果不会打药，还有可能吸到农药，有中毒的可能，曾经发生过农工中毒倒地的事故，确实当年防护相当的差劲。但这一切辛苦，到了秋天收获的季节，看到果树挂满红通通的苹果时，那诱人的味道就伴着微风进入你的鼻孔乃至全身，久违的惬意会从你那深埋的心底中迸发而出，幸福感油然而生。

还有"龙口夺粮（果）"。抢摘苹果过程既辛酸，又有收获的喜悦。因为怕秋雨连绵无法空中作业，淋坏了劳动果实，必须赶在秋季寒雨到来之前把满树的果子抢收回来。这个时候，是伯翱兄和大伙儿最卖力的时候，毕竟是一年下来的辛苦收成的，不能让丰收而不能收获。

剪枝不完全是体力活还是高超的技术活呢，就好多了。但同样，要学好这个手艺活儿，也是要用多少心思，才真的能干好。包括：什么样的枝条侧枝可以剪去，分辨该锯掉的枝子，怎么剪果子生得好才能多结些果，园艺活不简单呢。伯翱兄从最基础的事儿开始学，在艰苦的劳动中，渐渐地学会了剪枝、嫁接、打药、施肥等各种农家把式。后来西华农场党委高副书记的儿子，还当了伯翱兄徒弟，伯翱兄经常教他给苹果树修枝等技术。

春天给苹果园的果树除草，夏天要给果树打药，秋天到了丰收的季节摘苹果，冬天要剪苹果枝....一年四季在苹果园里忙忙碌碌，伯翱兄对苹果的生长有了浓厚的兴趣，而在这果园，也演绎了一段段不寻常的故事。故此，他的书房名就叫"苹花书屋"，在他所写的文章里最后落款都有"苹花书屋"这斋号名，这里面，有他的耕耘，有他的情感，有他的灵思……

这个"苹花书屋"在国内外也有不小的名气，多少大文豪和大书画家都给他题写过斋名，其中就有饶宗颐、韩美林、刘炳森、文怀沙、沈鹏、范曾、康宁、崔如琢、马识途等好友。特别是著名大作家李准，曾经与他一起在农场劳动过并结下了深厚友谊，也是他，特别和伯翱兄商定后，一致认为他的书房名就叫"苹花书屋"。

回忆起在黄泛区农场的青春岁月，伯翱兄激动地说："在农场的 10 年是我一生中最难忘、最受益的时期，河南是我永远的劳动故乡，知青生活是我人生中火红年代最宝贵的财富。"

伯翱下乡在当时是一件当年极为轰动的事件，中国青年报于 1963 年 9 月 24 日以头版头条发文刊登，贺龙元帅、彭真市长以及乔冠华外长等老一辈革命家和全国新闻媒体好评连连，甚至吸引了共和国总理周恩来的关注，同时也受到周总理的表扬，一时成为美谈，是那个年代知识青年的典范和人们的学习楷模，轰动了全国。

1972 年伯翱兄进入河南大学外语系。毕业后应征入伍到总参炮兵学院，后调入北京武警总队任团政委。20 世纪 80 年代从部队转业到国家体委，任对外宣传出版处处长。后升任中国体育杂志社社长兼总编辑、国家体育总局人力资源发展中心主任。2007 年当选为中国传记文学学会会长，开启了散文创作的新时代、新思维。

多年来伯翱兄笔耕不辍，先后创作了电影《三个少女和她的影子》，电视剧《少林将军许世友》《侠女十三妹除暴》等作品；散文集《三十春秋》《四十春秋》《五十春秋》《六十春秋》《七十春秋》《元戎百姓共垂竿》；传记文学《孟小冬：氍毹上的尘梦》《粉墨春秋绝代佳人言慧珠》《红墙内外》等。他的创作的作品，往往一经发表，就好评如潮，以他的散文改编的电视剧《贺帅钓鱼》，受到了贺帅家人的赞赏；他的传记文学引起了文学界的广泛关注；其中《红墙内外》这部作品，屡次售罄加印，备受粉丝们的追捧。也可以说让其父亲万里委员长在九泉之下终于"望子成龙"了。

盛名之下，伯翱兄却依然勤奋笔耕如故，珍惜每一刻时光。

从日本成田机场坐飞机回国的时候，飞机起飞了，只听见隆隆的引擎吼声，飞机在滑道上滑行。五分钟后，比车轮还小的前轮上升到天空。刹那间，只听嗖的一声穿入云霄。我从舷窗俯瞰地面，高楼大厦、崇山峻岭，这时显得实在太渺小了，大地俨然像是一个沙盘，一个框架的结构图。飞机又一次直冲云层，从舷窗望去，天空白茫茫的一片，就像洗桑拿时冒出来到的蒸气。啊，空中的一切使我惊叹不已，天空上的云彩千变万化，如仙女，似冰雕，还有连绵起伏的雪山峰峦……

飞机爬上一定高度，开始平稳。我转过头来，只见万大哥掏出笔记本，放下机上的小桌板开始写作。每一次出差，坐飞机他都要拿出纸和笔写点什么。因为飞机上很多人都在休息，为了不影响到近邻乘客，伯翱兄就只开个阅读小灯，灯光调得很亮，静悄悄的然后集中精神开始写，写到连飞机起飞两个多小时还不知。我就在一旁看着其聚精会神——阅读资料或奋笔疾书。纸用完了，就用航空垃圾袋或餐巾纸接着书写，光我收藏的他在飞机上用餐巾纸、航空便笺和垃圾袋写成的手稿就有三十来篇。后来我知道，在上海《新民晚报》"夜光杯"栏目发表的已超过百篇文章里，有很多都是在飞机上完成的。伯翱兄的的确确是我最羡慕的，最崇拜的偶像！

伯翱兄说："在飞机上，没有电话和访客，安安静静才是最好的创作环境。"

有一次从美国回北京，十多个小时的航程，伯翱兄一口气就完成了两篇构思好的散文。最近有一篇《我和自行车》刚刚在12月18号发表在《新民晚报》文艺副刊上的文章，文篇的构思巧妙而成熟的文章，那一篇文章并不是他片刻的构思呢！写文字时的伯翱兄，往往拈笔抽纸，便手不停挥地写下去，开始及中间，停笔踟蹰时绝少。他的稿子极清楚，每页最多只有三五个涂改的字。他说他从来是这样的，他写的文章很多，文字及字句自然比较熟练，这看出他的才华和文化底蕴。每篇写毕，我自然先睹为快，底稿基本上都是给我收藏。

听到他这么说，也看了他这么多的文章。这时我开始了解了伯翱兄对文学的爱好和几十年来的坚持。在他影响下我也开始尝试写一写，有一篇《乌酥杨梅好》在他启发和修改下，我大胆地投稿给《新民晚报》也竟被选中并刊登在"夜光杯"专栏上。

泰戈尔说："只有经历地狱般的磨炼，才能炼出创造天堂的力量；只有流过血的手指，才能弹出世间的绝唱。"是啊，成功是美好的，而获得成功的过程却充满坎坷，成功不会轻易获得，这是一个不断追求、接受磨砺的过程——艰难困苦，玉汝于成！伯翱兄以他的模范行动，深刻地打动了我，这就是古人所云"宝剑锋从磨砺出，梅花香自苦寒来"的道理。

骁勇善战

——记开国中将陈康

一艘游船从遥远的史册里缓缓驶来，中国革命的先驱者置身于其中，用智慧和力量为中国的未来把脉、掌舵，导航。看似平静的湖面，蕴藏着不平静的力量，那是一种前所未有之举，革命道路从这里开启，从此宣告中国共产党的成立。作品在设计构思中，具有江南拱桥特点，又有和平鸽腾飞向往和平特征。左上角有光芒四射的党旗，体现中国共产党为人民服务的宗旨……

中华民族正在迎来一个庄严、重大、喜庆的日子：2021年7月1日，中国共产党成立一百周年。

习近平总书记指出："我们党的一百年，是矢志践行初心使命的一百年，是筚路蓝缕奠基立业的一百年，是创造辉煌开辟未来的一百年。在百年接续奋斗中，党团结带领人民开辟了伟大道路，建立了伟大功业，铸就了伟大精神，积累了宝贵经验，创造了中华民族发展史、人类社会进步史上令人刮目相看的奇迹。"雄关漫道真如铁，而今迈步从头越，站在"两个一百年"奋斗目标历史交汇的关键节点上，回顾来时的路，初心长在，展望新征程，壮怀激烈，中国社会主义文艺正在迎来新的更加广阔的天地。

20世纪，是战火纷飞的世纪，是英雄辈出的世纪。既有鲜花盛开的土地，又有鲜血染红的战旗；既有战场上的滚滚烽烟，又有战场上慷慨激昂的悲歌……顿时，"青山处处埋忠骨，何必马革裹尸还"的诗句萦回在耳际，革命先烈，为迎接拂晓的黎明血染碱滩，为捍卫新中国而埋骨他乡，为解放全中国而长眠神州。这些烈士有的还未来得及看一眼五星红旗，有的也未来得及享受一刻胜利后的欢欣。有的更未来得及过一天幸福的日子，就辞离了人间。

你们也有自己的青春韶华，你们也该有自己的恋爱婚姻，你们也该有属于自己的许许多多做人的权利，可是，你们该有的许许多多都没有，或者还没有来得及拥有，却用鲜血和白骨，搭建起了巍峨的共和国大厦，让今天的我们享受你们没有享受的今天。为了大我，抛舍小我，你们毅然决然地奔向血与火的疆场，奔向祖国母亲声声呼唤的前线，以对党、对祖国、对人民的一腔赤诚，以及对共产主义的坚定信仰，默默地流尽了最后一滴血，停止了最后一次的呼吸，又默默地安息在华夏盛土之下……共和国的旗帜上，有你们血染的风采。革命是艰辛的，红旗是血染的，胜利是来之不易的。谁不知道生命的宝贵？然而，为了家乡这块土地，为了祖国大家庭的温暖，无数英烈们时刻都在经受血与火的洗礼，在生与死的考验中，你们去得是那样匆忙，没有目睹家乡的美景，但你们划落的轨迹，将永远镌刻在家乡人民的心中。

今天讲讲开国中将陈康，原名陈五和，他的确是一位身经百战、胆略过人、叱咤风云、屡建奇功的勇将。

陈康将军的夫人——郭青是我的表姑奶奶，因此我叫陈康为姑爷爷。姑爷爷在我心目中勇猛无敌，是可以战胜任何困难的人。1990年中，正好来北京工作，去拜见姑爷爷，怕将军姑爷爷威武霸气那种感觉，心里一直忐忑不安，不知道见了说些什么话，害怕说错话。

第二天一早到了万寿路17号院，见姑爷爷老态龙钟，和蔼可亲。记忆里，姑爷爷是平头、斜飞的英挺剑眉、双目炯炯有神、腰板笔直。姑爷爷还是雄姿英发、叱咤风云、威风凛凛的形象。他的诚挚、儒雅、温厚、敦善和他的机智、聪颖、务实，姑爷爷是我十分景仰的人。

十多年前我带万伯翱大哥前往姑奶奶家拜访过她。姑奶奶对着万大哥说："您家老爷子万里是中国改革开放的先锋和闯将，是小岗村包产到户的支持者和推广者，对安徽人有着特殊的意义；民间民谣有'要吃米，找万里'，'金碑，银碑，不如人的口碑'。70多年革命生涯中，您家老爷子把自己的全部精力贡献给了党和人民，为中华民族独立和解放、为社会主义革命和建设、为改革开放和社会主义现代化建设事业建立了不朽功勋。"

姑奶奶细细地讲述着魁岐革命星火燎原的故事，讲述姑爷爷的那段峥嵘岁月给我们听。

听姑奶奶讲述姑爷爷是出生于湖北广济县一个贫苦农民家庭，他是家中的第五个孩子。当时，有一位农家小店老板看着陈康可爱，想花30块大洋买下他，陈康的父亲说，不卖，再穷也要把阿五养大。姑奶奶笑着说："幸亏没卖，卖了老陈，家里就少了个中将儿子呀！"

这里讲的是陈康，并不是陈赓。既有陈赓，又有陈康，陈康还是陈赓的爱将。你看，这两个名字长得真是太像了，天底下竟有这么巧合的事情吗？以至于，很多人会把陈康误认为是陈赓，他们名字更容易让人混淆。

陈康的骁勇善战，连毛主席都早有耳闻。毛主席曾对陈赓说："陈康是你部下的常胜将军，打了很多胜仗。"

当时陈赓向毛主席提出提高陈康的军衔时，授中将军衔确实低了，他愿意让一颗星给他。毛主席表示非常理解，不过，他并没答应陈赓的请求。

毛主席说："军衔不是我说了算，是评审组共同评定的，我也无权置喙。更何况，评定军衔这件事，本身就众口难调，不可能让人人都满意。"

毛主席说得没错，即使自己一句话，就能提高陈康的军衔，可如果陈康的军衔提高了，其他将军们会怎么想？说罢，毛主席又补充说道："再者，即便陈康所获得的荣誉与他的实际贡献不相匹配，但他的功劳，人民群众会记在心中，共和国不会忘记他！"话都说到这个份上，陈赓大将也是识大体的人，自然不再多言。

新中国成立后，陈康继周希汉之后执掌第13军，1955年9月，人民解放军第一次评授军衔，陈康被授予中将军衔，次年7月，他升任昆明军区副司令员，一年之后兼云南省军区司令员，后升任昆明军区代司令员。在这么高的位置上，陈康并没有开始享受安逸的生活，而是根据当地的自然条件，研究出了一套亚热带山岳丛林地带作战的经验，中央军委对此高度肯定，所以陈康也被称为是"丛林猛虎"，美国军方称他为"赤色中国的丛林战专家"。据说，陈康在越南军队中知名度很高，很多越南将领都将其视为老师。在对越自卫反击战时，只要陈康出马，越军就会撤退。1977年12月，调任兰州军区副司令员，1981年11月，陈康享受大军区正职待遇离休，1988年7月，荣获一级红星功勋荣誉章。陈康还是第九、第十届中委，比起当年一起出走的叶道志、徐长胜那是非常幸运，陈康要是不回来，结果估计是不会太好，不过，陈康之所以有后来的成就，那也是拼出来的，在他60多年的戎马生涯中，曾经5次身负重伤，陈将军晚年接受记者采访时，指着遍布全身的伤疤，一一列举是什么时候受的伤，豪情万丈地说："我这个副司令是一级一级打上来的，负一次伤，升一级官，绝不是溜须拍马拍出来的！"

确实在他60多年的戎马生涯中，曾经5次身负重伤，直到他2002年逝世时，身上仍残留着11块弹片。

陈康打过的胜仗不胜枚举，他独特的战略战术思想，受到了我军的高度重视。中越自卫反击战，就是采用的他的突袭战术。他的不少成功战例，还被编入军事教科书。主要作品有：《攻克剑门关》《豫西"牵牛"》《进军豫西的四兵团》《忆滇南战役》等，还主持编写了《中国工农红军第十五军军史》。

听完这段历史，我心中总是升腾起一股浓浓的敬畏与缅怀，那是姑爷爷他那一辈人的奋斗与革命，与姑奶奶的一次次深谈依旧历历在目，"现在我们的生活越来越好，但这段艰苦的革命岁月，我们不能忘却，而是要牢牢记在心里呢。"

没有先辈们的流血牺牲，哪有我们今天的幸福、和平与安定？你们的英名永存，你们的精神常在，你们的生命在延续。

学古而不泥古，温故而知新
——记著名画家刘海霞

国画一直是我国历史几千年以来迁客骚人喜爱倾衷之物，而其中以花作画更是很多画家平生喜爱之事，例如"画圣"吴道子、宋朝画家李唐，每一个人都用自己的笔墨为花留下传世之美，而我今天要介绍的就是我国现代著名画家——刘海霞。

刘海霞，祖籍山西，现居北京。清华美院高研班美术教育专业。现为中国扬州八怪研究院秘书长，荣宝斋画院刘曦林工作室画家，李可染画院青年画家。2015年作品《曲涧流秋》入选北京奥运精神中国画作品展。2016年作品《翰墨凝香》入选万年浦江全国花鸟画作品展，并被主办单位收藏。2016年作品《清风》入选第四届中国廉政文化书画展——习近平引经据典主题展。2016年作品《幽鸣图》入选"百花迎春"山西省花鸟画作品展。2017年作品《秋香》入选第四届山西省青年美术作品展，并获奖。2018年作品《静夜思》入选"金城流韵"21世纪新丝绸之路全国中国画作品展。2018年作品《清韵》入选"恽南田"全国花鸟画作品展。2019年作品《和谐家园》入选全国工笔画大展。2020年作品《憩》入选"画者文脉——全国书画名家邀请展"。2021年被世界和平国际教育联合会和中国教育基金会联合评为"优秀指导教师"称号。

刘海霞的画风淳朴恬淡，她没有将牡丹花的气焰完全地迸发出来，也正是说明了作者沉稳低调的性格和对于作品调度的把控。海霞笔下的牡丹，能够让色彩和线条完美地结合到一起。她也极为擅长运用色彩的渐变性和交融性，相信只有在对一幅作品极为认真，绘画能力极高的人才能到达这样的成果。

有一次，在我亲眼看到海霞在画人物时，两道似毛笔抹上去的眉毛下长着一双水晶般的炯炯有神的眼睛，一张粉红色的嘴里蕴藏着丰富的表情和让人琢磨不透的内涵。之所以有着一手好画艺，是因为她热爱作画甚至痴迷于作画。无论在暴热的夏季，还是在寒冷的冬天，当我们在开开心心地玩的时候，她总待在狭小而又闷不透风的屋子里专心致志地作画，坚持不懈地反复临摹。

海霞知道人的天赋固然重要，但后天努力更加重要，如果只有好的天赋，却没有一颗持之以恒的心，无论你多么有天赋，最终也肯定会"泯然众人矣"。她的天赋也许没有多高，但一直以来她都非常努力。一个人如果选对了方向，只要真的热爱并努力坚持，你就已经成功了一半。

正是海霞有着一种"滴水穿石"的精神，不断地前进，不断地飞跃，练造了一手非同一般的画画功底。至今，她已经获得了多项国家级的画画奖章。

还有一次，我接着海霞去给一位首长补画。首长从画柜里拿出一幅江南家乡美景图让她补。他拿起笔，想了好半天，都不知道该如何下笔。但只见她仔细酝酿了一会儿，就轻松而又充满自信地微微笑了一下，一看就知道一幅富有诗情画意的美景图已经深深地印在她的脑海里了。她和首长娓娓道来该如何补景，首长连忙点头称好。随后，她提笔熟练地在宣纸上"龙飞凤舞"起来，她是那么胸有成竹，神情是那么专注，真像一位满腹学识、画艺高超的老画家。不一会儿，一幅趣艺盎然、生机勃勃、栩栩如生的画立即呈现在我们的眼前。看着她的画，使我们展开了无限的遐想，我们就像插了双翅，飞向美丽的江南，感受那诗意般的，沐浴着和煦的阳光，呼吸那新鲜的空气……首长仔细赏读画作后，啧啧称赞，还给她竖了个大拇指呢！这是多么来之不易的评价呀！

那天首长还不停拿出不少绘画作品让海霞补。她都是仔细思考后才动笔，从下午三点补到晚上十点钟，其中晚饭只吃了四十分，剩余六个多小时都是认真在补画。首长看了所补之画后，都很满意。她在补画时不觉得累，但等她一上车就睡着了。蚕儿有废寝忘食的专注，才能破茧成蝶；溪水有勇往直前的专注，才能汇成浩瀚的海洋。她不但勤奋又刻苦，更可贵的是，她不论做任何事情，一旦投入，就能够迅速地不受干扰。

海霞的山水、人物、花鸟无所不能、无所不精，不但擅长绘画，而且书法也极其浑厚呢。

难怪很多年前，她的恩师刘曦林给她作序是这样写的：予自古稀之年作书画渐多，并带了些弟子。谓之理论与实践研究工作室。为人师者总希望得天下英才而教之，为此，颇注意学生之个性与才华，依其性而导之，并不要求学生像老师。

海霞来工作室晚，年龄也小，但人却机灵，平时少言寡语，动起笔来，却有板有眼，有理有法，对笔墨有感觉。近见其习作，时有妙笔扑面而来，颇有些被古人称为"丈夫气"的力与势，又或者泼墨写意与青藤相共鸣，可谓才华初露也。海霞有才，她有篇《学画心得》，深谙画理精神，学养认识颇到位，但也有些看不清路的彷徨，让我指点迷津。其实素未见得能预见一位

214

艺术家的未来，我只是建议她首先要自信，"山重水复疑无路"，是难免困惑，"柳暗花明又一村"，是必然明朗。其次，又要喜于把握自己。艺术家的一生，是认识自己、发现自己、把握自己、高扬自己的过程，认识自己的个性所长的同时，亦知自我之弱项而补正之。再者，当不急功名，心态稳定，踏踏实实读书、写字、临摹、写生，走好每一步。精诚所至，金石为开，尤其写意艺术是久久为功，功到自然成，所以吴昌硕一方面夸奖潘天寿"年仅弱冠才斗量"，也曾真诚提醒他，"只恐荆棘丛中行太速，一跌须防堕深谷，寿乎寿乎愁尔独！"

在市场经济条件下，尤其要避免江湖气，遵从艺术规律，是需要严格把握的事。于此，致海霞及各位青年朋友以文养心，以心养眼，心眼高引领手高，路子走对了，方能走向艺术高峰。

刘海霞深知近几年来的"中国元素""民族风格"等名词频见于报端媒体，文化创意产业已成为中国经济发展第一要素。所谓"民族的就是世界的"，并不是简单地停留在对传统形式的复制、搬用与仿造。当一种艺术表现方式走向成熟时，技术层面的能力反而退向次要的方面。我想，这和传统文化思想中强调"技近于道"的理念很契合。当然，对文化价值的判断，个性语境的生发都应从人文生态层面去思考，艺术是"生活中"层面的假设和总结。要确立的不只是绘画延续的本身，而且是一种艺与术交合的共融状态。任何艺术的创造只有亲临其境，身体力行，潜心经营，方能丰衣足食，硕果累累。

刘海霞对我说："我更偏爱如今这条与古人和而不同的路子。不流连于极度成熟的传统笔墨及意境当中，将传统经典视为延续中国画的路径之一，而非唯一。让我们放下一些传统笔墨固有的套路与程式，弘扬传统绘画艺术的笔墨精髓，将其吸古之所得，铺陈成贯通古今的津梁！学古而不泥古，温故而知新，厚积而薄发，柔化于无形。这便是传承绘画艺术之大道也！"

以书入画贵在创新

——著名大写意花鸟画家潘锡林

盛夏的一天，天气晴朗，万里无云，我邀请万大哥、潘锡林老师到顺义董各庄一位姓刘朋友的自家庄园钓鱼，庄园有一百多亩地。按照约好的时间，我们到了庄园，首先一进大门，映入眼帘的是一片绿茵茵的草地。草地上摆着各种卡通稻草人，有熊大、熊二、光头强、奥特曼……琳琅满目，应有尽有。

最映入我们眼帘的是一大片美不胜收的荷塘，只见荷塘里的荷花竞相开放，有的骄红、有的淡粉；有的开得正艳、有的含苞待放，仿佛无数个艳丽的小姑娘在绿毯上跳舞。河面上的一片片荷叶，好似一把把大伞舒展着。荷叶上滑动着无数颗露珠，像一颗颗调皮的小星星，忽而悠然自得地打滚、忽而一眨眼猛然向水中一跳，顿时水面上泛起一圈圈鱼鳞般的波纹。迎面的风一吹，一阵阵荷叶的清香扑面而来。潘锡林先生拿出写生板，仅过半小时左右，这盛荷景色大轮廓就被潘老师给绘出来。我正陶醉在荷塘的美景中时，还听到，潘锡林老师询问刘庄主："我要采摘几个莲蓬可以吗？回去养着它，让它来做'模特'给我写生"。庄主笑着回答："可以，我马上叫人来给您采摘呀。"只见一个十三四岁模样的男孩在荷塘边挑采摘莲蓬。此情此景让我联想到诗人白居易所作的《池上》诗：小娃撑小艇，偷采白莲回。不解藏踪迹，浮萍一道开。荷花一直给我一种纯洁高尚的感觉，我想做人也应该像荷花那样"出淤泥而不染"呢。

在荷塘旁边有个钓鱼塘，塘水经过处理，清澈很多，真有点鱼翔浅底，鸟瞰花树的美丽景观。找个绿树成荫的地方坐下来，不慌不忙掏出钓鱼具，按照事先万大哥指挥，弄二两白面和鱼塘水搅拌均匀作为鱼饵，有时也用香炸素丸子作钓饵，也用过草莓，一切准备就绪。潘老师拿出钓具，装上鱼饵，只听到嗖的一声把鱼钩抛得很远，正落在目标处，看着浮标静悄悄地等鱼儿咬饵。突然，浮标急忙一下沉，只见潘老师马上一拽，鱼儿就上岸，一看就是一条小白条，今天拔得头筹，弄了个开竿鱼，心里挺高兴的。他又一次把竿抛了出去，这次只等一小会，鱼就开始咬饵，猛一提竿又是一条小白条。乘胜追击，接二连三钓上来七八条。这时万大哥已钓了二十条鱼。现在我终于理解什么叫高手了，越发是高手越发不故弄玄虚，凭着经验和技巧，简单直接，命中核心，和万大哥去钓鱼，基本都是他拿第一，真不愧是钓协主席呀！眼看夕阳西下，收拾好渔具准备吃饭。

潘老师自从经过我介绍和万大哥（因他是中华名人垂钓俱乐部主席）认识后，经常跟他去钓鱼（潘老师小时候经常去钓鱼，如果钓到鱼就可以改善生活），后来，更加喜欢上钓鱼，还经常拜读万大哥写的钓鱼文章，还是他的忠实粉丝。和万大哥也合作画了几幅鱼乐图，一幅以毛主席名言"鹰击长空、鱼翔浅底"诗意图。随着时光的流逝，他的钓技在万大哥指导下也慢慢成熟一点，对钓鱼的感悟也颇多。同样是钓鱼，有的是为了钓，有的是为了鱼，也有的是为了结果，有的还是为了过程。真是一样的钓鱼姿势，万般的精神寄托。人生如钓鱼，有踌躇的开始，不一定有预期的收获；偶尔的机遇，也可能会收获一个不小的惊喜；有风、有雨、也还有失败后的一丝淡淡哀愁，朋友们！无论结果怎样，青山仍在，夕阳更红……潘老师经常讲过，钓鱼和绘画一样都是要耐得住寂寞，陶冶情操的事。

潘老师每次去钓鱼，都会细心观察大自然本身神秘变化，观察到一些精彩的景观就会把它融入到画中来。潘老师数十年来在中国大写意花鸟画领域孜孜苦求刻苦磨砺的真实写照。他从传统入手，长年修炼，博采八大山人、徐渭、任伯年、吴昌硕、齐白石等众家之长，又融入自家情怀，深得中国传统大写意花鸟画之精髓。

潘老师多年以来反复学习、思考、分析历代大写意花鸟画家的作品，并在色彩的运用中进行了积极的探索，简洁、明快的色彩观使其作品给人以清爽的视觉感受；色中有墨、墨中有色、色不碍墨、墨不碍色的交替使用，既丰富了画面，又形成其独特的面目。虽然是笔墨恣肆，却犹存一种特有的平和、儒雅气质。这是与他对美的追求和对笔墨的理解紧密相连的。不急不躁、进退有度的笔致所展现的是以大写意花鸟艺术来演绎儒家思想的中庸之道，所以他的花鸟画总以对自然生态的深深爱恋而打动观众，带给人满满的正能量。

潘老师经常讲，现代画家黄宾虹也曾说："书画同源，贵在笔法，士夫隶体，有殊庸工。"书法作为中国艺术门类中最高的表现形式，对传统绘画尤其是对花鸟画的成败有着直接的影响，花鸟画创作所借助的主要笔法就是书法的笔法。凭借着深厚的书法功底，潘锡林老师的笔法从一开始就切中了花鸟画创作的堂奥，而以此为依仗，他的花鸟画不仅具备了优秀的状物能力，以点线为核心所滋生的笔墨形态尤为老辣爽利。受吴昌硕、齐白石画风长期洇染，浓郁的金石气息和遒劲的线条张力，已成为潘锡林老师花鸟画重要的笔墨标识。他在吴、齐画风基础上，强化了笔墨的表现力，尤其善于运用浓墨浓彩，形成墨彩相撞相融的强烈效果，开合充满视觉张力。他的笔墨语言雄浑险峻，达到极为自由和纯粹的境界。

亦师亦友书画人生

康宁老师是我国近现代著名大写意花鸟大家。他追求传统艺术和人文精神，有着深厚的文化底蕴造就他辉煌的艺术人生。少时学写意花鸟，出手不凡。就学于北京工艺美校。他注重写生，功底深厚，细致工润。24岁，拜国画大师李苦禅先生为师，学习大写意花鸟画，从此厕身先生门墙二十余年，后得苦禅大师无私亲灸十多年，勤而习之，得苦老真传。与著名画家范曾为同门师兄。

康宁老师的大写意画，赋形简洁精练，用笔沉郁痛快，酣畅淋漓，大气磅礴，墨色深厚多变。除向苦禅大师学习外，他还上溯文人画之源的陈白阳、徐青藤、八大山人等明清大师作品，兼取众家之长，合一炉二冶之。近年来，他继承苦禅大师画风，但"师其意而不师其迹"，有题材，笔墨及表现手法上，笔性显示他的特点画风，不断探索开拓，逐渐形成自家的形神兼备的风格面貌。他的题画草书流畅俊美，自成一格，融入画中，突出了文人画的特点。他笔下的白鹅丰腴肥硕十分可爱。雄鸡则昂扬挺俊，有强烈活力。荷花厚重而笔法灵活多变，画鱼用笔简古、形态生动，堪称一绝。偶然设色做牡丹，秀雅高古，冷艳雍容，似乎画出花朵的水分生命和神韵来。这是古今画家所难，而他竟举重若轻，于无意中得之，为名画传神，令观者倾倒。

盛夏午后，晴空万里无云，天气格外好，我从北京驱车一个小时来到河北香河国华影视基地，看望我国著名大写意花鸟大家康宁老师并陪他钓鱼。

我们到了鱼塘后，老钓翁康宁老师从河边的北岸开始察看整个鱼塘的塘形，还了解鱼塘的一些状况后，坐下来先喝一口沏好的大红袍茶，再抽一根软中华牌的香烟，然后不慌不忙拿出了一根鱼竿，鱼竿上还缠着线和钩，然后又从包里拿出了一盒蠕动的虫子当作诱饵，两只手捏着鱼饵挂在鱼竿上，然后两腿大步跨着，双手紧握鱼竿，然后猛一甩，又往前一抽，"咻"的一声，鱼竿在空中划出了一道美丽的弧线，准确落入了水中，激起一圈圈涟漪，如同年轮一样向周围扩散开去。突然，浮标下沉，"上钩了，上钩了"，一条鲫鱼钓上岸了。然后康宁老师又下钩，不到半小时的时间，来来回回十几次，有好几次还是双钩鱼，已经钓上二十几条鱼，真是钓得过瘾呀！

这时看着远处鱼塘的荷花，荷叶丛中可以看见大大小小的莲蓬。碧绿的荷叶挨挨挤挤，大小不一，大的像一把撑开的小绿伞，亭亭玉立在水中；小的只有两三寸大。在这碧绿的荷叶中，无数艳丽多姿的荷花争奇斗艳，馨香四溢。那含苞欲放的花蕾更富有一番迷人情趣，活像一个熟透了的大仙桃，使人垂涎欲滴。这时一条鲤鱼跃出水面溅起无数水珠，洒落在荷叶上。那小水珠，在微风吹拂下像颗珍珠调皮地在翠盘上来回滚动着。康老师见此情形，赶紧拿出笔记录下来并叫助理拍下此时此刻的美好佳景。

康宁老师常常利用空闲时间去钓鱼，同时也观察大自然的生态环境规律及神秘变化，从中可以了解大自然的秘密，这也是打开他绘画的钥匙。他的一幅巨幅荷花吸取了李苦禅、潘天寿、石涛、八大山人、扬州画派、吴昌硕、齐白石等人的技法，在花鸟大写意上很有特色。康氏风格是豪放，气势磅礴，从写生中进行凝练后的创造。"随意中蕴含着朴拙之气，自然含蓄中蕴含阳刚之气。作品达到了笔简意繁的艺术境界。"这幅丈二匹的大写意荷花，近处用浓墨，远处用的是淡墨泼墨，中间刚刚露头的荷花红红的，充满诗情画意。一如他气势磅礴的大气画风，康老师画鱼栩栩如生，灵动活泼，神韵充盈。

康老师在钓鱼过程中观察到很多大自然奇特的自然景观，就会立马把它画下来。比如在钓鱼过程中，有一次意外观察到电线杆站立两排小鸟，灵感一来马上回画室把它画下来。后来这幅画还编入人民美术出版社为他出版的大红袍画册。这种事情很多，有很多精品画作都是通过观察大自然的规律变化，从中了解大自然的变化和秘密才能画好它呢。如此看来，康老师不仅是钓鱼专家，而且还是和他的师爷齐白石一样是画鱼高手。

康宁老师和我说："最近，我准备在中国美术馆举办八十岁寿辰画展，三哥范曾说要支持我，我问他怎么支持？他说，这样吧！老四，咱俩五十多年交情，我们合作十幅画吧！"一听到这话，我心里确实极为高兴。合作十幅画，在画史上两位画家同年代的，都是一样大的岁数，一个画人物，另一个画花鸟的，到八十岁一块合作画十幅画，估计还是史无前例吧！

康宁老师先画好他该画的题材后，把这十幅画送到范曾先生那里。开始补画的第一天，三哥范曾来电说："老四过来，我今天给你补画。"康宁说："好呀，我马上过去。"

到了范曾那，范曾故意揶揄逗康宁说道："今天您来得可真快呀！每次叫你都没来这么快，今天说要给你补画了，你像风一样的就来了。"康宁说："今儿路上不堵车。"实际上，他心里还真是暗暗念叨赶紧赶到的。

补完这十幅画，范先生和康老师两位还是比较满意的。范先生对外说这十幅画是迄今为止合作最成功的，都是他俩精心构造合作的结果。这十幅画可谓笔精墨妙，气势磅礴，收放有度，线条酣畅淋漓，震惊画界，是内行人都叫绝的传世佳作。范先生还特别高兴地说："以后在康老师九十大寿时，我们两人还要继续合作十幅画呢。到那时更是一段千古佳话呢。"

范曾先生在多个场合谈到他与康宁老师两人间多年的情分。"康宁是我托妻寄子和情同手足的多年挚友。"范曾先生说道："特殊年代，疾风暴雨，扫及于我，抄家在即，惶惶失据。危机中将所藏苦禅画十余事卷为一轴，于月暗雾浓之夜交康宁匆匆携走。十年后，河清海宴，康宁一日夹苦禅画来，归还于我。原卷竟未打开。康宁与我拂尘启封，名作灿然入目……——悬诸素壁欣赏，击节抚掌。康宁固深爱苦禅者，挚友所藏，毫厘莫取，正所谓临财廉，取予义者也。其人品高华，于此可见……彼时我又家累，阮囊羞涩。恒以干馍咸菜度日，箪食瓢饮，回也不改其乐。而康宁偶有罐头肉菜之类，邀我共酌，饥肠受宠，其惊喜真如久旱之逢甘露。虽今之鱼翅燕窝、满汉全席不能过也……酒酣照胆，我引吭高歌：'我持长瓢坐巴丘，酌饮四座以散愁。'然后铺纸挥毫，兴尽而返。其不骛名利、宠辱两忘情态，不信今时无古人。陶冶性灵，熔炼画格，正其时也。"

范曾先生与康宁老师这一对同门师兄弟，堪称画界志同道合的典范。五十载同契，他们已是莫逆之交，可共患难，可共生辉，可共风雨同行。

渔光曲响，春水流东

——记中国进步电影的先驱者蔡楚生先生

"云儿飘在海空，

鱼儿藏在水中。

早晨太阳里晒渔网，

迎面吹过来大海风。

潮水升，浪花涌……"

这首熟悉的旋律节奏从容、舒缓，旋律抒情、流畅，它是展播近半个世纪优秀电影《渔光曲》的主题曲，电影《渔光曲》是我们潮汕的又一位老乡——蔡楚生先生导演的扛鼎之作。

百年电影史上群星璀璨，蔡楚生是位列其中的佼佼者。蔡楚生，祖籍广东潮阳，这个地区人口稠密，但资源有限，老百姓们有出外经商的习惯，人称"潮人善贾"。蔡楚生的祖父早年就离开家乡，到上海做百货生意。

1906 年 1 月 12 日，蔡楚生出生于上海，父亲受过传统教育，经商之余，雅好书画，母亲喜欢戏曲，并擅长剪纸、刺绣。这些来自家庭的熏陶，对后来蔡楚生自己的艺术风格有着潜移默化的作用。

蔡楚生6岁时，因为祖父厌倦了十里洋场尔虞我诈的生活，一家人迁回潮阳老家。他开始参加田间劳动，同时又在村里的旧祠堂里念私塾，过着"半耕半读"的生活。

由于父亲期望他能够成为经商之才，振兴家业，在他13岁时，送他到汕头市的一家杂货批发店里做学徒。蔡楚生白天在店里工作，晚上以百货箱里垫底的报纸为教材，对着油灯，认字学习，并练习写书信。

由于兴趣不在商业，几年的学徒生涯，蔡楚生并没有什么长进，父亲很着急，又把他送到上海叔父开得一家店里学生意。但是在上海待了两年，蔡楚生就因为"水土不服"，回到了家乡。

经过城市与乡村之间的几次进出，蔡楚生对当时的社会面貌有了较深的了解，但是自己的前途却一直处于彷徨中，没有找到一个明确的目标。由于他渴求文化知识，空余时间都把心思放在了读书上，又对美术、书法产生了兴趣，刻苦攻钻之下能绘画并写得诸体好字，成了多才多艺的青年。

广东是大革命的发源地，工农运动高涨。蔡楚生加入了汕头店员工会，参加各项社会活动。一天晚上，他观看了"进业白话剧社"演出的《可怜的裴加》，发自内心地感叹："演剧让人得益匪浅！"他也因此对演剧有了感情，雄心勃勃要编写剧本了。

当时汕头地区彩票盛行，众多想发财的人竹篮打水大呼上当。蔡楚生以此为题材，利用半个月的夜晚时间，编写了滑稽短剧《呆运》。随即以《呆运》为敲门砖，加入了"进业白话剧社"。《呆运》编排上演，是这出戏"源于生活"的缘故吧，还吸引了不少观众，蔡楚生在剧社中的地位上升，得以参与编导及舞美设计了。

1925年，上海五卅惨案发生后，五卅运动的狂飙席卷全国。汕头工人阶级和各阶层群众纷纷行动起来，成立了工会和各种进步组织。19岁的蔡楚生参加了"汕头店员工会"，并组织了"进业白话剧社"，积极开展文艺宣传活动。1925年10月，国民革命军第二次东征，11月抵达汕头。作为工会执委的蔡楚生聆听了周恩来、彭湃等共产党人的演讲。这对他产生了深刻的影响，使其坚定决心，用文艺反映人民疾苦，将文艺事业作为一生的事业。日军侵华期间，蔡楚生先生始终以电影艺术激励全民，呼吁团结抗日，表现了人民在沦陷区进行不屈斗争的历史，歌颂了工人阶级支持抗战的热情。在蔡楚生先生的影片中，大都深刻地揭示了近代中国的社会矛盾，充满了对下层人民的同情，倾吐人民大众的心声，呼唤黎明解放的到来，充满正义。

1927年早春，上海"华剧影片公司"的导演陈天带着演员、摄影师来了汕头，拍摄《白芙蓉》等影片的外景。蔡楚生和"进业"的同仁热诚欢迎，大力协助，又借东风趁着这一大好时机，宣布成立"汕头进业电影制片公司"。"华剧"的导演陈天出于对他们的回报，提出要为"进业"执导拍摄一部电影，选中的剧本正是谐趣剧《呆运》。这使蔡楚生不免受宠若惊，还有幸出演配角呢！拍摄过程中认真投入，并不时向陈天请教导演技巧。陈天本是潮阳人氏，很赞赏蔡楚生的热情与好学，两人成了同乡加好友。

蔡楚生的处女作《呆运》，在广告中被称为"中国第一部滑稽讽刺电影"。影片以离奇的情节，夸张的表演手法，揭露了彩票行业的骗局与危害：梦想发财的修鞋匠省吃俭用买了张彩票，为防丢失贴在了门背后等待开奖，梦想成真交好运中了大奖彩票却揭不下来，无奈之下只得扛着门板赶去兑奖处，欣喜若狂中撞倒行人碰翻卖摊，一长串索赔者紧追其后大呼小叫，所得的奖金连赔偿还远远不够呢，气急败坏呆若木鸡两眼泪汪汪。

《呆运》在汕头地区映出后引起不小反响，蔡楚生人气大涨，成了当地的名人。他也很有点自我陶醉，更为电影的神奇所吸引，憧憬有朝一日跨入电影殿堂。

大革命失败后，蔡楚生在汕头已难以容身，只身北去上海滩寻找自己的电影梦，被一家影片公司雇佣，可惜的是当杂工。他不计薪水微薄，搬运道具，搭拆布景，清洁场地，干得卖力又认真。一段时间过去了，不能感动"上帝"，还是杂工。蔡楚生考虑长此下去愿望难以实现，于是去找陈天，经由陈天帮忙，进入"华剧影片公司"充当临时演员兼场记、置景。他还算满意，勤勤恳恳于本职，"拉郎配"出场时，即使跑龙套露一露面甚至没有一句台词，也都一丝不苟。他还趁工作之便，琢磨、学习制作电影的环节与技能。

长辈同乡的著名电影导演郑正秋，得悉了蔡楚生当年编演《呆运》及在"华剧"的良好表现，认准是个可锻之材，便极力推荐他进入了当时规模最大的"明星影片公司"。蔡楚生视郑正秋为授业、解惑、传道的恩师，看、听、问、记，用心学习钻研电影的编、导、演。郑正秋倾心传教，毫无保留。蔡楚生感激之余，益加发奋，坚信总有出人头地成功的一天。

这位小同乡的执着追求与奋斗精神，使郑正秋感动又惊异，提升他当了助理导演兼美工师，不久又升为副导演。蔡楚生成了郑正秋的助手，协助郑正秋拍摄了《战地小同胞》《桃花湖》《红泪影》等6部影片。

顺着这条道路，蔡楚生紧接着拍摄了他的成名作《渔光曲》。

《渔光曲》讲述的是东海小渔村一个贫苦渔民家庭的故事，以凄婉的笔调描写了下层百姓的苦难生活，同时也透视到了富人淫逸生活背后的痛楚。蔡楚生拍片向来以速度快见长，但是这部片却拍了18个月。一方面是因为要远赴东海取外景，另一方面在于蔡楚生坚持采取国外先进录音设备，制作成有声片，和公司僵持了不少时间。

1934年6月，影片制成公映，连映84天，造成了轰动效应，一举刷新了3个月前刚刚创下观影纪录的郑正秋拍摄的《姊妹花》。《渔光曲》上映，深刻的思想性和真实感人的艺术魅力轰动了当时的中国影坛。主题歌《渔光曲》的十几万张唱片也一抢而空。

1935年2月，《渔光曲》参加在莫斯科举行的国际电影节，获得"荣誉奖"，成为中国第一部在国际上获奖的影片，蔡楚生也一跃成为世界性的电影艺术家。风云激荡的时代成就了蔡楚生，他也为时代留下了不可磨灭的音画史诗。

1937年11月，上海沦陷，进入"孤岛"时期，蔡楚生和一批电影家南下香港，继续电影创作。1942年香港沦陷，蔡楚生乔装成难民，逃亡桂林，1944年到达重庆。抗日战争结束后，蔡楚生回到了阔别已久的上海，看到十里洋场重新成为冒险家的乐园，那些在战争期间大发国难财的达官贵人摇身一变成为接收要员。受此启发，他开始写作《一江春水向东流》的剧本。

由于当时他重病缠身，便邀请刚刚入行的郑君里联手执导此片。他在家中遥控指挥，郑君里负责现场拍摄，每天前去汇报情况。经过一年的时间，方告完成。

《一江春水向东流》片长160分钟，分上下两集，《八年离乱》和《天亮前后》。影片在时间上跨度十年，从抗战前夕一直写到战后接收；在空间上涉及国统区、沦陷区和敌后游击区的生活；在内容上，通过主人公张忠良与"沦陷夫人"素芬、"陪都夫人"王丽珍、"接收夫人"何文艳之间的错综关系，揭示了战乱环境下不同阶层的生活状态，以大手笔浓缩了历史的变迁、民族的灾难和人性的沉浮。

1947年10月下旬，电影上映后，轰动上海，连映3个多月，观众达70多万人次，甚至还有盲人购票入场"听电影"。该片刷新了之前《渔光曲》保持的票房成绩，创下了中国电影的新纪录。

不同于《南国之春》，蔡楚生另一代表作《粉红色的梦》则充斥弥漫着"浪漫主义"和"伤感情调"。二十世纪二三十年代的上海，受着各种新潮思想和西方文化冲击，所谓新知识分子也随之迷失在这座"物质，思想两极分化"的大都市之中。蔡楚生现实、犀利的表现手法，浪漫主义之下也不过是资产阶级知识分子们对控制欲望的无能、对国难的无奈与软弱。就这样，蔡楚生手里的电影，一部比一部卖座，也逐渐成了全中国电影界的佼佼者。

蔡楚生一生中编导了27部影片，他被誉为"中国现实主义电影的奠基人""世界级电影宗师之一"，他创造了中国电影史上多个之最，如《渔光曲》荣获第一个国际奖项——莫斯科国际电影展览会荣誉奖；《一江春水向东流》创国产电影最高卖座纪录。难怪柯灵称赞说："蔡楚生的崛起象征了中国电影史另一章的开头。"

在变化中寻找创新

——记著名写竹大家杨竹

杨竹字青山，号雪竹轩主。1947年生，广东汕头人，祖籍吉林。九岁开始学画，专攻画竹，至今未断。尤其笔下的雪竹，笔势洒脱、意境深邃、雅逸不群、独辟蹊径，以求填补中国画竹历史上"雪竹不佳"的空白。

由于选准了自己丹青笔墨发展的坐标，杨竹老师走遍了大江南北的竹海林涛，还自己种了一片小竹林，总是细心观察各种天象下竹子的动态，并创作了"探千竿万乘之势，悟万箸动魄之气"的结晶之作，在竹画史上做出了巨大贡献，取得了巨大成果。他先后在广东、北京、上海、扬州、香港、台湾等地及日本、印尼诸国，多次举办画展。

值得一提的是，2005年以"竹"为题材的"竹韵风情"画展，在中国美术馆隆重举办。这场画展成为迄今为止中国画坛第一个专展竹韵的个人画展。开幕式之前还有个小插曲，有几个画家私下议论，一个东北大汉，家乡一棵竹子都没有，看他如何画竹？杨竹老师无意中听到这样的议论，谦逊地说："我是来学习的，请你们多多批评指教。"杨老师破例先请他们看看自己的画。一个展厅挂满竹子，各种气候和天象下的竹子千姿俊朗，百态横生。光展览竹子，在中国美术馆杨老师算是第一个。看过杨老师作品后，其中有人说："古人画竹子多以风、雨、晴为主，这位杨老师真厉害，他把天下各种天象变化下的竹子都画尽了，真是了不起。"在旁的其他业内人士也都挑拇指称赞，击掌叫绝。同时，还称杨老师画无古今之画，有关教育部门得重视考究。

过了一会，白岩松在开幕式上宣布：参加画展开幕式的嘉宾有，全国人大常务副委员长布赫、全国政协副主席万国权、孙孚凌，以及好友吴绍祖、万伯翱等。光部级领导就有二十多位，真可谓是阵容强大，群贤毕至，高手云集！这次展览展出的竹画作品八十余幅，分风、晴、雨、露、雾、雪、霜、冰，着力表现各个季节和天象条件下竹的多姿形态，十分引人入胜。

杨竹老师在回忆国画大师刘海粟欣然为他的雪竹题写"杨竹画竹、挥洒自如"时的情景说："海老在给我的画作题字的时候说，'画竹子，要画气不画形，要把竹子的个性和弹性画出来，尤其是山野中的小竹子，要在不同天象中去变化。'题好字时，在一旁的师母夏伊乔对我说，'海老给你题的这八个字值百万！'在当时，我听完师母的这番话，心里还挺纳闷，到了今天才醒悟过来，何止百万，千万都有啊！"。一番点石成金的开导，让这位东北汉子茅塞顿开。从此，杨竹不断把自己的新作送到先生面前请教，渐渐地刘海粟大师也从杨竹创新的"雪竹"中看到"后生可爱"。钱君陶先生对杨老师亦有"魅力傲霜、神韵天成、堪称一绝"的赞誉。同时著名画家关山月与陈大羽分别同称他为"华夏雪竹第一人"！其竹画作品先后被中南海、人民大会堂、扬州八怪纪念馆等多家机构收藏，还作为国礼送给日本前首相村山富士、中曾康弘、上海合作组织秘书长梅津采夫、泰国国王等世界元首。其写意竹已形成自家风格，成为海内外收藏家的新宠。

2006年，扬州在全国选出八人成立扬州新八怪，杨竹被选为扬州新八怪之一，现为中国竹文化研究会会长、中国扬州八怪研究院顾问、中国书画研究院副院长、刘海粟艺术研究院学术顾问、日本中华文化振兴会执行理事、潮人海外联谊会名誉会长。

杨竹先生几十年来不断研究探索"雪竹"。古往今来，画竹者甚多，或墨竹或色竹，然画雪竹者甚少。即使画竹名家所作雪竹也是鲜见又乏精作，以竹为题材传统画法上大多表现形态是"风、晴、雨、露"四种天气里的竹子。过去画家画雪竹就材料而言多用熟宣或绢，这样便于渲染，睿智的杨竹先生则大胆地用生宣来实验，不用白粉敷洒，只是用自己独创的特殊方法直接在生宣纸上表现白雪。他临摹、习作、感悟，可谓"废纸三千张，倾注雪竹情"。

经过数十来年的孜孜以求，"雪"与"竹"终于浑然一体地展现在他的作品中，顺势发展逐渐形成杨竹老师的雪竹风格。这一美术创作上的成就为中国画史消除了"雪竹不佳"的遗憾。雪竹的生成，也造就了杨竹老师艺术的亮点，成了他创作的永恒主题！杨竹老师他秉承"扬州八怪"代表人物郑板桥"画无古无今之画"的精神，他的独创生宣雪竹画法，被誉为"古今开创者""华夏雪竹第一人"。杨竹老师笔下的雪竹，"竿如篆、叶如锋、节如隶"，风骨高洁，意境深邃，在画坛上独树一帜。

在万里委员长八十五诞辰之际，杨竹老师怀着感恩之情，想给万里委员长八十五寿辰创作一幅画，杨竹老师也是从饥荒之年过来的，对那段忍饥挨饿的日子记忆犹新，他非常崇敬万里委员长当年在安徽大刀阔斧发展农业搞活经济的惊人壮举。杨竹老师专门去找伯翱大哥征求意见，经过和他商议后，大哥提议先由杨老师将画画好，然后再请书协常务副主席刘炳森先生题字，杨老师听后高兴不已，觉得这提议非常好。杨老师将画画好以后专门去刘炳森主席家中请他题字，刘主席对着当场办事以及求字的人们说："你们先等一下，我先给万里委员长这幅祝寿的画题好字，万里同志是解决我们吃饱肚子的伟大领导人，也是我国改革开放的先行者，是值得我们敬佩的领导人。"刘主席打开画以后，对杨老师的画作赞不绝口。欣喜地说："杨先生，您能不能也给我画一幅？"由于后来杨老师比较忙，画好的画还没来得及送去，刘主席突然仙逝了。之后再谈到这件事时，杨老师追悔莫及，成为一生的憾事。

还一件非常有意义的事，十几年前有位领导，专门寻觅一位画竹名家跟他学画，有人推荐了几位画家，其中有杨老师。领导看画家画册，最后选中杨竹老师，觉得还是他画得特别好。于是叫他的秘书来专门来接杨老师去他那里教画。见到杨老师后领导激动地说："杨老师，我找了好几年画竹名家，今天终于找到了知音。"杨老师赶紧谦逊地说："首长，咱们互相学习。"经过多年互相探讨艺术，领导也专心地学画，进步不小，后来俩人亦师亦友，还合作了一幅作品送给了日本前首相呢。

杨竹老师的写竹，有着不断再创新的精神。在前几年有一位老领导是个摄影迷，我去接他来杨竹老师家做客时看到他的画后，他建议杨老师要把雾竹画成似有非有，云雾缭绕……老领导还讲到他自己去抓拍雾蒙蒙的早晨，常常凌晨就去等着时机抓拍最佳美景，有时连续去几天守候那一刹那，在那一待就是好几个小时，腰酸背痛，经常拍不到最佳理想作品。杨老师当时就表态，这应该不难。于是，经过几天的摸索和研究，杨竹老师终于画成功了。老领导得知后又专门来访杨老师画室，看画后，欣然在画好的雾竹上题字留念。

去年，我和杨竹先生去广州看一位多年的老领导，晚餐在老领导一位陈姓朋友的会所吃的。吃完饭，老领导提议："上四楼陈总书画室去看一看。"到了四楼，只有陈总的指纹和他的人脸识别才能进去，双重保险。

经陈总介绍这展厅是德国人设计，这套系统连展厅以及藏画室就花八千多万。藏画室里近、现代大画家的作品应有尽有，光潘天寿的就有七八张。看完后，老领导说："杨老师请您先画好竹子，一会我来题字，咱们合作一幅送给我的朋友陈总。"在一旁的陈总嘴里叼着烟接着说："我就要在这四尺整张纸上画一根竹子，就一根啊！"老领导和一群朋友都站起来观摩杨老师挥毫绘画，唯独陈总坐在那里喝着茶不动。画画好后，他慢慢地走了过来惊奇地说："画得这么好，竹子的气质气势都画出来了，杨老师您如有时间，请到广州来办个展，我来全程安排。"刚才听陈总讲这番话的时候，好像要考考杨老师怎样才能在一张四尺上画好一根竹的意思，但当杨老师画好画之后，就这样把他给镇住了，在场的所有朋友以及陈总都连连称赞起来。

在绘画艺术的实践中，杨竹老师不断创新，不断进取，不断求索。以其严谨的画风、谦逊的为人，以及良好的自身涵养、独特的艺术风格和深厚的艺术底蕴，为绘画艺术开辟了一片净土。

真诚是起点创新是灵魂

——记画虎名家葛新华

葛新华先生是当代画虎名家，他经过几十年刻苦研究，在水墨老虎创作方面取得巨大成就。他笔下的老虎形态各异，栩栩如生，深受广大观众喜爱。因为艺术创作成就突出，葛新华先生被聘为中国画院画家中国水墨画院画家、国家行政学院客座教授，中国美协安徽分会会员，中国石齐艺术研究会会员，安徽建筑大学艺术院教授。

葛新华，号花老虎，1958 年出生于安徽，聪明颖慧，自幼喜爱读书习画。1984 年毕业于安徽师范大学艺术系。毕业后在安徽省巢湖市师范学院工作，从此开始了他钟爱的绘画创作。在国内以及国外举办的许多展览中获得过奖项，还经常被日本很多寺庙邀请去创作大型壁画。30 多岁时就赴日本都市大云院园阁参加大型壁画创作，当时日本的多家电视新闻都对这一艺术活动进行了报道。1992 年在京都佛教大学四条新闻中心、东京中日友好会馆、静冈、水户、群马等地举办画展，同年还为日本前桥市永寿寺本堂创作大型壁画，逐渐在日本艺术界崭露头角。

1993 年 9 月至次年 8 月回到国内，师从北京画院王文芳先生学习深造，在老师的精心指教下，他的绘画水平有了很大提升，此后，他又赴日本京都教育大学美术学部研究院师从乌头尾精先生学习同本画技法，同时在神户极乐寺创作大型壁画，在同本京都永观堂创作大型壁画。为日本京都无量寿院创作壁画《清荷图》，为京都永乐观堂创作天井壁画。2001 年 4 月，日本千叶县东金市举办个人画展，参加日本千叶县国际水墨画大展、中日友好书画交流展，应邀赴日举办中国现代水墨画六人展。还参加了中日建交 30 周年纪念书画展。

为表彰他的创作成就，《日本美术家年鉴》《现代艺术家年鉴》收录了对他艺术介绍的条目，他参加大连国际艺术博览会，作品获优秀奖，他创作的工笔画作品入选《全国工笔画美术作品大展》和《纪念延安文艺座谈会六十周年全国美术作品展》。2009 年，葛新华的作品入选民革中央画院全国《"盛世风采"作品展》、翰墨大地——全国名家书画邀请展、民革中央画院纪念辛亥革命一百周年"世纪曙光"作品展，并在新疆军垦美术馆、山东潍坊、广西北海、广东湛江分别举办了个人画展，都产生巨大的影响，受到国内外藏家的青睐。

今天看到展览上这些画我有很多感受，葛新华老师是个内心比较纯净，而且是真诚的、有想法的人，是真正适合走艺术这条路的。因为他有这种真诚和对艺术的执着。他的所有作品都是每一幅有每一幅的想法，而不是重复。我也见过很多画写意画的，基本上都一个模样，或者是太局部，或者是大的、小的基本上都是一种方法。但葛老师就是不断地在探索尝试，证明生活还是带给他这种创作激情、创作感受，创作灵感是在不断地涌现出来。他更是一个能从生活中汲取营养的人。

葛老师说："我画画讲究真诚是起点，创新是灵魂。"这两条他都占了。他这么真诚地对待艺术的执着的精神是值得敬佩的。希望葛老师艺术道路越走越好，越走越远。我们从作品中同样看到，无论是虎起虎卧，虎行虎坐，甚或虎饮虎斗，惟妙惟肖之余，更值得观者深深体味的，是画者在创作背后的思考和自我诘问，因为与欣赏精湛的绘画技法相比，读出绘画之外的思想和寓意，更容易让人产生参与和互动的乐趣呢。

葛老师画虎能做到神态逼真、威风凛凛，或动或静各得神采，他不拘于大师们的表现技法，注重生活，把西画的技巧巧妙融入国画中。葛老师谦逊地说"老虎是我最好的老师"，画虎作品做到了源于生活又高于生活的境界。

1990年，葛老师爱上画虎以后，他拜谒敦煌，深为"每一样色彩都喷薄如天造，每一根线条都细密似命定"所折服，诚为"人，在石头中开凿了佛光，佛，在人迹罕至里抚慰了人心"所悦服，佛性开启，佛缘乃定，归来即拜安徽省佛教协会会长妙安长老为师，皈依佛门。作此选择，亦因其天性，"我喜与人和平、友善相处，不喜争权、争利、争名，好静不好动"。此前在寺庙绘制壁画中，亦知道许多佛教与老虎的传说，老虎救僧人、罗汉伏虎、小老虎修成阿罗汉、王子慈悲以身饲虎升天成佛神话等颇有深味。

葛老师所画的《吸水图》是画家兼工带写的作品，威猛的老虎，在画家笔下显得很有温情，从体貌特征来看，这是一只壮年虎，它俯身于小溪边饮水，这种画面展现出了生活化的一面，而以此展示一种生命的永恒。人与动物都离不开水源，在当今社会，人类的生活环境与动物的生活环境都受到了挤压，借此呼唤一种生态的平衡。

葛老师以虎为题材，以写意为手法，以水墨为材质，在兼工带写之中，表现其神形兼备的生动气韵。可以看出葛老师有着较扎实的传统绘画功力，右臂洒脱富有韵致，笔法灵动活泼、钩、点、皴、擦、染与泼墨、积墨、渲染并营造了画面效果，在氤氲幻化的情景交融中，突出了虎的雄姿风神；不难看出，在繁简相间中，其笔法多变，画面中的主体——虎，与客体——深山幽谷、高峡瀑布、危崖绝壁、苍松密林、皑皑雪原等融于一体，以突出忽的习性与勇猛无畏的性情特征，并进一步展示原生态的野性与蛮荒。与此同时，又时时透出荒野的神秘美感与寂静诱人的魅力。

葛老师的画风严肃典雅，画虎突破了程式化的俗套，赋予虎以人文之神韵，并创造了自己的艺术符号。其以山水成名，山水画境亦雄浑野逸，苍润博大，现自家面目。

执着专注——一生只做一件事

——记中国硬笔书法第一人庞中华先生

许多人都有崇拜的偶像，我也不例外。

有人崇拜领导者，有人崇拜老师、科学家、明星、运动员、平凡的人，尽管只有一丝值得崇拜的，那也算崇拜。我最崇拜是庞中华老师，他是中国书法第一人。曾经在风靡全国，在国内掀起浪潮，20世纪八九十年代的人都学习他的字帖。我在85年，在新华书店买过庞中华钢笔字帖，保存至今。

近日，山东散文总编新悦老师要求。《山东散文》不但要登一篇我写《我的偶像：庞中华先生》的文章，还要我和庞老师合照高像素图片作为封面。同时要把我写的《硬笔书法第一人》刊登在中华风杂志文章送给庞老师，请他批评指教。这时，庞老师夫人王昌芝老师要我在文章上签名留念。我回答说："王老师呀，庞老师刚刚给我寄了几本最近您们刚出版的新字帖，让我练习描红'庞体'字帖，一年以后回来补签名。"庞老师在旁即刻说到，林君名钊勤，求学贵有恒。一年练字梦，功到自然成。听完我高兴说道："庞老师您太有才了，这十多年来，您的言行一直鼓励我继续向前进。"

前几年，庞中华老师响应国家号召，一带一路文化先行，文字点亮世界，书法传播大爱。在世界很多国家举办硬笔书法及音乐讲座，以及受邀在2017年联合国第八届中文日，在联合总部举办庞中华书法展和书法讲座。庞老师还说："这些年我在对外交流中，我们既要尊重宣扬中华民族的优秀文化，也要学外来文化，让世界了解中国，让中国文化走向世界。"

1993年秋，庞中华老师又随全国政协副主席洪学智为团长的中国政协代表团访问朝鲜。在文化交流活动中，他用硬笔书写朝鲜文字赠送给异国人民，受到了热烈欢迎。不仅洪学智上将给予他高度评价，我国驻朝使馆大使乔宗淮也赞誉这是"民间外交的一次收获之旅"。代表团还受到朝鲜最高领袖金日成主席的热情接待。事后，乔宗淮大使向洪学智团长说："以后，请洪老多带些像庞中华先生这样有文化的人来访问朝鲜和交流。"此后，他又先后到欧洲、东南亚各国讲授书法知识。期间，他都采用当地民歌名曲精湛解释中国书法。这种接地气、讲故事、展功夫的形式形象生动、亲切感人，赢得了不同肤色、不同语言的外国友人的真挚掌声。

十多年来，庞中华老师上前线走边防，到过陆、海、空军，第二炮兵、武警部队、消防部队、军事院校等100多个营区，给部队官兵长期进行义务讲学、慰问活动，他用自己辛勤的劳动和汗水，用自己的知识和专长，温暖过相识或不相识的军队官兵，传授和鼓舞过千千万万的军队年轻人。他曾先后两次到驻港部队官兵中授课讲学，还将1000套新版书法教材赠送给驻港部队。过后，香港特别行政区长官董建华到访驻港部队，他看到部队宣传栏的"庞体"宣传标语时说"连当兵都写得这么好，他们是文明之师、威武之师"称赞不已。由此获得了"人民子弟兵的良师益友"的光荣称号而受到广大官兵的喜爱。

近年来，庞中华致力于硬笔书法的普及工作，他在德国开办的中国孔子学院任教，用一种"快乐教学法"教老外练习硬笔书法，大受欢迎。"在德国音乐伴奏下，外国学生一笔一画地学写中国字，不但要写得正确，还要规范、漂亮，好的作品更要拿出来展览，这对中国文化是个极大的弘扬。"

让庞中华忧虑的是，就在老外竞相学写中国字的同时，国内能写一笔好字的人却越来越少。电脑的普及让硬笔书法更多地用于展览，同时这也与人们对传统文化的漠视、心态浮躁有关。而对于有些家长所持的"硬笔书法是小打小闹，练好毛笔字才是真本领"的态度，庞中华认为，习书是个循序渐进的过程，这样做只能是"揠苗助长"。更重要的是，二者之间并不矛盾，且前者更实用。他透露说，教育部将推出硬笔书法考级新标准，让孩子们在学习中少走弯路。

自从万伯翱大哥引荐，我有幸认识庞中华老师后，他和我讲过许多让我留下深刻印象的事情。庞老师讲到他八岁时，在重庆工作的大伯接他去重庆读书，从此改变了他的人生轨迹。在红球坝解放小学，教语文的黄老师板书写得非常好看，引得学生们纷纷在下面模仿，爱写字的庞中华更是不愿错过这样的学习机会。后来他说，"我在硬笔书法上没有什么启蒙老师，如果非要算一个，那就是黄老师"。

开始练字时，庞老师也练毛笔字，但他深知千百年来中华民族产生的书法家数不胜数。他在地质队的生活经历告诉他，只有无人到过的地方，才有丰富的矿藏。要自创新路，于是我就耕耘硬笔书法。庞中华的选择，显示了他独立思考的能力。虽然在地质队工作非辛苦，但一有空闲就要练字。功夫不负有心人，终于完成了许多年他的梦想，创造"庞体"字帖。他的字帖能让你轻松学会写字……他凭借着自己的本领走上了成功之路。

他曾经讲过一句话，这句教会了我幸福是什么。幸福就是你已经失去的，每当想起就会有一种深深留恋感的过去；就是你满怀希望对未来的憧憬，也是你现在普普通通、平平凡凡、没有一丝波澜的生活，所有的一切都是在失去以后才知道珍惜的。不过失去以后再想珍惜，为时已晚。所以珍惜现在，就是在享受幸福！

几十年来，在编书过程中，庞老师说："我夫人王昌芝太不容易了，每次都要准备许多资料，排版，校对等大量工作。光从庞老师18岁在报纸发表诗歌开始，光剪报都合装订好几本。然后在教育电视台、中央电视台以及地方电视台录像有100多盘，还专门找专业人士拷贝保存好这些珍贵资料。那些书印的都是我当主编，其实她应该是主编才对，后续大量工作都是她做的，真的要感谢她无私的付出。"

总而言之，我特别喜欢我的偶像，每次拜访他，都会带来新的灵感和新的希望。让他在继续为国家开放大学书法教育网络平台做贡献，让快乐学习书法教材再创辉煌。艺术之道，诚如苏东坡所言"当日锻月炼"，才能在悉心感悟中进步和攀登。愿庞老师在不断地求变创新之中，勇攀艺术之巅峰。

庞老师还经常讲道："金无足赤，人无完人，我这一辈子只做一件事。"

追忆叶永烈先生

听到叶永烈先生去世的消息后，我感到无比震惊、痛心疾首。

对大家来说，或许"叶永烈"这个名字，有些人是陌生的，但是说到《十万个为什么》这本书，许多人一定不会陌生，叶永烈先生就是这本书的主力作者，他的作品像符号一样在我们心里难以磨灭。

了解到"叶永烈"这个名字，细心的读者会发现，中国是有好几个"叶永烈"的，有写了《十万个为什么》科普作家叶永烈，有写了《哭鼻子大王》的童话作家叶永烈，有写了《叶永烈笔下风情》的散文作家叶永烈，还有写《历史选择了毛泽东》等作品的纪实文学作家叶永烈，还有写了《小灵通的奇遇》的科幻作家叶永烈……

看似分身，事实上这些"叶永烈"都是一个人！

我印象里的叶永烈先生才华横溢，严肃威严，不大爱说笑，但偶尔也有幽默风趣的一面。朋友对我说："有一次，我和叶永烈先生在席上，我们聊到中国电信小灵通手机时，他风趣地说：我现在是2个亿的身价了！"他一脸茫然，不知该如何接话，叶永烈先生接着说："《十万个为什么》发行量一个亿，小灵通全国用户突破一亿！"说罢，大家才反应过来，笑得前俯后仰。

然而，就是这样一位国宝级大作家，永远地离我们去了，这无疑是文学界的重大损失。想起他往年因视力问题，打算在他60岁那年封笔，但他的创作的热情依旧像"煤球炉"一样持续燃烧……花甲之年，依旧笔耕不辍，直至去世，令人钦佩。

"作为作家，活一天就写作一天，为读者奉献一天。"叶永烈先生曾这样说，他把自己比喻成煤球炉，点火之后，火力慢慢升上来，会持续很长时间燃烧，在文学各个领域耕耘，写作对于他来说，就是生命。

然而，叶永烈先生还是因病长辞了。

由于疫情原因，我无缘到上海参加叶永烈先生的追悼会，但是也曾聆听万伯翱先生讲述，如今再次回想，依旧泪不能禁。万伯翱先生是我多年的老友，他曾应邀赶赴上海参加叶永烈先生追悼会。

万伯翱先生与叶永烈先生也是多年好友，惊闻叶永烈先生去世，心中沉痛，口齿难言；赶到叶永烈先生住宅时，更是泣不成声，见到悲痛欲绝的叶夫人，两人抱头相拥，痛哭不已。

追悼大会，殡仪馆布置都是白色的菊花簇拥，门口摆放温馨的绿草墙，可以让亲朋好友题写对叶先生的追思。万先生题好字，臂戴黑纱，胸戴白花，肃默走进大厅，看到昔日的好友叶永烈老先生躺在冰冷的棺材中，万先生再次禁不住留下了悲痛的眼泪，沉默，只有无尽的哀声，带着严肃的表情，目送灵车慢慢远去，最后目送老友远行西去……

事后，叶永烈先生之子叶舟来到北京，当面感谢万伯翱先生专门赴上海出席他父亲的追悼会，并带来了叶永烈先生的遗作《历史的绝响》，这本书是叶永烈先生逝去后才出版的，可以说是"见字如吾"，是容易睹物思人的。在书中看到标题为"坦荡爽朗的万里长子万伯翱"等字时，万先生更是难掩激动，不禁回想起和叶永烈先生生前的画面。

第二天上午时，我到"苹花书屋"拜访万伯翱先生。万先生拉着我的手说："真的没想到啊，因为叶永烈先生生前都没提到过写'万老大'呢。叶永烈先生居然把我经历写在他的书信散文集里。他的儿子叶舟远在海外没见过面，也不知道《历史的绝响》一书里有写到我。"

书中是这样记载：我结识"万老大"，最初是在 2005 年 10 月在郑州召开的传记文学研讨会上。他是中国传记文学学会会长，还在会上作了发言。

后来，2011 年 11 月下旬，在北京出席中国作家协会第八次代表大会期间，我跟万伯翱多次相见，在聊天之中，他讲述的关于他父亲的故事吸引了我；后来，我的《邓小平改变中国》一书由新华文轩北京出版中心·华夏盛轩图书公司联合四川人民出版社出版。万伯翱通过总经理杨政先生以及副总编辑汤万星与我联系，建议我写作《邓小平改变中国》的姐妹篇《万里传》。

"万老大"是一个很爽朗的人，有什么说什么，不拿腔作势，不藏着掖着。他逐一帮我打电话给相关采访对象。这样，我得以拜访万里委员长及其子女、多位秘书以及其他相关人士。由于诸多当事人接受采访，而且我熟悉相关历史背景，所以万里的传记写作相当顺利。

在万家子女之中，老大万伯翱的人生道路受父亲的影响最为深刻。正因为这样，我对万伯翱本人进行过密集性的采访：2012年10月11日下午；10月12日中午；10月15日上午……当时一切都是为了写大部头《万里传》呢！

时间记录着，万大哥一字一句跟我说着，像是在回忆往事，回到了与叶永烈先生谈论的画面，内心难掩激动。能够在敬仰的学者遗作上出现，那是多么美好的一件事啊。源于此，我对叶永烈先生更是万分敬重。

后来，我也求得《历史的绝响》书信集一部，我如获至珍，一概都置之不顾把它读完。

这是叶永烈先生与各界名人书信往来背后引人入胜的故事，记述了他许多鲜为人知的那些事，虽然已成"历史绝响"，但留下的却是珍贵的史实和厚重的精神遗产。正像书的扉页所写，"读家国情怀，见相知相谊；观历史波澜，听岁月流深"。

伯翱先生还和我讲，叶永烈先生在世时，万先生曾建议他出版散落在各报刊上的散文集。当时，叶先生却谦逊地说道："这些生活散文，难登大雅之堂。"叶先生为人总是这样低调，处事稳重，他这一生就是不断的创作。他的作品无有不涉猎：电影、小说、科普、纪实以及童话等等，不仅领域广泛，作品更是取得了很高的成就。

仅他的科普全集28卷，我至今都没能读完，仅汲取不过三分之一呢！他的作品，内容量极大，我每隔段时间阅读，才能慢慢清晰，叶先生的科普书籍也陪伴我度过了从童年到现在。

现在回头看，市面上优秀的科普作品越来越少，还是希望孩子们能接触多一些叶先生的优秀作品，能够更全面，多层次对我们的孩子知识科普。

印象中的叶永烈先生一向以高产快速闻名的，他本人也曾做过详细说明：科普作品1000万字，纪实文学1500万字，行走文学500万字，50多年总共写了3000万字的作品。前前后后共有一百八十多本书问世，平均每年写三本书，这还不包括自己留下的五百多万字日记和堆积如山的录音素材呢！

这个天文数字是中国大多数作家都达不到的，这足以说明叶先生对文学创作的热忱和"煤球炉"般的火热激情,更让人吃惊的是,这些作品,有一半是在他视力出现严重问题的情况下完成的!

叶永烈先生曾说:"一年到头,我没有周末和星期日,也没有节假日,我也没有退休日,我一直处于工作状态。特别是放长假的时候,我关闭电话,集中写作,而我又从不在长假外出旅游,使我能安安稳稳执笔写作,这样,我的创作时间就比别人多一些。"

即使叶老先生在手术过后,在修养阶段也会不断地创作,每每回想此处,我就被叶永烈先生的这股激情和韧劲所折服,这是他身体本能的创作,是不为外物所影响的身体行为,是爱到骨子里的,这股韧劲也是当下作家最难具备的。他就像与时代巨轮一同前进的孤勇者,从不间歇,每一分每一秒都在创作中实现自我。

如今,叶永烈老先生永远地离开了我们,但留下的知识宝藏,是我们受之不尽的;他为民众传播知识的信念以及不辞辛劳默默创作的精神将长存世间。他的百折不挠精神,他的人格魅力一直在激励着我们,大师仙逝,光辉永驻!有心的朋友可以发现,缅怀叶老先生的刊物、出版社,以及机关媒体铺天盖地、数不胜数,他一生的奉献让无数人受益。

追忆运河之子——高占祥

中国文联原党组书记、副主席,文化部副部长、党组副书记(正部长级)高占祥因病医治无效,于2022年12月9日18时06分在北京逝世,享年87岁。

高占祥,笔名罗丁、高翔,1935年11月7日生于北京通县郝家府村。他自幼酷爱文艺,九岁创作了《童工谣》。50年代起从事业余文艺创作,在北京市业余艺术学校学习,任文艺评论组组长和汽笛文学社社长。1979年后,历任团中央书记处书记、河北省委副书记、原文化部常务副部长、中国文联党组书记。

伯翱兄惊闻高部长逝世,悲痛万分。嘱咐我第一时间敬献花圈。

高占祥部长是经万伯翱老兄介绍认识的，后来我们又成为邻居。我还经常去"燕堂诗社"拜访高部长和诗人空林子，他（她）们都是诗社领导。高占祥部长也经常散步路过我家门口，有时他会走进来和我促膝长谈，叙叙过去的往事，我们聊得也很开心。高部长在我认识他的过程中，给我留下极为深刻的印象。他平易近人、和蔼可亲。高部长有一句口头禅"童工当部长，想都不敢想，全靠党和人民来培养"。他一生践行着"听党的话，跟党走"的誓言。我对高部长的为人做事有了无尽的崇拜，他真了不起！

每次去看望高部长，他都会很客气地让秘书给我倒水。每次见到他，我都能感受到春天般的温暖，心里总是热乎乎的。他这种谦虚低调、热诚待人的作风，让我很受教育。成为朋友后他多次给我题字，勉励我，这让我心存感激。告辞时，他都会坚持把我送到门外，直到我从他视线里消失，他才会转身回去。

我还有幸被邀出席高占祥部长、赵缺在《新千字文》首发式、"燕堂诗社"筹备大会以及"春之歌——五部长诗歌朗诵会"等多场活动。《春之歌》是2011年新春之际，集结了贺敬之、李瑛、高占祥、翟泰丰、李肇星五位老部长的优秀诗词作品，开展的一场盛大朗诵会，以表达对祖国的热爱，对生活的热爱。同时，也借此机会，向全中国、全世界发出继承传统文化、振兴中华诗词的呼吁！

我对高占祥部长的崇拜，是随着读他的书，日积月累的。高部长的那五本自编文集，他每出一本我都追着买一本。这五本书是：《人生感言》《人生宝典》《人生漫步》《高占祥散文集》《微笑》，从书名到开本，从封面到装帧，都是那么精致，让我爱不释手。当然，最好看的，是高部长文章里的精彩内容。作为文化界名人，高部长文章有很高的造诣。他笔耕不辍，几十年来出版了不少著作，也为后人留下了不可估量的精神财富。

前年，小林跟我说有一长者敲门要进来参观一下北京通州万里同志陈列馆（临时）。我马上下楼，惊喜地看到是高占祥部长，见到老领导，我急忙邀请他进来。他对着我说："我是散着步来的，看到门口挂着国务院原副总理田纪云题写：万里同志陈列馆，就想进来参观参观，没想到是你。万里同志是我的老领导，我曾参与为庆祝新中国成立10周年而献礼的'十大建筑'工程。这个的巨型工程由周总理任总指挥，万里同志任副总指挥，只用不到一年时间完成，为我国创造了一个建筑史上的奇迹。其中修建人民大会堂时，李瑞环同志是木工青年突击队队长，张百发是钢筋工突击队队长，我是负责钢铁的。我们都是万老爷子的兵。"看到我在整理万里老爷子生前的一些珍贵资料，高部长和我谈到万里同志很多值得后人铭记的事，在讲到筹建北京图书馆（国家图书馆的前身）时，更是激情澎湃，感慨良多。

于是，我和伯翱兄专程拜访了高占祥部长，向他了解一些万老爷子（我们私下里称呼万里同志为万老爷子）当年主持筹建北京图书馆（简称北图）的详情。据高部长回忆，筹建中的北图设计完成后需要投入建设资金，这时，他去找时任国务院常务副总理万里同志办公室汇报北图情况。万里同志问他还缺多少建设资金，他回答说："七千万。"万里同志点点头说："你说的情况我清楚了，这事我来想办法解决。"如果不是万里同志雷厉风行的工作作风，北图就不会那么快建起来。我想北图应该给万里同志塑个像或是立个碑来纪念他。这时，伯翱兄也回忆起万里老爷子在中南海家中讲道北京图书馆选址时的一些细节，老爷子说："北图建在紫竹院，不但方便以后扩建，同时，读者如果看书累时还可以到紫竹院里去散散步逛一逛，缓解一下疲劳呢！"听到这里，我心里突然有渴望尽快到国家图书馆看看的想法。

1978 年，高占祥当选为共青团中央书记处书记。改革开放伊始，经历"文革"的动荡，社会风气一度倒退，全国普遍存在着"脏、乱、差"等较为突出的问题。高占祥分管青年的思想、文化等工作，为了重建社会主义道德文明，他组织宣传部的同志们用了一年多的时间，在全国范围内搞调研、宣传道德教育、搞城市文明建设评比，通过总结经验，从传统文化中汲取精华，提出了在青年中开展"五讲"——讲文明、讲礼貌、讲卫生、讲秩序、讲道德，"五美"——心灵美、语言美、行为美、仪表美、环境美。"仪表美"这一项当时被质疑"引导青年追求资产阶级生活方式"，高占祥只能忍痛去修改，于是改为后来大家耳熟能详的"五讲四美"。"五讲四美"深入人心，引导了社会风气，成为 20 世纪 80 年代风靡一时的流行语，使传统美德得到恢复和发扬。

高占祥认为，文化部抓住了德艺双馨，就抓住了要害。高占祥说："我希望要进一步贯彻习近平总书记的讲话，要把老年、青年、中年都包括进来，成为一个德艺双馨的人才群，来推动我们国家的文化事业，使我们的国家既有文化高原，又有文化高峰。"

高占祥多年担任文化部行政领导，同时，他也是一位热爱文学艺术的"杂家"，在文学、书法、绘画、摄影等领域均有建树。他出版有诗集、歌词集、书法集、绘画集、摄影集等著作几十部，很多书法作品都是他自作原创诗词。1996年，高占祥离任文化部副部长，担任中国文联党组书记、副主席。高占祥始终关注文化事业的发展。他发起了扶助2000个有艺术天赋的贫困儿童的"朝霞工程"；为老艺术家出书和拍摄专题片的"晚霞工程"和记录中青年艺术家风采的"彩霞工程"。他用实际行动践行着一名共产党员的责任，践行着一名共产党员的诺言。

高占祥部长换过肾，先后患过喉癌后和淋巴癌，遭受癌魔折磨之痛，可想而知。在与癌魔做斗争的同时，耄耋之年的高部长，仍然是个工作狂，经常是白天工作，晚上坚持不懈地写作。应该说，高部长取得令人瞩目的业绩，得益于贤内助林秀珍细心照顾以及有力支持。林秀珍阿姨还是北京市劳动模范、全国"三八红旗手"呢！

高部长最后几年更是病魔缠身，他坚持共产党员吃苦耐劳的精神，吸着氧气还在不断创造出更好的作品。2020年9月28日，"运河之子高占祥回乡汇报展"在通州区潞城镇开幕。展览分为"运河之子足迹展""书画展""木刻展""摄影展"4部分。其中，"运河之子足迹展"全面介绍高占祥的从政履历和文学艺术生涯，通过珍贵照片、实物资料500多件呈现了高占祥与新中国一起成长的历史足迹，记录了高占祥文学艺术生涯的轨迹。"书画展""木刻展""摄影展"是高占祥的作品展，共展出书法、绘画、木刻、摄影作品200多幅，包含行、草、隶、篆、木刻、国画、油画、岩彩画、梦幻画、画意摄影等十余个艺术门类。此外，还有以收录高占祥著作为主的图书阅览室、高占祥倡导开展的"阳光少年活动基地"等。这是迄今为止举办的最全面的高占祥个人展览。

"一叶之春——高占祥艺术作品展"2021年4月30日在嘉德艺术中心开幕。作品涵盖了绘画、书法、摄影、文学、舞蹈五个单元，内容丰富，精彩纷呈，是对高占祥先生文化艺术的一次全方位解读。

高部长牢记我党的宗旨：为民服务，是共产党人的宗旨；迎难而上，是共产党人的本色；敬业奉献，是共产党人的初心。

高占祥部长不但是一个善于从事文化、行政管理工作的领导人，更是一位兴趣广泛、多才多艺、勤奋创作、优产高产、不断自我超越的文艺创作者与评论家。50 年代起他就从事业余文艺创作，在北京市业余艺术学校学习，任文艺评论组组长和汽笛文学社社长。数十年来，他在工作之余，用顽强的毅力一直坚持文学艺术创作，其《高占祥文艺集》已经出版了 99 卷 114 册，涵盖了理论、诗歌、小说、戏剧、曲艺、音乐、舞蹈、美术、书法、摄影、文艺管理等多个方面。

此外，高部长的著作被美国国会图书馆、总统图书馆收藏了 40 余本，还被邀请到美国国会图书馆演讲一次；他的书法随神舟六号、神舟七号载人飞船遨游太空；他的摄影获得"大世界基尼斯之最"；他的绘画被作为国礼赠送外国政要；他被评为"桂冠诗人""最有社会责任感的作家"称号；他被吸收为英国皇家舞蹈教师协会名誉会员并被中国国标舞总会授予"金星勋章"。

斯人已去，我们怀着悲痛的心情深深地怀念高占祥部长，我们将化悲痛为力量，从其手中接过普及和提高中华优秀传统文化的火种，为新时代的文化建设与社会进步植入新的活力。

高占祥部长是一位领导，但他不以领导自居。他一直生活在群众之中，与人民同甘苦、共呼吸。高部长啊，我们永远怀念您！